长篇小说

沉烟

CHEN YAN

菡　萏◎著

中国言实出版社

图书在版编目（CIP）数据

沉烟 / 菡莒著. -- 北京：中国言实出版社，
2024.7
ISBN 978-7-5171-4816-6

Ⅰ.①沉… Ⅱ.①菡… Ⅲ.①长篇小说－中国－当代
Ⅳ.①I247.5

中国国家版本馆CIP数据核字（2024）第089657号

沉烟

责任编辑：宫媛媛
责任校对：张国旗

出版发行：中国言实出版社
  地 址：北京市朝阳区北苑路180号加利大厦5号楼105室
  邮 编：100101
  编辑部：北京市海淀区花园北路35号院9号楼302室
  邮 编：100083
  电 话：010-64924853（总编室） 010-64924716（发行部）
  网 址：www.zgyscbs.cn 电子邮箱：zgyscbs@263.net

经 销：新华书店
印 刷：北京铭传印刷有限公司
版 次：2025年2月第1版 2025年2月第1次印刷
规 格：880毫米×1230毫米 1/32 10.75印张
字 数：270千字

定 价：69.80元
书 号：ISBN 978-7-5171-4816-6

艺术是对自己做的善事。

——题记

目 录

一	…… 001	二十一	…… 078
二	…… 003	二十二	…… 082
三	…… 006	二十三	…… 085
四	…… 013	二十四	…… 089
五	…… 018	二十五	…… 093
六	…… 021	二十六	…… 096
七	…… 025	二十七	…… 099
八	…… 029	二十八	…… 103
九	…… 035	二十九	…… 106
十	…… 037	三十	…… 109
十一	…… 040	三十一	…… 113
十二	…… 045	三十二	…… 115
十三	…… 048	三十三	…… 119
十四	…… 052	三十四	…… 122
十五	…… 056	三十五	…… 126
十六	…… 061	三十六	…… 129
十七	…… 064	三十七	…… 132
十八	…… 068	三十八	…… 135
十九	…… 072	三十九	…… 138
二十	…… 075	四十	…… 143

四十一 ……………………… 146

四十二 ……………………… 151

四十三 ……………………… 155

四十四 ……………………… 160

四十五 ……………………… 164

四十六 ……………………… 167

四十七 ……………………… 170

四十八 ……………………… 174

四十九 ……………………… 177

五十 ………………………… 181

五十一 ……………………… 186

五十二 ……………………… 188

五十三 ……………………… 191

五十四 ……………………… 196

五十五 ……………………… 201

五十六 ……………………… 205

五十七 ……………………… 208

五十八 ……………………… 211

五十九 ……………………… 215

六十 ………………………… 218

六十一 ……………………… 223

六十二 ……………………… 227

六十三 ……………………… 231

六十四 ……………………… 234

六十五 ……………………… 236

六十六 ……………………… 240

六十七 ……………………… 244

六十八 ……………………… 249

六十九 ……………………… 253

七十 ………………………… 257

七十一 ……………………… 262

七十二 ……………………… 266

七十三 ……………………… 269

七十四 ……………………… 274

七十五 ……………………… 278

七十六 ……………………… 282

七十七 ……………………… 286

七十八 ……………………… 290

七十九 ……………………… 293

八十 ………………………… 296

八十一 ……………………… 299

八十二 ……………………… 303

八十三 ……………………… 308

八十四 ……………………… 311

八十五 ……………………… 314

八十六 ……………………… 317

八十七 ……………………… 322

八十八 ……………………… 325

八十九 ……………………… 328

后记 这一年 ………… 331

沉
烟

中觉，艾目梦见绿儿，坐着小板凳，趴在小靠背椅上做作业。头上戴着大花夹，又把他的毛笔捆了一大把，背着玩。吃饭时，却不见了踪影。找时，远远望见她站在篱笆前，端着碗扒饭，地上放着那捆笔。再看，碗空在地，她已背着那捆笔往同学家去了。后面跟着小狗汉斯，旁边还有许多小朋友。

艾目是笑醒的，阳光洒了半床。他时常梦见绿儿四五岁的模样，不是独自低头玩着，便是黯然神伤走在上学的路上。此等美梦，还是头一遭，若能天天如此，该多好。

他照常去上班，却见不到熟悉的同事。办公室的门紧闭着，推开不是没人，便是不认识。没说话的声音，只听见地板上"咚咚"的脚步声。馆里怎么了？他疑惑着。来回穿梭，却找不到画室。该接绿儿了，他对自己说，早一点去，她肯定高兴。骑着自行车来到街办，小朋友们正在排队放学。幼儿园呢？他找不到绿儿。老师道："绿儿离家近，自个儿走了。"他想起给妈买烟，到处是劣质烟，求人出售好的，只买到两根。还要给孩子买糖果，忙了好一阵，掉头就走。老板喊道："同志，你的自行车。"他又扛着车，一步步走上楼梯。那小卖部，恍若在江下。他骑车回家，一路思量着，车放哪儿安全，还是放丈母娘那破屋里吗？正愁着，忽醒来。窗外天光未明，黑惨惨，滴答滴答，似在落雨。

他跌跌撞撞路过英国人建的邮局，来到自家纸铺。门口的玻璃窗映着他五六岁的身影。进去，没见到爸。店里安静，鸦雀无声。伙计小柱儿站在柜台后，手指翻飞，低头数着纸。他绕过码成山的纸堆，顺着楼梯上了二楼。在一张张悬挂的纸中，找着爷。没有人，那些纸水淋淋的，吧嗒吧嗒，似在滴水。正失望，爷已立在槽边，弓腰用棍子卷着纸，在红色颜料水中漂着。他奔过去喊爷，爷不应，也看不见爷的脸。爷长什么样？他努力回忆着。这一急，竟急出了汗。爷却抬头望过来，竟是爸的脸。他喊着爸，要过去，却怎样也走不到。那一池猩红的染料水，血似的在眼前翻涌。

待他哭醒，抹了把老泪，嘴里还喊着爷。艾目听到自己苍老的声音，竟吓了一跳。暗忖自己如此老了，还如此矫情。活过了爸的年龄，更活过了爷的年龄，女儿绿儿也快五十了。

二

艾目放下手机，逆光坐在破旧的紫红色金丝绒沙发上，身后的夕阳散发着醇香的暖意。他斜了斜身子，从荷包里掏出一包烟，抽出一根，在几上跺了跺，放至唇边，"啪"地一下，打燃火机。清脆的响声，回荡在画室，又瞬回宁静。他缓缓吐出一口烟圈，恍若自己从不曾年轻，像一棵枯树或一片荒漠，没有流动的生命意识。

生命是什么？没人说得清。生，活着；命，命运。

电话里，周送说他要来。

多少年了？半个多世纪过去了。那时艾目、周送、魏归、世鸿，四人最好，人称"四剑客"。

电话铃响时，艾目正在绘《堤上的彩虹》，用了单一的橄榄绿。彩虹是白色的。画面上的玻璃把室内与室外隔开，玻璃代表家，外面的大堤代表乡。他终归是离不开家乡的，远处的长江也只是一条白线。没用笔，只用画刀在画布上轻轻刮着。他早已厌倦细腻流畅的东西，越老越随意，几笔，能表达心意便好。单纯的美物风景，克隆死抠，顶不爱。他的一生，便是隔着这层玻璃看世界。

艾目曾把初稿发给世鸿。世鸿道："节奏疏密有致，弱化了对称构图。朴素的精神外貌，文气简约，有趣味。分布着河汉的江汉平原，既抽象又形象，调子优雅，有噱头。"

艾目已许多年没绘风景画了。世鸿从北京寄来的画册里，提及他当年痴迷列维坦，在班上风景画绘得最好。他只轻轻一笑。那时，他们多么热爱写生，背着画夹去郊外，疯狂绘着。如今早已转身，幽居在自己的内心。

那些画呢？艾目起身，一手夹烟，一手甩着宽大的粗布衣袖，来回踱着。恍若画室太小，又太旧，简陋的木案竟陪了自己四十余年。他的思绪开始泛滥，沿着窗外大堤上的江水缓缓流动着。这个黄昏太静，而这条江可以去武汉。当年便是从这儿出发，夜里九点半，乘坐的东方红2号客轮。

"爸！你回。"艾目放下担子说道。担子一头挑着薄薄的棉絮，另一头是爷留下的樟木箱，箱里装着几件换洗衣服、书，还有几张他从苏联《星火》杂志剪下来的列维坦风景画插图。

爸站在码头的台阶上，低着头，须臾，缓缓说道："委屈你了，没有多的钱给你带。"艾目诺诺应着。咳！咳！爸忽然咳嗽起来，肩膀剧烈抖动着。艾目上前，用手抚着爸的背，触到的竟是坚硬的骨头。爸瘦得可怜，他真怕一拍，就散了。

幽蓝的江水反着光，愈发显得爸脸色苍白。

为送他，爸特地从床上爬起，翻出箱底一件叠得整整齐齐的襦褂，站在妈结婚时陪嫁的老式梳妆镜前，很有仪式感地从领口的第一粒纽扣顺势扣下来。艾目道："爸，您别去了。"爸看了他一眼，缓缓说道："这是大事，你第一次出门。"

高考完，爸单位同事小柱儿，提着罐头来探望爸。他原是纸铺里的伙计，现今当了厂工会主席。小柱儿说："目儿现在不是大了吗？你不能上班，这病休又没完没了，哪有几个工资？目儿绘画好，若进厂搞个设计，没得话说。"说完殷切地看着爸。爸偎着被子，靠着墙，摇头道："我得让他读书，他也喜欢读，我废了，他不能。"

小柱儿没作声，走时拍了拍艾目的肩。艾目端茶水的手抖了抖，生怕爸不让他读。不是什么前程问题，而是他太喜欢画画了。

想到这儿，艾目红了眼圈。如果不去读书，可在家帮帮爸。自己毕竟是家中老大，底下一堆姊妹。爸有肺病，妈没工作，一家人等着开销。他张了张嘴，半天道："爸，对不起。"爸掏出手帕，掩着唇，缓缓抬起头，目光柔和地望向他，"别多想，爸高兴着呢！"

"爸，你回。"

爸有气无力地扬了扬手。

挑担进舱前，艾目回头望了望。岸上零星的灯火背景里，爸依稀站在黑暗的台阶上，只剩下一个模糊的轮廓。

艾目的眼泪终于流下来。

他不想当着爸的面抹眼泪。

那年他十九岁，1960 年。

三

似乎买的统舱，舱板便是床，乱哄哄，挑担、背筐、哄孩子、抽烟的，挤得满满当当。夜静后，艾目一个人顺着舷梯爬上三楼，屈膝坐在甲板上。

旗杆上挑着一盏孤灯，茫茫江面，漆黑一片。只有"哗哗"流淌的水声和马达的轰鸣声，船恍若行驶在大海的摇窝。爸慌乱揣起的手帕，肯定有血。想到这儿，艾目低下头，任江风从远处呜咽而来。

他一动不动坐着，能不能上完学，爸的病以后咋办？这一去，再也听不见妈唤自己的声音，武汉如何，新同学咋样？都是未知数。尽管大妹说：哥，你去吧，天塌不下来。妈也说：好好学，盼着你熬出来。可这熬，分明家里甚于自己。

夜色似只安睡的大鸟，岸边一大片一大片的墨色芦苇，尤为荒凉。巨大的天幕，恍若有人躲在背后吸烟。没月亮，船尾发动机搅起的水花，一波波涌上心头，又奔入眼眶。

下船后，艾目向工作人员打听去华中师范学院（简称华师）的路。一名五六十岁的男子，比画半天，末了抽出胸前别着的钢笔，在纸片上画了线路图和公交站点。他捏着那张纸，并没搭公交，瘦弱的身子挑着行李，走在武昌码头通往昙华林的路上。能上学，继续画画，似乎前面便有一轮太阳在冉冉升起。

走了一个多小时，才至粮道街。九月的天，依旧炎热。中午白花花的太阳照在飞檐翘角、鳞次栉比的古旧木楼上，挑担推车者络绎不绝。他浑身是汗，双脚艰难蠕动着。粮道街走到底，过了云架桥小巷，方是华师。下坡，再上坡，逐渐荒芜起来。一名学生模样的人，拿着一本书站在高岗上。他在那儿干啥？多少年，艾目问着自己，似乎这个人，专为等他。

“新同学，报哪个班？”他亲切地问。艾目撂下担子，回说油画班。他站在阳光下，笑着扬了扬手中书。艾目犹记得他那灿烂的笑容，恍若一缕缕金线披洒着。“我也是油画班的”，他说着，走上前，把书递给艾目，弯腰接过担子，挑着便走。艾目道：“谢了。”他回说：“别客气，以后就是同学了。我叫世鸿，从华师附中升上来的。”

他清瘦，但结实。侧脸坚毅，眉头下扎，有股英气。唇厚且外噘，显得敦厚，眼神却格外明亮。艾目自小习画，对人之外貌，能敏锐地抽象出来。何为抽象？他下过定义，即扒皮，去形式，拉出线条。

世鸿问艾目从哪儿来？艾目答：“楚凤。”世鸿道：“太巧了，我爷爷年轻时，四处行医，新中国成立前，曾在楚凤的恒春茂坐诊多年。我爸也在楚凤读的书。”艾目道：“哎呀，那恒春茂在九十埠，离我家不远，我常去抓药。”

过了水沟，望见报名处的招牌。桌后坐着一名戴眼镜、干部模样的青年，用老师口吻问道：“哪个班的，签上姓名。”说完昂着头，再无言语。世鸿没睬他，领着艾目径直前行。一条泥巴路，两边是菜畦，又走了十几分钟，才至湖北省艺术学院宿舍区。

艾目有点失望，梦想中的高大殿堂，竟如此简陋。没院墙，几栋灰砖平房，外加两座三层红砖筒子楼。心里嘀咕，比小学的豫章会馆、中学的晴川书院差远了。

世鸿放下担子。艾目把书还他时，瞟了一眼封皮，一名俄罗斯作家的某某家族。世鸿倒杯水，递给艾目，"你特像我的一个朋友，待我介绍你们认识。"又交代哪儿洗漱、吃饭等。

寝室不大，简陋的白墙，三张高低铺，一扇木窗通往外界。幸好视野开阔，绿色满眼，高大古槐茂密的枝叶，在微风中簌簌抖动着。

夜里的学院，空旷寂寞，萤火虫于暗处闪着幽光。艾目独自坐在篮球架下，能感知夜色散发出的幽凉。出来两天，他已开始想家，想到以后什么事都得靠自己，不免心慌。寝室已住了五个人，他们似乎都认识，主人般熟悉这里的一切。打闹间，一个叫"福五"的，管世鸿唤作"古董"。

月亮，只不过是沉睡的太阳，艾目如是想着，伸开四肢，仰躺在地。他喜欢黑夜，适合漫游与空想。一个人影走近，"嗨"了声。艾目坐起身，瞅他笑了笑。世鸿道："想家了吧？"艾目眼睛一热，低头嗫嚅道："有点。"世鸿在艾目身旁坐下，说："过段时间就好了。"

艾目移开话题，问他为何叫"古董"。他指着四周空地，呵呵笑道："看到了吧，这方圆近百亩，被我挖了一个遍。"艾目狐疑地望向他。他爽朗地说："我喜欢历史，若不是画画，早学考古去了。"说着，望了一眼幽深的夜色，收回目光道："那才叫带劲！"艾目不禁笑将起来。世鸿接着道："老师、同学们见我常在这儿挖，便唤我'古董'。""挖到了什么？"艾目好奇地问。"一个明代的小铜镜，"他两手对接出一个圆，"还有一些碎瓷片和别的小东西。家里藤架上摆满了，等哪天带你去看。"

世鸿又道："十岁那年，楼上邻居搬家，楼道里扔了一堆书。我在里面翻到一本没皮的，带回家读得昏天暗地。郝思嘉，南北战争，那是我第一次接触外国文学，一直不知道书名。"黑暗中，艾目笑道："《飘》。"世鸿一拍艾目，"对！就是《飘》，中学后，到武汉图书馆再一次遇到，才确认的。"

"你知道，我咋去的图书馆？"世鸿说。"咋去的？"艾目问。"穷，买不起书，又想知道地球那边的人和事，遂在旧货店买了一个特大号地球仪，放在床头，天天摆弄。为能看书，又不搭公交，下课后，花四十分钟跑步绕过珞珈山，去大东门的武汉图书馆。到那儿看上四十分钟书，夹上纸条，跑步回家。第二天再跑去看，如此往返着。"世鸿答道。

他说的这些，让艾目想起少年时的自己，也曾为看一本书而艰难。那时，白妈家的书橱里，有本丰子恺编的《绘画入门》，让他惦记好久。芷儿拿出来过，艾目接到手中翻了翻，还相当新。芷儿趾高气扬道：我爸从重庆带回来的！你爸？艾目疑惑道。在他的印象里，芷儿就没爸。

芷儿是白妈的二女儿。白妈有三个女儿，大女儿艾目呼毛姐，最漂亮。小的叫三儿，脸上有块烫伤的疤。白妈曾私下和妈商议，待艾目长大后，把芷儿许配给他。他才不管那些娃娃亲，只知道玩乐。他喜欢的是毛姐，毛姐多漂亮，大他四五岁，高高的个儿，黑里透光的皮肤，水灵灵的眼。关键那双眼，还扯着似藏着无限的隐秘与忧伤。芷儿虽白净，但眼凹脸方的，不温柔。每每想起，他就偷偷摇头。

晚饭时，妈说："白太太的先生回来了。"爸说："别管人家的事，这世道不知以后什么样呢。"妈便不再言语。艾目暗忖，怪不得大门口站着两名持枪实弹的警卫。一九四九年的早春，灰蓝的天，还是那个天，但已微微苏醒。天井里，开出了春天的第一枝花，还挂着花絮，小到令他心疼。

第二天，艾目去了后院。一个穿黄呢子军装的人，在天井里踱

三

着步，一会儿望望天，一会儿低头寻思着。脚上的深筒大皮靴，亮晃晃。结实的黄铜拉链，闪着金属光泽。拉链头随着"咯噔咯噔"的脚步声，来回摆动。他身材不高，两撇小胡子，不苟言笑，腰里还别着枪。毛姐"咯咯咯"笑着从房里跑出来，后面跟着芷儿、三儿。她们家那两天可热闹，佣人忙进忙出，锅铲子炒翻天，满院飘香。艾目每天吸着鼻子，蠕动着肠胃。第三天便消停了，白妈再出来，眼圈红红的。

毛姐家住的屋子，与艾目家隔着一个天井，属正宗的第二重。那时，艾目很羡慕她们家大，常在正厅和白妈的西厢房玩耍。白妈宠他，一点都不烦。

这座宅深宇阔的四重明清老宅，全是白妈家的，足足占地五六百平方米。至于是她先生的，还是她的，就不知道了。

艾目家住在第一重，进去便是天井，接着左右正室，包括天井两侧。再往里走，两侧的小房用作仓储。接着是后天井，一侧为厕，一侧为厨。水井是石井，老井了，青石色，磨得光光的，井廊四周布满刀刻般深凹的绳索痕。再往后是左右后室，中堂置有春案、方桌、左右太师椅，那是白妈的住处。她们的后面，还有两重，一样的格局，每重厢房东西各一间。

透过晨光，艾目穿过第二重，从后门去学堂。春台上，白妈古色古香的瓷瓶里，梅枝枯焦，花朵凋残。毛姐在窗下对镜梳妆，黑亮的发丝披散开来，恍若《麦琪的礼物》里德拉拆散的微波荡漾的秀发。艾目瞧见，笑了下，她也抿嘴笑了笑。那镜中的反光，在朝阳下银星四射。芷儿在石阶上漱口。三儿拿着小棍，在地上画着什么，嘴里唱着：我是岑河口的小羊人……忽抬眼望见艾目，忙起身赶了两步，喊着："目哥哥，回头教我学画画！"

天井中的蓝天，窗格外的绿树，都似移来一般。嗅着木香，极舒适的感觉。高大的墙，隔着世俗嘈杂，偶尔飞来的蝴蝶，带着春天的暖意。一辈子能住上一段时间，便此生无憾了。

地面由青石拼就。初中时，艾目曾在檐下，用废弃的搪瓷脸盆种过蝴蝶兰。每至初夏，开着繁盛的蓝色花朵，只是那杂院似乎辜负了那兰花，独它开着，显得十分孤单。

白妈是位修眉窄眼、白净细致的白胖妇人。梳着光溜溜的髻，腕口戴个玉镯子，一副官太太模样。她常穿一件烟紫色绲绿牙子、长及脚踝的一品青莲香云纱旗袍，外罩一件乳白色细羊绒镂花短衣。那莲花一朵朵晕染开去，衬着白妈丰腴的身体，显得人十分端庄得体。白妈说话顶和气，她道："目儿，昨夜你房里的灯，熄得可真晚。"艾目道："看看书，就迷糊着了。"她说："我们家芷儿，若像你就好了。"

一日，艾目拉着毛姐的胳膊，说起书的事。毛姐道："那有啥难！"他说："得借好久呢，想绘一本。"毛姐道："那也没问题呀。"两人的声音，招来芷儿，她吸溜着鼻子道："就你呀！得了吧，净吹牛。"毛姐跑进屋里，拿出书。艾目生怕飞了，接至手中，一溜烟跑回家，关上门，躲在房中看。

这之后，艾目每天放学，在过街圆门门口，放一张高凳、一张矮凳，坐着一笔一画临那书。那过街门可真漂亮，扁石立方花岗岩，卷着云头，典型徽式风格。夕阳西下，余晖洒在石柱上，红润如酒，又沉甸甸。

艾目足足绘了两个月，封皮用厚纸，像模像样写上宋体字。她们立在他身后，毛姐道："画得一模一样嘿！"芷儿道："还真有两下子呢！"三儿更是羡慕得不得了，让目儿以后帮她绘幅小像。邻居胖儿、禹儿也围拢过来。绘好后，目儿得意了好长一段时间，再后来被一名中学生借了去。

不知那晚，艾目对世鸿说起这些没有。三年高中，他似乎没说过几句话，浑浑噩噩，像条冬眠的虫。他问过自己，有自卑，也有

三

自恋，整日混沌着。

初中毕业，他没能考取华师附中美术班，走的是同美术小组的朱天一。他俩一个班。朱天一的父亲是名码头工人，根正苗红，标准的无产阶级。艾目没那命。朱天一很激动，艾目很失落。一个名额，艾目政审没过。至此，他的心似掉进冰窟，挣扎不已。所有的骄傲，于那刻土崩瓦解。要不然，那时便可以与世鸿、魏归他们在一起。

他和世鸿说着话，回到一楼寝室。

四

报到最晚的是周送。他背着行李进来时，简直顶天立地。一米八几的个儿，头几乎挨到上门框，屋子太小，似乎装不下他。他宽脸，眼窝深陷，鼻子高挺，打眼一看，像果戈理。有人打趣道："走错了吧，表演系的吧。"他不语，把行李往艾目上铺一扔，手搭床帮，一跃而上。

从高中升上来的，要进行一周的基本训练。艾目这才知道，班里十二个人，除一名扎马尾的女生，余者皆是男生。报到处，那个干部模样的也是油画班的，绰号"老歪"。

班里只四人是从高中进来的，包括艾目、周送，还有一名调干生，余者皆来自附中。显然自己是业余的，而他们已进行了几年的训练。

第一堂课，艾目的自信才找回来。画静物，这对他来说太小儿科了。静物台上，摆着土罐、干鱼、胡萝卜，还有大葱。指导老师五十来岁，高高瘦瘦，长脸，头发根根直立，又高高推平。双目深凹，弯的鼻，鼻下一抹厚短须，似日本人的仁丹胡，两端翘起，生气时，梢部抖动着。仁丹胡，也叫八字胡，源自日本仁丹广告。也有人说属于西风东渐，德国威廉皇帝蓄过。鲁迅先生考察出大家以胡须上翘者为洋气,下垂者为国粹,唐太宗留的是两边上翘的八字胡。同学们在寝室里议论过。

他着浅色装,细瘦的双腿下,一双尖尖的白皮鞋,胸前挂块怀表,金表链弯出优美弧度。操着一口上海普通话,自报家门姓欧阳,单字秋,说是他们的班主任。

早在他进来时,艾目便瞧见他背着一只精致的欧式油画箱。磨旧了的牛皮带,油光锃亮,深褐色木头卷着云纹。那油画箱不仅能抽拉,还能弹出一个小型画架,看样子,顶高级。他把油画箱放凳上,支开箱盖,拿出几支笔,慢条斯理做着如何洗笔、包油画笔的示范动作,以及如何保持画板清洁。其实,这些大家都懂。他似乎看出同学们的心思,意味深长地扫了大家一眼。基础是"修养",他把"修养"两字,嚼得又慢又重。整洁是一切的修养,他又强调道。接着,拿出怀表看了看,用手绢沾了沾额上的汗,再把手绢折好,放进裤袋。

绘画时,他和大家一起画。他画得极慢,运笔仔细流畅,极少回笔。嘴里却说着:慢慢校,慢慢校。同学们并没着急,他倒有点口吃,"校"字说半天。有同学憋着想笑,还是忍住。校,校对之意,这里指把物体弄成型。

教室里静悄悄。大家绘着同样物件,但对角度、色感、光亮、阴影的把控,明显不同。有的凌乱,有的和谐;有的明艳,有的幽暗。动、静也不同。艾目喜欢光孤独打过,干鱼一半隐于暗处,一半置于明亮区。这种幽暗与明亮的对比,一直令其痴迷,似月亮街家中穿过木格,飘忽不定又直直洒下的光。

他喜欢光,光影的存在因阴影部分,所以他又喜欢阴影部分。那种打破,本就是艺术,明更明,暗更暗。艾目心想,光是孤独的,似生活中的戏。

欧阳秋老师走下来,拍了拍他的肩。世鸿也道:"艾目的画中有

沉
烟

脚步声。"

下课后，欧阳秋老师喊艾目去了他宿舍。不大的房，全是油画。墙上挂满了大大小小着框的油画，地上靠墙立着画好的或待干的油画。一幅《长江大桥》悬于墙正中，宽银幕，全景式构图，老派写实画法。天空阔朗，中间一架大桥，左右两岸是汉口与武昌的建筑。土红色的江水，汩汩流淌着，分明是汛期。整个画面，充分体现了作者的细腻画风。艾目虽不喜细腻，却被深深折服，起先哪见过此等写实原作。他的画，典雅大派，技艺超群。

光从不大的窗棂洒入，蒙在室内这些画上，有种修女的感觉。

艾目不知为何产生如此奇妙之想。修女多好，像死去的毛姐。毛姐咋死的？似是心脏病，十八岁就走了，还没出嫁。他是不想让毛姐出嫁的，就像不想让一朵花变凋零一样。若巷子里，哪家吹吹打打，嫁姑娘，他便会想到毛姐。犹记得途经黄州会馆时，看见人家婆媳妇，租了华丽的轿子，红顶绿绒呢，挑着漂亮的流苏，在巷子里晃呀晃。隔着窗玻璃，能瞧见里面红粉香腮的新娘。八人抬着，后面跟着一群小孩疯跑。轿子一颠，流苏一荡，满世界摇啊摇。若毛姐出嫁了，抱着孩子，领着男人回来，那该多没意思。

初二那年，有天放学后，妈告诉他毛姐不在了，又道：你老老实实在家待着，别去烦白妈。艾目还是去了，她家没啥变化，白妈一个人坐在镶着骨头的朱红靠背椅上，见他进来，没动。他站在门口，过了会儿，白妈招了招手。艾目靠过去，白妈箍着他，泪雨纷纷。白妈不会号啕大哭，若那样，便不是白妈了。她长得似菩萨，有种端庄的仪态和风度，用"宝相庄严"四字形容，再合适不过。

那日的黄昏，分外静，像醉酒之人，忽地散了酒气。一切全哑了，只几只黑色大鸟，呱了几声，飞远了。艾目始终不相信毛姐没了，这让他难过许久。他曾无意间，从很宽的板壁缝，窥见毛姐换衣服。那是他第一次见女人裸体，也有这种修女的感觉，只是罪恶

四

感持续了好久，仿佛自己伤害了毛姐。

那间房，原本艾目和家里请的李妈住。李妈走后，便退给了白妈。相邻的小房，堆满杂物。春天飘飘摇摇，艾目想做一个画架，外出写生。正翻找着，隔壁的门"吱嘎"一声被推开，又"哐当"一声关上。艾目拿着木条，从烂掉的板壁缝瞟进去时，毛姐已举着手，在脱最后一件衣服。幽暗的房间里，天窗漏下的光，轻纱曼妙地裹在她抬起的手臂和优美的曲线上。她的肌肤华润似缎，恍若玉人。艾目忽愣住，闭了闭眼，再睁开，毛姐已换上衣服，小脸红扑扑，汗津津，洋溢着少女的朝气。他杵在那儿，没敢动，连哈气都不敢。这成了他的秘密，吃饭时，还低着头，惴惴不安。不是因为毛姐被看了去，而是觉得自己不再纯洁。

当夜，他梦见自己的头发恍若热带雨林，噗噗冒着热气。大雾弥漫，有河流流经身体，无数个白孩子。他很慌乱，各种几何图形的哭声。艾目寻着，毛姐坐在银鱼样的房间，湿漉漉的头发，缀满珍珠。他道："毛姐。"毛姐不作声。他道："毛姐。"毛姐依旧没作声。待毛姐回头，他刚想瞧去，却倏忽醒来。

欧阳秋老师的房间里，东西虽多，却摆弄得有条不紊。里面一股奶油味混合着香烟味。艾目能看出他的孤独，那种孤独是文雅不张扬、没侵犯性的。孤独是什么？艾目问过自己，多年后，也给过定义：无非一个人心灵最大的自由。也只有自由，才会衍生艺术，别的几乎都是白扯。

欧阳秋老师点燃一支雪茄，泡了杯咖啡，问艾目喝不喝。艾目摇了摇头。他鼓励艾目好好画。在那儿，艾目还翻了几本古典画册。

其后得知，欧阳秋老师一人在汉，除工作，便是画画。具有上海人特有的精细，是一位著名的风景画家。

同学们在资料室，接触了西方的马蒂斯、高更、梵·高的画作后，对写实风格的作品，已不大感兴趣，但世俗欢迎，实用价值大。

沉
烟

据说人民大会堂的湖北厅，欧阳秋老师曾参与绘制。

这之后，同学们背着行李，去了东湖那边的农场收豆子。行李铺在地，几片芦席一搭，便是住所。艾目第一次参加劳动，弓着腰，隐于沙沙作响的豆田。秋阳高照，白日又累又饿；夜里的风，似孤独的苍鹰旋于半空。

五

丢盔卸甲，从东湖那边回来，天上的云朵开始移远。天宽地明，季节进入深秋，有了辽阔感。

吃罢早饭，艾目和世鸿往教室去。学校通知选举人大代表。刚坐下，班长便把候选人的表格发了下来。艾目不知选谁，看了一眼世鸿。世鸿说随便选一个，他便随便选了一个。

课是鲁维嘉老师的，他们的另一位油画老师，刚从浙江美术学院分来。厚重的喉音，似没走口腔，直接从喉管发出。

他夹着讲义走进来，在讲台站定，粗着喉咙道：同学们！我们以往讲了许多绘画技巧，今天讲个额外话题——什么是艺术？

说罢，鲁老师回身在黑板上写下"技术"两字，又在对称的位置标上"艺术"。两者间画上等号，手扶讲台道：有没有同学告诉我，技术等不等于艺术？一个画家把一条鱼画得水淋淋，活的一样，是不是一幅真正的艺术品？同学们在下面，先是鸦雀无声，后窃窃私语。不待大家回答，他转身在等号处，从上至下画了一条斜线，说道：这便是回答。鱼画得活灵活现，只能引起食欲，和菜场卖的没什么两样，不是艺术，只是功夫。

"同学们一定记住，技术只是手段，绘画的基础。而艺术是生命，一个人的精神炊烟，除肉体外具象出的另一重生命，那就是精神生命。"他顿了顿继续说道："那些颜料是你们另外的血液，绘的色块是你们的内心版图，色块后面孕育的情感，以及表达的旨意，是一个画者的思想和正在思考的部分。生命是运动成长的，画作也将是成长的，似一匹马，与你们的认知匹配。"

说着，他随手在黑板的另一端，画了匹奔跑的马，马前方绘了团雾，两者间拉上箭头。继续道："艺术作为大脑的延伸拷贝，一个画者内心啥样，手底的画便啥样。厌弃也好，丢掉也罢，都是你。若有一天，你能画出满意之作，并不是对自己的作品满意，而是对自己的内在认知感到满意。"

他拿着粉笔，在讲台上，边讲边踱。又在"技术"两字下，垂直拉下箭头，写上"状物"；在"艺术"两字下，写上"状心"。这便是区别。他语调里满是自信，大家听得振聋发聩。

纯技术，没经过心灵加工的东西，只是状物。好似武林人拥有盖世神功，只为打赢一场架不成！那太肤浅了。艺术旨在帮助创作者寻找一种思维方式，是对兴趣的终身热爱，亦是自我经验与情感的依托与表达，精髓便在于此。他在"状物"和"状心"下面，用两根斜线拉在一起，写上"特质"。扬声道："这才是最后的通道与秘诀。"

艺术是孤独的，他拿起一本画册，你们看梵·高，金色的麦浪，深墨色的苍穹，大朵的向日葵。他的孤独是无边无际、无处安放躲藏的，是奔跑、狂热、浩瀚的，甚至童真与慌乱的。表达出来，心里方安宁。

莫奈的情感是笔姿摇曳、繁花似锦的，是日常的缓慢照耀与静静燃烧，是满足、安适、享受的。

席勒的是扭曲的、纠结的、痛苦的、割裂的、撕扯的、抽象的，花蕾般慢慢凋谢。他们都不一样，与众多绘者也不同，所以能传世。

五

他夹着粉笔，举着画册，"这是我同学才从国外带回来的，大家不妨传阅一下。下课前，还我。下一节，我给大家讲，什么是抽象与超验的表现形式。"

说着，拍了拍粉笔灰，走下讲台，把画册放在第一排女生姜小颜的课桌上。学校资料室订阅的只有《艺术家周刊》、苏联的《星火》等为数不多的几本美术杂志，但对大家已是不小的鼓励与震撼。

同学们伸直脑袋，望过去。那画册看着就珍贵，厚实，硬壳本，印着外文。正如鲁维嘉老师所说，大家看到了马蒂斯的《科利尤尔，太阳街》，被他简洁率真的笔触，孩童般梦幻的情调，以及摇曳多姿的绚烂色彩所吸引。没待艾目看完，后面的同学已起身催着："快点，快点！"

那是艾目记忆最深的一堂课，尽管维嘉老师说话，像烟囱，粗声粗气，但浑厚低沉，特别好听。高中时，大家探讨绘画，只是基于像不像的问题。他迷恋列维坦，自然知道光影的虚实变化，绘画语言的摆放，以及血液里雕刻的忧伤，这更坚定了他对艺术的理解。

下课后，鲁维嘉老师道："欢迎大家去他寝室，做批评指导。"大家兴奋不已，分明是给大家学习机会，一种潜移默化的教学。

同学们三三两两跑去，开玩笑说着，画精神上的鱼，别画菜篮子里的鱼。鲁维嘉老师单身，宿舍里放着他的诸多作品。新派，色彩漂亮，大家边观摩边议论。

六

艾目时常问自己，为何爱上美术。若没爱上，会咋样？

自己的启蒙老师又是谁？这让他深感迷茫。他瘦瘦高高，颧骨突出，加之宽唇黑须，脸部十分立体，时常令艾目想起古埃及人或玛雅人。他的木刻作品与素描像，常见于报刊。

他从哪来，本事因何而得？无人知晓。据说他一袭青衣，斜挎包袱，于便河埠东，弃舟登岸，便没了踪迹。岸上棉行林立，粮栈密布，人流穿梭，最为繁盛。

他招手道："艾目，过来。"艾目便跑了过去。那年，他上小学四年级，也就十岁。他喊艾目时，艾目正在学校戏台子上，拿着一把木头大刀疯跑。他把艾目带到他寝室，地下堆了一堆木条，还有锤子、钉子。艾目以为他要做木工活。他二话不说，"叮叮哪哪"，一个画框便成了。他拿着锤子，回头对艾目道："看好啊！"随即把一块很厚的麻点点硬布绷上去，角窝得整整齐齐，在木框背面"啪啪"钉上钉子，画布随之平平整整。那是艾目第一次见油画布、油画框。自那后，每日放学，他都被叫去。即便不被叫，他也会去。管状颜料调了松节油，一点点涂上去。艾目没想到那松节油的气味，让他痴迷一生，成为日后专业的味道。画的苏联领导人马林科夫，据说是斯大林的临时接班人，艾目涂几笔，算作玩乐。人物慢慢凸显，那般威仪。厚厚的分头，深眼睛，红鼻头，苍白的皮肤，似白人与中亚人的混血。一点五米宽的内框，平展的画布做底法，他只教艾目。

艾目跟着他学了好多手艺，翻石膏像、竹刻、版画、木刻。在竹笔筒上，刻了成语"人心不足，蛇吞象"。他最怕竹刻，滑溜溜的，要使力，无论阳刻还是阴刻，皆需深度。手弄出血，回家举着给妈看，妈心疼得直叫"乖乖"。艾目最喜欢画水彩画，灵动，一片淡红，便是晚霞。

他把自己临的丰子恺的《绘画入门》拿给老师看。老师指着道：你看表现人物忧伤时，所绘对象是靠边的，头略歪低下。还有开阔的表达，"破定园"的作用，多样与统一，设计美的元素等，老师都一一道来。取法乎上，他的审美影响着艾目。

美术课还开设了石膏板浮雕、手工刺绣、写生、习字、泥塑，他都教他们，简直是美术中专的内容。此等审美教育，过去抑或现在，没一所小学能比。

对了，他姓余，叫余昭荣，艾目的第一位恩师。

也就是那年，爷走的。艾目似乎明白了什么是忧伤，忧伤不是哭，不是痛，是无着无落。艾目不喜欢那种内心悬空的感觉，但无可奈何，后来方知，忧伤也是通向思想大门的一把钥匙。

雨是顺着黑筒子瓦，冲到天井青石上，再溅起一串串水花的。艾目坐在小靠背椅上，失神地望着，又挪回目光，低头瞅着自己的脚尖，吸了口气，才望向病榻上的爷。似乎只有这样，才能鼓足勇气。爷仰躺在矮条凳搭的木板床上，裹着一床很厚的旧棉被，闭着眼，胸口好久才起伏一下。

空气沉闷。一屋子人，鸦雀无声，等着爷咽气。

"明驹在响，留恋着孙儿。屋里人的呼吸，带动了他的气息。明驹是有意识的，只是无力言语。"

说这话的是背着手、戴着两个圆圆石头镜片的姑爷爷。他是外婆姐姐的丈夫，也是在座读书最多的人。抗战时，曾在国府三厅郭沫若手下做文书，写得一手漂亮的毛笔字。他家住在九十埠一座老气横秋的宅院里。那时楚凤民居，大多如此。艾目常去玩耍，天井后不宽的厢房，被老式书柜隔成卧室与客厅。客室临天井的阁窗，用发黄的纸糊着，上窗撑起，室内才有光。

老旧的黑木洗脸架旁，放着老式方桌，方桌两边是太师椅。艾目在椅上爬上爬下，嘴里吃着姑奶自制的米子、麻花、花生糖。伸手够着架上的线装书。趁姑爷爷不注意，便把那套清代版的《红楼梦》拿下来，边往嘴里塞糖，边放膝上，一本本往外抽。土黄封皮，一二十本。姑爷爷慌忙赶来，喊着："乖乖！怎么又把这老古董翻出来了。你还小，又看不懂。"艾目故意使气地把书函放在太师椅上，一溜烟跑了。姑爷爷站那儿，拿着书，边摩挲，边直摇头。艾目躲在门后哧哧偷笑。姑爷爷不知道，他只对里面的绣像感兴趣。

爷的事，似乎姑爷爷在，便有了主心骨。

姑爷爷口里说的孙儿，便是艾目。那时，艾目是爷唯一的孙儿。

爸弓着腰，立在爷床边，附耳说着什么。爷一动不动，似乎听懂了，眼泪从紧闭的双眼，慢慢流下，蜿蜒至颈。艾目那时便明白，一个人留给人世间最后的礼物，只能是眼泪，也只有眼泪是活的。待爸直起身，爷便咽了气。姑爷爷踱上前，搭了脉，试了鼻息，回头暗示了下，屋里骚动起来。

一九五三年，爷死在亲戚家，一水的破旧老屋，阴冷潮湿，散发着霉气。屋里灯光昏暗，没像样的家具，不大的房，挤满了人。

爸慢慢跪下，头无力地搁在爷放在被外的手上。艾目没靠近，木呆呆，忘了自己，大人们也忘了他。外面很黑，人影憧憧，爷被匆匆抬走。

六

爸耷拉着脑袋和姑爷爷说着什么。姑爷爷掏出一卷票子，塞给爸。爸接过去，抬手揣进荷包。姑爷爷个儿矮，穿着黑棉袍，缩着肩。大家似乎都穿着黑棉袄。那个冬天，只有雨，没有雪，艾目没哭，只是心似被烙铁烙过。他惊讶自己竟不会哭，爷白疼了他一场。他也不知道自己是否在那扬手撒纸钱、慢吞吞蠕动的队伍里，或许压根就没那些仪式，只是匆匆下葬。他至今不知爷葬在哪儿，爷是他见过的第一个没气的人。

死是怎么回事？他不懂，只知道像走在无光的小巷。

爷得的是喉癌，民间称椰子病，德国进口酸性染料所致。到后来，面糊水都喝不进，被活活饿死。那年也就六十来岁。

至于爸在爷耳边说的啥，他不太清楚，似乎许诺把他和大妹养大。

爷六十岁时，家里尚景气。爸在气派的"好公道"酒楼，给爷做寿。笑语喧哗，商界宾朋络绎不绝。艾目白衬衣，小皮鞋，飞机头，可神气。大妹头扎花结，身着藕粉色进口蕾丝花边衬衣、粉蓝喇叭裙，脚蹬红皮鞋、白棉袜，满目流光，顾盼生辉。那时还没其他姊妹。妈嘱咐他俩要有教养，别吵嚷。爸礼帽长衫，风度翩翩；妈穿着莲青色小立领提花软绸旗袍，袍身摇曳着几片兰草，一走一荡，恍若水里的波。两人双双立于大堂门口，不时有人报：兴盛隆纸号、天福海味号、老同兴酱园、老天宝金店、太祥绸缎庄、大同车业老板到……爸妈一一寒暄。送上一副对联便有席坐，一个叫花子摸过来，随即来了一群。内里开着冷气，爸回手招呼跑堂的专设一桌。跑堂的系着围裙，肩头搭着并不白的白毛巾，忙进忙出，响亮地应着。花子们常出没于这条街，认得爸。吃后另有赏钱，爸送出门，在繁华的街景里，拱手作别。

爸不收礼金，只图给爷热闹。

七

每至星期天，寝室里的人作鸟兽散。不是回家，便是去亲戚家，只剩艾目一人百无聊赖。阳光照进来，洒在不宽的床铺间，静到哀伤。画画需纸笔、颜料，尤其油画颜料贵，不得不感叹，真是个烧钱的行当。

爸十八元病休工资，每月寄来两元，加之学校给的六元奖学金，共八元。不过那六元是伙食费，学校直接划拨伙房，兑成餐券，根本见不到现金。幸好水电不要钱。余下的两元钱，除学习上的开销，若想看电影、买书，简直奢侈。每每算计着，才能熬到月底。

没画布、颜料、松节油，显然无法上课。想画，也得悠着点。

不能枯坐，只好到华师表哥那儿借书看。

表哥就读的华师中文系，与美院一坡之隔。校内古柏参天，西式红顶洋楼，似有五六十年的历史，与艾目就读的艺术学院相比，恍若隔世。园内古静幽暗，着实令人羡慕。

艾目打听着找到表哥，他刚收拾停当，准备外出。艾目叫了声，挥哥。他拍着艾目道：这么高了。艾目抬眼望去，哪有表哥高。表哥高高瘦瘦，一双大眼睛，梳着黑黑光光的时髦背头，人儒雅倜傥，有种玉树临风的派头。表哥比他高一届，早听妈说，表哥学习好，嘱他多学着点。

他说明来意。表哥道：这样吧，你到图书馆自己选。说着转身在枕畔，找出一个小本本，递他手里道：这是借书证，用完还我。又拍着艾目的肩道：我今儿有事，约了同学外出，不能陪你。艾目点头谢过，两人一同走出寝室，拐弯下楼。

艾目能感觉到，表哥眼神里的明亮，浑身洋溢的好心情，似有一个小太阳，从里往外照着。

分手时，他无意间瞥见不远处，有个女孩似在等表哥。女孩身材窈窕，穿了一条卡其色灯芯绒背带裤。荷叶头，柔顺的发丝向内弯着，一侧掖在耳后。她低着头，抱着几本书，那打扮，看着就舒服。艾目不禁多望了几眼。即便看不清容颜都是好的，像朵百合静静芬芳秀丽着。

挥哥，是嘎爷爷的孙子，叫书挥。

逢年过节，艾目常跟着爸，提着茶点去看嘎爷爷。

嘎爷爷家是石门，徽式建筑，一水白墙。门两旁竖着如鼓的石凳，鼓上雕着梅枝、云朵、松鹤。门上有楣，"鸡架"门第，算是有门脸的人家。

堂屋两侧木壁上，挂着字画，占满整个壁面，条幅上打着两道细线。方桌旁摆着太师椅，够气派。镏金边的果碟盛放着云片糕、栗子、九黄饼，以及包装精美的洋点心。

嘎爷爷是妈的爸，他应叫外公。爸每每寒暄落座，嘎爷爷笑呵呵陪着。用人斟上茶，嘎爷爷问，是明前茶还是香片？对方回说是義庆泰茶庄的雨前茶。嘎爷爷点头道：雨前茶虽不及明前茶，但滋味鲜浓耐泡，也是好的。爸喝了口，果真又香又苦，别有一番滋味，便赞好茶。嘎爷爷笑说：明前茶太贵，这几年时局动荡，哪家的生意都不好做。爸说：那是。道路堵了，有的喝就不错。

艾目不大关心大人们的事，也弄不懂啥茶，连什么是姑舅亲，表侄又是咋回事，都不知道。

为啥叫嘎爷爷？俗话说，嘎公爷爷的巴巴假老实。真老实还是假老实，他也不知道。老人瘦瘦高高，戴顶瓜皮帽，留着雪白的山羊胡。脑门光光，眼窝深陷，门牙缺一颗，有点似孔乙己。他很会讲故事，常举着一颗"奶油太妃糖"逗艾目。

艾目喜欢吃糖，那甜味，似做梦。第一次吃冰糖，是同学父亲给的。他家开的绸缎庄，在爸纸号的斜对面，挨着老天宝银楼。家里有座后花园，艾目常去玩耍。他爸给他俩一人一块透明石头，让含着。从那时起，艾目便对冰糖情有独钟，儿时的刀枪棍棒，似乎都没它有吸引力，好像那才是甜蜜生活。

他每每鞠躬，接过嘎爷爷的糖，溜至院中。

大舅从里间踱出，穿着干净的景泰蓝丝绸马褂、厚底靴，留着小分头，鼻梁上架着金丝边眼镜，一副账房先生模样。艾目总觉得他是晃出来的，而非走。"嗯吭"两声后，"啪"地从银质烟夹中，取出一根香烟递给爸。

嘎爷爷家住的"黑水塘"，既没水也无塘，只不过是一条白墙黛瓦的青石小巷。他拽着嘎爷爷的长衫问："黑水塘在哪儿？"嘎爷爷笑呵呵哄他道："很早以前，被龙王叼走了。"是玉，一块墨玉，嘎爷爷强调着。艾目嘟囔着想，墨玉有多大，该不是挥哥习字的墨池。长大后方知，嘎爷爷净瞎扯，这条千年老街，是古代官沟排污的地方，故叫"黑水塘"，光绪年间就被填平了。

妈却说，远古时那儿是泓清泉，水边住着一群银鱼姑娘。每至八月十五，便在水面起舞。银光闪闪，人们从四面八方赶来观看。发现当夜之水，有神性。女子打了洗澡，肌肤莹润如玉；小伙挑了浇花，花儿四季常开。怎奈龙王大怒，嗔银鱼姑娘私舍龙宫圣泽，遂派黑鱼将军将她们赶跑了，因而变浊。

艾目自是不信，但知道这"黑水塘"是楚凤一百八十七条小巷中，极短的一条。

舅妈，嘎爷爷的大儿媳，即书挥他娘，高高的个头，白净光滑的头面，梳着巴巴头。双眼已失明，听声便知是艾目来了，嘴里唤着目儿，眼皮眨巴着，算作表情。后来她常出现在艾目的画里，是那个年代，有脸面人家的主妇形象。

大舅有两个儿子，大儿子便是书挥。儿时，常见他临文徵明的帖，这让艾目十分羡慕，跟屁虫似的围着他转。

他们家院子里，有棵柿子树。嘎爷爷拄着拐棍，念叨着柿柿如意。日后，艾目方知是事事如意。嘎爷爷指挥挥哥举着竹竿网柿子，竿头绑一张钢网，红红的柿子落入网里，免得摔烂。若掉下来，艾目一接一个准。嘎爷爷戏称，别看目儿老实，猴精呢。他便朝嘎爷爷做怪相。

回程，爸牵着他到中山马路洪家巷口的義庆泰茶庄，也买了两斤雨前茶，付资十六万元。一斤放在纸铺待客，一斤提回家。

妈是大舅的妹妹，妈还有一个老实巴交的弟弟。妈上过私塾，识文断字，与爸一起看小说。家里挂着四条屏的明星照，艾目早已熟知胡蝶、舒绣文、上官云珠的面相，想着长大娶媳妇，便娶那么漂亮的。

八

中文系图书馆挺大，里面不让进，门口横着柜台，室内幽暗。两名女工作人员，趴在柜台上，头对着头，喁喁私语。一个说，那件翠青色衬衣真不错。另一个说，我咋能穿？这么胖。说着直起身，跺着脚，抖着身上的肉。

艾目小心翼翼递上借书证，对方瞥了眼，推给他一本目录。他浏览着，找到文学书籍一栏。大多是名家著作，诸如屠格涅夫、托尔斯泰、契诃夫、迦尔洵、库普林的作品。这让他心潮澎湃，仿佛触到金矿。选了《俄罗斯文学史》和《杜勃罗留波夫选集》两本书。工作人员到里面翻了半天，递给他。他带回寝室，躺着读，坐着读，其中有篇《什么是奥勃洛摩夫性格》，让他生出自己便是奥勃洛摩夫——一个多余者的想法。

自此，借书证几乎成了艾目的，整个世界也就是艾目的了。书籍帮他抑制着想家的冲动，也进行着大脑填充。

他拿着书，边走边看，被教务长撞见，叫道："艾目！看的什么书？"他举起封面给她瞧。她佯装生气道："都成书虫了，走路看，不怕坏掉眼睛。"过后见艾目，便直呼"书虫"，"书虫"也就成了他的绰号。

教务长是他们班长的母亲，这所学校最早由她夫家创办，原名武昌艺专，后与华师合并。他们入学前，又从华师分出，与音乐系组成了"湖北艺术学院"。

　　阳光很好，周送从家中回来，穿了件的确良衬衣，掖在阔脚裤中。肩头搭件米色毛衣，摇晃着进来。他高，腿又长又直，比西部牛仔还帅。大家道："嗬！好英俊，干净爽眼呀！"他摊开手，呵呵一笑，算作回应。的确良很高级，又轻又软，谁都羡慕。

　　魏归从隔壁转过来道："去教务处取汇款单，教务处长正在接电话，好像是北京电影学院打来的。"周送一听，忙放下网兜，扭头问："说的什么？"对方问："知不知道有个叫周送的为何没来报到？"周送忙道："这边怎么答的？"教务处长说："周送已在我们油画系上了一个月的课。"周送听罢，没作声。

　　大家方知，周送第一志愿填的是北京电影学院，第三志愿才是湖北艺术学院油画系。在这儿边上课边等通知。

　　魏归是世鸿的附中同学。大学后，世鸿读了油画专业，他读了版画专业。世鸿说的与艾目相像之人，便是魏归。艾目第一次见，亦大吃一惊，个头、身板、五官，连鼻子上的黑框眼镜都像。瘦瘦弱弱，倒真有几分神似。

　　魏归有才，那时便声名大噪，作品常见国家级刊物，是高材生中的高材生。大学时，住他们隔壁，趣味相投，自然常在一起。周送带来一本普希金的《欧根·奥涅金》，说是在交通路的旧书店淘的。艾目这才知道，武汉的旮旯胡同遍布着旧书店，能淘到经典译本。听后不免兴奋，怎奈囊中羞涩，并没那奢望。周送淘，也等于大家淘，相互传阅切磋，是件幸事。

　　晚饭时，大家相约去看电影。

　　前几天晚上，学校在简陋的礼堂，进行思想教育。大家坐在黑暗中，只舞台亮着橘黄的灯。一名领导模样的人，戴顶旧军帽，身

沉

烟

穿旧军装，给大家讲革命史。"我！"他提高嗓门，"像你们这么大时，早参了军。"大家呱呱鼓掌。"从一个新兵蛋子做起，排长、连长、营长，一直至今。"大家又哗哗鼓掌。参加过三大战役，一人歼敌数百，说着撸起裤管，给大家看他腿上的疤。前座的女生唏嘘不已。他们这些没上过战场流血弄枪的男生，也是佩服加羡慕。

他大会讲，小会讲。一激动，把头顶的军帽抓下来，露出光光的脑壳。脑袋周围披着稀疏的头发，像个稻草人。

大家哄笑，他不知为何。待回过神来，忙扣上帽子，指着自己的头发道："看到了吧，革命不仅愁白了少年头，还掉光了少年头。"

大家又笑。

他指着他们厉声道："你们这些大学生是小资产阶级知识分子的代表，一定要夹着尾巴做人，投入到人民当中去，接受劳动人民的监督再教育，狠批自己身上的'精神贵族'思想。"

大家低着头，不敢作声。每次听他如此说，艾目都很茫然，不知自己身上，有无所谓的"精神贵族"思想和小资情调。有吧，自己是名穷学生，饭都吃不饱，学习工具也不能满足。没有吧，热爱着书中的叶尼娅，向往着列维坦平静孤独的生活，甚至做着画家梦。

他鄙夷自己思想不够纯洁，不够上进。大家也都纠结彷徨着，天天在本子上，汇报思想，狠批自己，表着决心，又热衷往电影院跑，孜孜不倦，看着译制片。

世鸿道："简直分裂。"

周送道："没电影，将会是怎样的生活？"

艾目答："荒漠呗。"

世鸿到隔壁喊了魏归。几人呼啦一片，出门时，真有点壮观。没承想在昏暗的走道，迎头碰见政治辅导员陈浩。他步履轻盈，低着头，手一甩一甩，就那么走了过来。艾目暗叫不好，心想去不去得成，还是回事。果真他笑问："这么齐整，去哪儿？"大家笑答：

八

031

"松散松散。""刘玄！你留下！"他指了一下刘玄。刘玄遂站住，扬了扬下巴，示意大家先走。出了走廊，艾目回头望了一眼，陈浩正低头，和刘玄说着什么。

这个陈浩，三十不到，长不了大家几岁。人和气，像个牧师，喜欢谈心，是大家业余时间的占领者。

世鸿道："又哪儿不对？"周送推着他，"走走走，回来再说。"

四人坐了轮渡，过了江。前后用了个把钟头，才到汉口电影院。买了票，进去漆黑一片。屏幕滋啦啦，已放片头。世鸿在前面猫腰挥手，又做喇叭状，嘎巴着嘴，喊着"快点！"魏归食指放在唇上，嘘着。放的陀思妥耶夫斯基同名小说改编的《白夜》，老者流泪扶窗的绝望画面已然呈现。

坐下后，黑暗的影院中，他们完全沉浸在银幕里。

回来路上，艾目道："这配音可真好，深沉自然，简直天衣无缝。"

周送道："那是，没文学功底哪配得出？音色动人，发自内心。"

"电影，理想化的综合艺术，比文学更直观"，魏归总结道。他俩望向魏归，拍着他肩嚷道："哥们，哲理呀！"

世鸿举着手，"我的天，片刻的幸福！难道这还不够一个人受用一生？"世鸿说的内里台词，模仿得惟妙惟肖。

"你的眼泪，不会对任何人造成妨碍，就让它肆意流淌吧。"魏归取笑道。他说的也是内里台词，只是把第一个字"我"改成了"你"。世鸿拉着他的手道："娜丝简卡，这样的爱在某些时候，怎能不叫人心灰意冷？你的手冷得像冰，我的手火热。"

魏归笑着掸开他的手。世鸿转身向天道："胆怯的幻想是那么无聊，单调得近乎庸俗。无非是影子和思想的奴隶，是第一堆浮云的奴隶。一旦浮云遮住太阳，忧伤便紧紧攥住如此珍惜自己太阳的真正的彼得堡之心。"

他们仨笑喷。夜深人静的马路，只有几个年轻人手舞足蹈着。

世鸿是天才，只要聚堆，准是主角。天南海北口若悬河，描摹幽默全套。他有点像罗亭，而艾目却是奥勃洛摩夫。讲背台词，谁也背不过世鸿。他往往一字不落，再长的句子也难不倒他。看了七八遍《白夜》，兴趣不减，几乎能背诵整本台词，《简·爱》亦是。每当演到片尾，罗伯特问道："简！是你吗？"世鸿便泪流满面，站起身"呱呱"鼓掌。影院里静悄悄，观众还在回味。艾目悄拉他衣袖，他浑然不觉，盯着银幕，一个劲"呱呱呱"，直到凳子"啪嗒啪嗒"合起，观众纷纷离席。

每次，几个人先看书，再千方百计去看电影。隔着两条街便有一家影院，好的电影需到汉口。几个人乐此不疲，每次看完，如此温习着。

看《静静的顿河》时，世鸿感叹片中人物造型，"简直太棒！""是的，"周送道，"完全依据小说插图设计。"这让他们倍感亲切，为以后能成为画家而自豪。

"艺术就是力量。"艾目道。

"没文学，这世界该多么庸俗。"周送展臂呼道。

"没文艺便没人生。"魏归补充着。

这些都是他们的心里话。几个人接受着现实，又虚幻地活在电影里。

回来时，夜已沉，影影绰绰，有两人站在楼下树影里。其中一人似是朱天一，另一人是同年级学生。世鸿用鼻子轻哼一声。估计朱天一在找人谈心。在附中时，他和世鸿、魏归一个班，毕业后，直升国画班。因出身好，被系里指定为年级团支书。

附中四十多名学生，能考入油画班的只有七八个。油画专业最俏，其次才是国画、工艺美术、美术师范等。大家最瞧不起工艺美术，在这种思潮下，艾目进的油画班。按理说，专业不该有高低贵

八

贱。多年后，艾目想过这个问题，工艺美术，趋于谋生；油画，趋于谋心。

"艺"这个字，艾目也想过，最早的象形文字是种树的意思，无非一种成长，"化"的过程。而工艺，工在前，艺在后，也就少了情感，多了程序。

九

回来后，各自洗把脸，悄无声息，躺下。艾目前心贴后背，腹内"咕咕咕"，一波未平，一波又起，想掩饰也掩饰不住。上床的周送更是如此。不吃饭，赶场电影，对他们来说是常事。

艾目辗转反侧，恍惚自己便是那《白夜》里的老人，一个纯真的虚幻者。暗想，老人是幸福的，虽没得到娜斯金卡的爱，却得到了她的吻和亲笔信。彼得堡的雨夜，多么寒冷，他靠守着娜斯金卡的小像和回忆那五个白夜苟活。这便是人生，便是人性，便是残缺美。无可奈何，或许才是艺术的本质。

挨到第二天，赶早去食堂打饭，又上了一名女老师的胸像课。这名女老师，豪爽大咧，每每放手让学生自己画，转几圈，象征性指导一下，便完事。有时快下课，才一手拿碗，一手拎着精致的小调羹，边走边敲，踱进来，看一看，便走了。

中饭时，食堂红砖墙上贴出告示。里三层，外三层，围了不少人。有的说，怎么这样呢；有的说，谁知道呢。凡此时，多半没好事，不是哪个学生被处罚，便是整顿什么。艾目踮脚瞄了眼，没看到，正准备离开。世鸿端着小铝锅，从里面钻出来，叫住他。不待艾目问，他压低声道："老刘犯事了。"艾目一惊，"他能有什么事？

昨晚还好好的。"

"学校给了记过处分，你还笑？"世鸿稍作正经道。

"进档案吗？"艾目问。"当然，跟他一辈子。"艾目这才意识到问题的严重性。

没承想，几天后刘玄拿着一帧放大的黑白照，递给艾目。艾目一看，好家伙，他站在那张告示前，双手交叉，抱着胸，斜睨着天，一副满不在乎的神情。他矮个头，大脑门，额上一排横纹，面相活似老虎，穿着一套黑呢子立领学生装，蓬着头，脚上一双烂到不能再烂、露着脚趾的凉鞋，显得桀骜不驯，又有点滑稽。

艾目拿着照片道："我就纳了闷，都深秋了，还穿什么凉鞋！"

"喜欢！"刘玄抽回照片，揣进上衣口袋。

刚开学时，福五去收发室取信，顺便给刘玄带回一个包袱。他当即打开，里面有双虎皮色圆头凉鞋。他妈在信中说："到外地出差，看到了便买了，估摸着还能穿几天。"他试了试，低头端详着。大家都说好，有新鞋子穿，自是开心。塑料凉鞋多时髦呀，大家都盼着能有一双。

他脱下，拿起剪刀，便往前面的堵头剪。大家不知何意，忙拦着，"干什么呀！"他不言语，剪了这只，剪那只，剪得狗啃一般。穿上脚，脚趾倒是露出来了，只是不像个样。有说破烂的，有说败家的。他浑然不觉，喜滋滋，说透气。

十

初冬，艾目接到大妹寄来的包裹，包裹里有件棉衣，棉衣里有封信。

艾目取了棉衣，往回走，迎头碰见福五往收发室赶。

走在泥巴路上，艾目便拆了包裹，夹着棉衣，边走边展开信来读。信是大妹写的，她说：

> 哥！爸的身体已有所好转，勿念。只是车间挡车工的事，再也不能做，医生说爸的肺病，与熬夜和车间的飞絮都有关。领导照顾他，让他来年春天上驻汉办，这样离你也就近了。不好的消息是因照顾爸，我被染上肺病，在二院住过一段时间院。妈不让告诉你，亏得我年轻，现已出院，慢慢康复中。你依旧不用担心家里。

> 棉衣是妈拆了爸的旧棉衣，一针针做的。妈一边在灯下做，一边念叨你，说你没吃过苦，少爷当惯了，不懂柴米油盐，人情世故。从小到大，稀里糊涂。如今管好自己冷暖，别耽误功课要紧……

看完信，艾目抬头望了望天。落叶尚未褪尽，校园的古槐挂满了金币，天是黄的，云堆在很远的地方。田野倒是青翠，依旧保持着原始的诗意与热情。怎奈萧索涌上心头，大妹比自己小四岁，在慢慢成长的过程中，俨然成了姐。真是累了她，爸的痰盂一直她倒，包括清洗，还有一些杂七杂八的事，不染上肺病才怪。姊妹里，大妹最温柔，艾目也最疼她。这一病，大妹还能不能上学，是他担忧的。

家里六姊妹，妈做不完地做，这些年，极少见妈睡。每次夜里迷迷糊糊醒来，都见妈坐在灯下缝补。原是煤油灯，后是电灯，妈就这样一夜夜坐着。高兴的是，爸的病没恶化，这让她有了一丝欣慰。

不远处，欧阳秋老师顶着花白的头发，提着饭盒与热水瓶匆匆赶着步。他一身黑呢子中山装，胸前的表链，随着步伐一荡一荡，依旧穿着一双尖尖的一尘不染的亮亮的白皮鞋。

周送端着陶瓷大碗，边走边吃。他的碗特别大、沉。泥巴烧的，外面敷了层黄釉，里面呈砖红色，粗拉，没烧好，有瘤疤。他高声喊道："艾目！还不打饭去，再不去就没了。"艾目应声，加快步伐回到寝室，拿着碗便往食堂跑。

粮食已趋紧张，越来越吃不饱。每次打饭，同学们的眼睛都盯着厨师的瓢子。那饭瓢舀起菜，总要抖几抖，才放到学生的陶瓷碗或搪瓷盆里。他去时，军绿脸盆里，只剩下汤汤水水。艾目指了指，买饭的师傅道："正好，全给你。"冬天的饭，凉得快。他就着汤汁，把饭一拌，顶着西北风，"呼噜噜"便往嘴里填。

回到寝室，碗已空。周送道："这么快就吃完了。"艾目"嗯"了声。世鸿接口道："哪像你碗里的猪肝永远吃不完？"周送会心一笑。大家都说，他碗里的那块瘤疤像猪肝。

福五已回来，背对着大家，不知又在写什么。艾目上前，拍了下他的肩，道："搞创作呀！是不是长篇小说？写好后，给大家瞧瞧。"福五神经质般弹起，猛回头，镜片后的眼神躲闪着，又忙不迭去捂那信纸。艾目讪在那儿，不知如何是好，借故说着别的，走开了。

刘玄住福五对床，接口道："寝室就这一张桌子，你一天到晚占着，别人还用不用？占就占着，还摆满了你的东西。"福五听后，结巴不上来，忙把字典、墨水、书籍、碗勺，一股脑往床上收。

这个福五，也是附中升上来的，家住湖南，似乎有亲戚在汉。因何叫福五，不得而知，也许有祈福之意。他中等个儿，小平头，圆脸盘，粗浓的眉毛，鼻梁上架着一副厚瓶底似的高度近视镜。说起话来，喜欢眨眼睛，眉毛一挑一挑，表情极丰富。说话还有点口吃，平时，不大合群，一天到晚吭哧吭哧地写，显得特别神秘。

将桌子放他床头，也就成了他的专利。刘玄也就如此一说，说完便完事，没谁顶真。各在各的床上，写点日记、学习心得什么的。

过几天，福五又把他的破东烂西，摆上去。久而久之，大家就不用桌子了。

十

十一

艾目、周送、世鸿，中午从画室出来时，变了天。风呼啸着，人顶着风，迈不开腿。法桐半黄半绿，猛烈摇晃。几人裹紧衣服，猫着腰趔趄地往寝室跑。世鸿第一个进的屋，窗户走时没关，不知哪来的信纸，吹翻在地。世鸿伸手去关窗，艾目弯腰拾起，就着手中瞄了眼，叫道："情书呀！"周送也伸过头来。

小绿方格文稿纸，蓝色钢笔字。他俩已猜到是谁。

满：

    天气一天比一天冷了，昨晚的雨，淅淅沥沥下个不停。我躺在黑暗中，听着绵绵雨声，愈发思念你，仿佛回到我们相遇的日子。你撑着伞，提着饭盒，从校外走来。我穿着雨衣，骑着自行车，不小心撞到你。你倒在地，雨哗哗地从你秀气的脸庞流下。你只是哭，并无责怪之意。我抛了自行车，去扶你，发现你胳膊上缠着黑纱。

    后来方知，那天是你母亲的头七。

    开学已三个月，学习尚处初始期，采用苏联教学模式，学院开设了素描、油画、头像、胸像等课，还有《政治经济学》。有些课，不想学，只是混。在画布上每绘一笔，都

沉
烟

会想到你，仿佛你就在那色块里候着我。

你是那么美，是我心中的缪斯！

记得上次分别时，你流着泪对我说

信戛然而止。大家还没看过瘾，不免面面相觑。爱情——多么遥远的东西，可这个循规蹈矩的福五，却天天享受着，这让大家情何以堪。有个女生为自己哭，那是啥滋味。艾目简直有点羡慕，那段时间，他手里正看着《奥勃洛摩夫》，对里面的书信往来特别感兴趣。想着若有女同学给自己写信，那该多好。不免在记忆里，努力搜寻着。

儿时，便有同学揶揄他像女生，管他叫"艾小姐"。妈那时只一两个孩子，喜欢打扮他。梳着小分头，外形整洁，衬衣口袋里，给放上栀子花；头发长了，还给别上发夹。

"艾小姐"这个绰号，让他很烦，自己又不是真的女生。也许体态轻盈，眉眼似女生，不爱搭理人，且说话不带脏字；抑或与女生合得来，走得近一些。

艾目性情懦弱，有同学护着，也有同学欺负。早餐钱往往被逼着交出去，在心灵上，积了不小的伤。

艾目曾是学校的腰鼓队员，多次代表学校演出。一身腰鼓服让他活脱脱像个小女生。"艾小姐"的诨名，也只有他才配得起。

被迫的外号只能顺受。受小人书影响，艾目也曾梦想成为一名侠客，为此跟禹儿学过武功。禹儿一身疙瘩肉，眼睛通亮，练得一套套好拳术。猴拳、螳螂拳、十步拳，嚯嚯！哈哈！蹲马步，站桩，练习一招一式，往往在郊外。禹儿身边还有两三个小朋友，算是艾目的师兄弟。艾目哪会练功，贪玩而已，在草地上打滚，那芬芳不曾忘记。

单杠、双杠也不知练了多少。前滚翻，后滚翻，杠上倒立，却不见胳膊长粗，胸也无大肌，瘦弱得像只落汤鸡。

"与女生结姊妹"，艾目最怕别人如是说，心理压力大，至此扭曲了活泼天性，变得越来越孤独。

初中时，男女混杂的学校，要好的同学自然有男女生。一本《文艺报》，让艾目对持有它的司同学刮目相看。司同学坐他后排，高高的个子，瘦瘦的身体，尖尖的下颏，光滑的黑皮肤，衬得眼白亮亮的。两人投机，每次他起身回答问题，她都小声鼓励："艾目，胆子大点！"这让他很感激。

艾目马虎。一次，老师点名让他背杜甫的《茅屋为秋风所破歌》，他诵成"卷我屋上三重草"，引得全班哄堂大笑。他不知为何，还自觉流畅，颇为得意。后为此成为班级笑话而闷闷不乐。司同学安慰道："艾目，这不算什么，洒脱点。"

她爱好文学，订有《文艺报》。那时的"艺"，是繁体字的"藝"。白封皮上的红色月季花，他一生不曾忘怀，那是飘香的岁月。

初夏，湿润的空气里，飘着粉色月季的花香。自那时起，他懂得了柔情似水、淡淡花香的情怀。又无端怜惜起那雨中的野蔷薇来，它娇小、清香、鲜艳，每至雨天，便产生无以名状的忧伤感。

时间久了，自然引起他者嫉妒。不知为何传递的纸条被同学发现，他硬说是情书，告到老师那儿。那个时代，纯而又纯的少年，哪有私情？"艾目！老师叫你。"他踟蹰不安，傻呆呆站在老师的办公桌前。老师并没看他，一边慢条斯理码着作业，一边慢悠悠道："十三四岁就谈恋爱，可是坏孩子。"说完，方抬起眼皮，定定地望向他。他吓得魂飞魄散，赶快低下头，想解释，又发不出声，唯鸡叨碎米般点着头。至此不敢来往，大半个学期，低头做人，算是混了过去。

暑期里，艾目正在过街门做作业，门外分明站着司同学。她戴着遮阳帽，神采奕奕，活脱脱一个"冬妮娅"，又似《牛虻》里的女主角。艾目暗叹漂亮，只是哪敢搭理。瞟了眼，赶紧低下头；又起身，折回屋，再出来，人早没了。

初中毕业，艾目打听到她家住在吉祥巷。他在那条僻静小巷，不知徘徊了多少遍，方鼓起勇气，登上台阶去敲门。没承想她爸高大的身影，堵在门口。他结巴着问："司小慧在不？"对方答："不在。"没见着人，艾目失望得直想哭。女孩喜欢穿身黑，哪怕有个黑影也好。

那条吉祥巷在堤边，怕洪水淹，每户人家都抬高了基脚。艾目失魂落魄走在巷中，显得自己特别矮小。

至此，他羞于与异性接触，把时间埋在书里。

高中毕业后，他考上大学，主动拜访了她。两人长街话别，她红着脸，递给艾目一网袋甜瓜。事后得知，女孩已嫁人，男人是她师傅，据说是未婚先孕。

艾目抖了抖信道："写得还真不赖。"世鸿一把夺过，看将起来。周送道："快！只怕福五要回来了。"

世鸿拿着信，不知如何是好。周送抢过来，扔桌上，胡乱找个本子盖上。这时，福五沉闷的脚步声，已响在门口。进得屋来，他立在桌前看了看，拿起一本厚书压上，又抬头瞅了瞅他们仨。大家装作若无其事，用勺子敲碗哼歌的、拿毛巾洗脸去的、躺床上看书的，各得其所。

福五夹着饭盒走了出去。

学校反复强调，学生不准谈恋爱，恋爱是小资产阶级思想里的思想。

傍晚，福五一人在画室里作画，他们仨偷偷摸去。世鸿站他身后，"咳咳"两声，学着鲁维嘉老师的粗喉咙道："这鹤也太小了点吧！若放大一倍，往上提一下，画就大气了，效果也就出来了。这颜色，还可以再柔和一些，也就润了。"福五诺诺应着，恭敬地说：

十一

"好的，鲁老师。"

艾目扑哧一下笑出声，世鸿作状打他。福五猛回头，见是世鸿，不知怎么回事。眨着眼四处巡视，待反应过来，挥手欲打，笑骂道："装神弄鬼的，吓死老子了。"世鸿连忙跳脚跑开。世鸿的意见是对的，他有很强的鉴赏力与色控力。

十二

第二天下课后，世鸿抱着一大堆硬壳纸，扔床上，说是鲁维嘉老师给的。艾目上前翻了翻，见一面已画过素描，另一面还能用，说道："挺好的，雪中送炭，画素描、水彩都用得着。"趴在上铺记日记的周送也停住笔，伸头瞧了瞧，不无羡慕道："变废为宝，够画一段时间的了。"世鸿向艾目眨了一下眼，说道："有更好的用处。"

他递给艾目几张后，转身离开。再回来时，手里握了一瓶胶水。

星期天返校，世鸿网兜里，多出一大堆颜料，还有一瓶白色广告粉、铲子、砂纸类的东西。艾目调侃道："这是要开修理厂呀！"世鸿道："你还别说，我真就喜欢那些。以后若不行，退了学，就去做学徒。"艾目道："得了吧，放着未来的大画家不当，岂不是浪费才华？"世鸿并不搭言，边从网兜里掏东西，往铺下塞，边说这颜料便宜，汉口胜利文化用品商店处理的。说着，递给艾目一个纸包。艾目打开一看，是两个鸡蛋，一个红薯。腹内正饥肠辘辘，当即就着桌子磕破一个，一股蛋香扑鼻而来。好久没闻到蛋味了，白白嫩嫩、颤巍巍的清，沙一样的黄。

世鸿打来一盆清水，把鲁维嘉老师给的纸，浸入水里。几人围拢过来，不知他搞什么名堂。周送道："世鸿疯了。"世鸿道："赌好吧。"说着捞出纸，用木板托着，放至窗台上去晒。待纸半干后，收进来，用细砂纸慢慢磨着。艾目已知道他想干什么，无非在找画布的感觉。世鸿又把弄回来的水彩颜料，拌上白广告粉和糨糊，往纸板上轻轻刮着。

不一会儿，寝室外的赭褐色林木呈现了，细细弯曲的杆，红瓦平房，象征性的门窗，干燥的路，小树的阴影，淡麻色的天，新翻的土黄色、黑褐色不均匀、不规则起伏的土块，还有几大块随意点染的暗绿。麦黄加浅灰，他们的宿舍和画室都在里面。因掺了糨糊，颜色堆得老高。画好后，放窗前，许多同学跑来观摩。有的说色调好；有的说，这也不行呀，即便有了油画效果，想长久保存，遇到水还是麻烦。世鸿抿着双唇不作声，眼神却异常坚定，看得出他内心压抑的兴奋与狂喜。

又见他往上面一丝不苟刷着胶水。一瓶胶水五分钱，是他们这些穷学生能承受得起的。

胶水刷上后，有了透明感，硬硬的。不仔细看，还真以为是油画。世鸿以假乱真，高仿成功。那次是世鸿在材料上的一次重大创新，属贫穷土壤里开出的一朵智慧之花。自此，世鸿放开手脚，夜以继日，不停地画，无论寒暑假，极大地满足了他的创作欲。那幅画命名为《宿舍前的小路》。

不久后的一天，艾目一个人在画室里作画。这幅画，他已绘了许久，终于大功告成。他站在画前，左看右看，不时添上一笔。那份喜悦，像出征的将军检阅自己的士兵；又似农人收割谷物，小小的兴奋溢满心头。艾目那时便知道，这世界能给人带来真正喜悦的，唯创造。

他采用了全棕系列，岸边的毛蜡烛摇曳在苍灰天空下，果实已饱满，即将炸开飞絮。湖水苍苍，默默荡着。一艘孤船泊在岸边，搭着半张渔网。一只鹭鸶默立船舷，影子又模糊水中。那鹭鸶便是自己，垂头想着什么。

身后有脚步声，艾目一听便知是世鸿他们来了。声响在其身后戛然而止，静了好大一会儿。周送突然道："艾目疯了，这是疯了，他不过了，堆这么高，得用多少油画颜料？"世鸿道："够画十幅的了，这小子在哪儿发的财？"艾目笑而不语。周送上来摸了摸，世鸿也俯身看了看，回身"啪"地拍了他一下，"好家伙，真有你的！"艾目一边用抹布擦着画笔，一边呵呵笑着。他用铅笔像画素描一样，在色块周边描出阴影，以达到立体饱满的效果。这是一种视觉欺骗，远看厚重，其实只薄薄地敷了一层。

绘画，是门视觉艺术。油画颜料，不仅是学习用品，也是精神上的大米，能焖出更多更香的饭。

世鸿后来在出版的画册里说，一进门，便瞧见那幅画，大家屏着气，张大了嘴。

贫穷，没有限制他们的想象，这种小发明时有发生。

十三

深冬了,整个校园覆了一层薄薄的白。武汉的冬,非常寒冷,尤其那几年,常下冻雨。寝室里没炉子,倍感凄凉。

下午五点半,天已昏黑。白雪的光反射进室内,远处几家教授的窗口,已燃起零星灯火。大家手拿大麦面馒头,就着开水,往嘴里咽。周送道:"真要命,这馒头又没发好,还一两一个,简直就像腐乳块。"艾目停下手,瞅了瞅,还好,比周送说的略微大点。周送个头大,消耗的也就多。这时,艾目的优势就显现出来,瘦有瘦的好处。周送是独子,他妈是护士,有时候,还能带点黄豆粉、三合粉、中药糖浆什么的。别人想都甭想。世鸿道:"将就点吧,上次回家,听爸妈说,现在全国都很困难,有些地方连吃的都没了。"周送咬了一口黑馒头,说道:"老鼠也没吃的了。上次回家,一不小心,把一瓶糖浆打翻,沾在书上,早晨起来,书快被老鼠啃光了。那个心疼,才在旧书店淘的。""什么书?"大家凑前询问。"乔治·桑的《魔沼》,"周送答,"本想夜里看完,给你们带来。"

大家正遗憾着,魏归端着碗过来,说音乐系有声乐演出。刘玄兴奋道:"音乐系女生多,好久没见漂亮女生了。"

周送滚上上铺,拿起一本书道:"得了吧,饭都吃不饱,还看女生，眼饱重要，还是肚子饱重要？"大家哄堂大笑，世鸿学着京剧念白："外面阳春白雪，梅花正好，何不走上一遭？"说着，右手捋须，一个转身，脚一跨，"咿呀呀"，做打马状。

大家笑道："走走走，他不去，我们去。"世鸿道："莫忙，待孤家换件衣服就来。"那"来"字，浑厚高亢，拖着长音。大家又笑。艾目低头看了一下自己，没衣服换，拿起搪瓷盆，从暖瓶倒出一口水，把毛巾打湿，擦了把脸。

大家出门时，周送一个鲤鱼打挺，从上铺轻轻一跃，脚便沾地。又回身从枕下抽出一条绒线围巾，一边裹上往领口塞，一边摇晃着往外走。

大家说："你不是不去吗？"他说："嗨！我是怕抢了你们的风头。"

大家说："得了吧，抢了谁的风头，也抢不到世鸿头上。"

还真那样，世鸿不高，也没周送帅，但就是有魅力。

几个人大步流星走出宿舍，音乐系虽与美术系同属艺术学院，却相隔甚远。坐落在街市区西市楼房，从昙华林到解放路大桥那边，足足要走上一个多钟头。

大家走得热火朝天，魏归戴着大黄手闷子，一根线吊在脖子上。刘玄穿着黑棉衣，捆着麻绳。棉衣上少了一粒纽扣，有粒纽扣还扯着线。世鸿戴顶黄棉帽，一侧帽耳朵耷拉着。几人呼着白气，睫毛上挂着白霜，呼哧呼哧。世鸿指着大声道："这不是到了吗！"

大拱顶、圆门、罗马柱，艾目第一次见，不免咋舌，赞道："这才叫艺术殿堂。"魏归横他一眼，调侃道："土包子了吧！"

大厅里，音乐系女老师竟涂着口红，学生也穿得讲究时髦。这让他们大跌眼镜，美术学生反成了土包子。刘玄低头瞅了瞅腰中麻绳，周送冲他狡黠一笑，"你不是想看漂亮女生吗？"刘玄立马昂首挺胸，用傲慢的语调道："怎么了？口红者，资产阶级。"大家互望了一眼，又呵呵笑将起来。好在那时以朴素为荣，似保尔·柯察金遇到了冬妮娅，自信加骄傲，反让他们趾高气扬，有些自豪。

演的四幕歌剧《卡门》，舞台华丽，音乐紧凑，女演员穿着薄纱裙在台上旋转男士也单薄。艾目替他们冷，也赞他们敬业。《卡门》是梅里美的小说，大家读过。

演员把卡门豪爽、奔放的性格，演绎得淋漓尽致。到了第二幕，音乐是咏叹调《爱情像一只自由的小鸟》，旋律忽然深情起来，风清月朗，花在枝头绽放，所呈出的流丽神秘意象，相当丰富。在长笛与竖琴的交相辉映中，时而含情脉脉，时而热情奔放。不经意间，艾目瞟见前排坐着的欧阳秋老师的侧脸。他正襟危坐，目视前方，头戴礼帽，身穿黑粗呢大衣。雪白的衬衣领口，打着领结，细羊毛格子围巾搭在右臂，显得绅士味十足。人完全沉浸在音乐里，神情专注肃穆。

这让艾目诧异，觉得他和自己完全处于两个频道，不免用胳膊肘拐了一下世鸿，世鸿也瞟见了。世鸿又指了指，艾目瞟见一名女生，同样侧着脸。清秀的轮廓，似半边月；高挺的鼻，有岩画质感。眉毛黑浓，眼神在忽明忽暗的光线里，熠熠反光。便低声问："谁？""童童，文学院的。"世鸿捂着嘴回答。"你喜欢？"艾目又问。世鸿打了他一下。后排有人咳嗽，俩人方住了嘴。

待剧终，世鸿两眼通红。回程路上，大家喷着热气，踩得雪咯吱咯吱响。世鸿道："喜欢卡门的热情奔放。"艾目道："我也喜欢，只是找恋人，得找一个沉静温柔的。"魏归揶揄道："什么恋人？还一口一个'恋人'，多大的毛孩子？小心教务处找你。"艾目推他一把，"你大，你有多大？有本事，永远别找。"艾目那时真不知道魏归在谈恋爱。其实，像魏归这样优秀的人，有喜欢他的女生再正常不过。而艾目仿佛来自古代，不知道爱情是什么。想着温柔便好，这是他与世鸿、魏归的区别。

沉
烟

过后，几个人又去看了《白毛女》，那个女主角摇身变成喜儿，这让艾目倍感魔幻。那时，学艺术的并不多，专业班只一二十个学生。钢琴专业一对一、一对二教学。音乐系常常有演出，美术系的学生往往结伴前往。

十四

寒假到了，终于可以回家。

那心情，仿佛惆怅的江水，迷茫又兴奋。默立船头，一江阔水，白茫茫，几只大雁有序地飞在空中。天孤地阔，岸边的芦苇，举着灰白发丝，雪一样飘洒着。

朱天一带艾目转道岳阳，准备乘小火轮回楚凤。天气寒冷，两人于岳阳楼下的台阶坐了一整夜。身后是灰砖垛样的岳阳楼，前方漆黑一片，闪烁着几星渔火。涛声隐隐，愈发显得夜色孤清。

朱天一谈的大多是他如何做思想工作、如何受表扬之类的事。艾目哼哈应着。

小火轮在凄寒的江面驶了一夜，两人终于背着画夹走出舱门。熟悉的码头，满眼大雾，整个城市沦陷在毛玻璃似的雾中。即便如此，依稀望得见金龙寺两根旗杆的顶部。人称桅杆，为来往船只指引航向，是楚凤的最高标志。

两人分手后，艾目步履匆忙，穿过中山路，走完觉楼街，爬上软脚坡，那月亮街的第一个门便是自家。爸妈可好，弟妹咋样？这一想，便有点心急火燎。路上满是"牛皮凌"，看样子，下了几场冻雨，自己却走出了一身热汗。

目标不断接近，冷雾中，一个黑影在圆门洞的石柱旁，模糊着，佝偻着，游移着。不用想，便知是爸。他在等他，知道这几天高校即将放假，知道儿子要回，知道轮船几时到港。艾目发现爸似乎矮了许多，穿得也多，窝窝囊囊，矮墩墩立在雾中。爸看到艾目，有点兴奋，往前移了两步。那年，爸也就四十多岁，看起来却非常老，也虚弱。艾目张了张嘴，想喊爸，却发不出声。爸道："回了。"艾目握着爸的手，爸的手冰凉，眉尖凝着白霜。艾目说："外面冷，您有肺病，别再弄犯了。"爸道："还好，活动着呢。"

一进门洞，便听见妈在呵斥："大清早就不听话，把衣板弄坏了，还怎么给你们搓衣服，不花钱买吗？又到哪儿弄钱去？这么大了，还这样淘，踩什么不好，偏踩它。大冬天的，掏什么鸟窝。咋不像你哥，学习比你好，又比你听话。"妈正数落着，回头瞧见艾目，忽住了嘴。爸道："目儿回来了，你就少说两句。"艾目叫了声"妈"，妈解下围裙，走上前，眼泪竟扑簌簌而落。他理解妈的难处，一副肩膀挑不起这个家。爸做不成事，小弟才几岁，几个妹在读书。书，爸妈坚持让他们读。一切靠妈，妈的脾气自然越来越躁。那个原来说话温柔、练小楷的妈不复存在了。

他箍着妈的肩说道："好了，妈！以后我上班挣了钱，给您买新的。"

小弟本来躲在天井的角落里啜泣，这会儿破涕为笑，围着他哥呀哥地叫。他垂下头，暗生惭愧，自己这么高的人，半年没见，不仅没给小弟带回来一颗糖、一块饼干，连路费都是朝周送借的。

妈那天忙进忙出，问艾目过早（"过早"是楚风方言，吃早饭的意思）没有？又忙着中午加菜，让他陪着去买菜。

艾目自然应允，能陪妈逛菜场是件高兴的事。妈换了一件蓝布碎花棉袄，里面鼓鼓囊囊。妈的头发早剪短，直直地抿在后面，出门时，包个头巾。妈拎着秤，他提着菜篮，走在晴川书院高高的青砖围墙下，笑着与邻里打招呼。若有人问："你大儿子回来了？"妈便合不拢嘴应着。两个妇人，与妈挥手，擦肩而过，走出去老远，一个还在说："人家这儿子，可出息，会读书，这不？又到省城读重点大学去了。"另一个啧啧赞道："听说以后能当大画家呢！"

声音隐隐飘来，艾目不作声，妈也假装没听见。但妈的眼神分明亮了许多，走起路来格外带劲。仿佛有这么一个儿子走在身侧，要多自豪，就有多自豪。

菜场尽管偏僻，也挺热闹。卖菜的呼着白气，两手搓着或拢在袖筒，蹲在地，也有支摊摆案，跺脚的。

妈一路瞧着问："目儿，想吃什么？"艾目道："学校吃得好，什么都能吃得到。"妈大气道："那不是学校吗，家是家。"

儿时，妈也老问他想吃什么。他哪操那份心，妈买什么他都喜欢吃。买得最多的是四两一条的鲫鱼，深棕色汤汁，撒上碧绿葱花，美味无比。

只要有鱼，多添碗饭不成问题。妈可会烧鲫鱼，外酥里嫩，那鱼皮煎得黄黄的，可有味。尤其鱼肚皮上的肉，一是不怕大刺卡喉，二是下饭。他哪知道，鲫鱼要吃鲫鱼的汤，鱼背被弟妹们抢光，那酱色鱼汁才是自己的专利。只要有菜汤，哪怕是炒白菜汁，都可吃一碗饭。

总之，桌上妈管他吃好。

现今，他比妈高一头，什么菜，什么价钱，新鲜不新鲜，一概不知。白长了个头，几斤几两，秤也不识。在妈眼里，就是一个长不大的孩子。

一个气度不凡的小老头，背着手，弓身立在米酒摊前。他戴着护耳，镜腿与镜片间裹着脏兮兮发黄的胶布。妈指了指，艾目叫了声"姑爷爷"。老人回身，呵呵笑道："目儿呀，长高了，出息了，知道陪你妈买菜了。小时候，偷我书看，还记得不？只怕现在不能够喽。"说着，呼着白气，握着空拳头对着嘴，"咳咳！"咳嗽起来。他不说，艾目也会想起。便问："那清代木函的《红楼梦》还在不？倒真想看一看。""卖了，度日了，现在花的不就是那个钱吗！"姑爷爷摊着手，语调里满是无奈。艾目犹记得，他不舍得给他看，一遍遍摩挲的情景。

妈依旧买了豆芽和鲫鱼。家里过节一般，团团一桌。大妹低着头，用公筷夹了一点菜，躲出去吃。她裤子的膝盖竟有补丁，是艾目高中穿小的裤子改的。姊妹中，大妹长得最好看，像妈，白净秀气，一头柔顺的发，垂着两根细长的辫子。爸妈并不夹菜，默默吃两口，便下了桌。尽管面对久违的味道，艾目很想狼吞虎咽，但还是作罢。

儿时，妈最爱做黄豆芽肉丝汤。一根根地择，择掉每一根须。黄黄的瓣，白白如玉的梗，淡茶色的汤。味道要有多美就有多美。她总是唤着："目儿，来吃饭。"妈最疼他，下面的她疼不过来，也无力疼。

吃完，筷子一甩，上学或溜掉不知踪影。待到下一餐，妈再唤："目儿，吃饭啦！"妈就这样把他养大。

十五

下午，艾目去找禹儿，他不在。晚上再去，他已回。

月亮街有几户人家，借着白妈家西墙修了一排简易房。不知何时从何地逃难而来。清一色木板墙，最南端住的便是禹儿。艾目从未见过他爹妈，他大艾目五六岁，住在一间漏风、透着光孔的房里。禹儿个儿不高，人长得结实，黑黑光光一身肉，脸上镶着一对会说话的大眼睛。只是有只眼老不对光，说起话来还结巴。艾目一直纳闷，似乎那个年月结巴特别多。

禹儿自小一个人过，不知以何为生。每每见他烧火弄饭，很会操持，妈总夸他，让艾目学着点。艾目心想，自己能打个酱油就不错了。

秋日夜里，寂静的月亮街上，总会听见墙缝里蛐蛐的歌声。禹儿教他捕，取来漂亮的蛐蛐缸，缸内有个小小封闭的过道，以及装食物和水的小盘。捕捉时用的精致竹罩，也是禹儿自己编的。这让艾目极佩服，做梦都想拥有。养蛐蛐的小瓷缸、陶盒，他也摆弄得有板有眼。

两人猫着腰，禹儿一手握手电筒，一手拿着小网罩。艾目举着墨水瓶自制的灯，趴在地上用竹签小心翼翼掏着砖缝。没竹罩只好用手捕，往往落空。即便捕到，也因用力过猛，伤残了蛐蛐，只好放过。到手的也只能用瓷杯装着，哪有禹儿那么好的蛐蛐缸养它们。有次捕捉时遇见了蛇，好些天不敢再去掏那砖缝。

白天斗蛐蛐，谁捉的蛐蛐取胜，便不亦乐乎。艾目总是一败涂地，只有站旁欢呼的份儿。心想玩还得有本事，自愧不如人，遂有了自卑心理。怎奈兴趣不减，那是儿时的时尚游戏，在他只不过是游戏本身，能消除孩提时的孤独。因为钱，对待工具不能讲究。直到如今，他也不曾刻意追求绘画工具的完美与精致。

养和斗皆需条件，辜负了蛐蛐儿。夜里蛐蛐儿的歌声，却时时缠绕在黑夜少年的梦中，着迷似的盼望能捕到一只叫声洪亮的蛐蛐。

如今，禹儿依旧住在最南端，依旧是黑黑的脸。只是人长糙了，眼睛不再那么明亮，有了倦意。

艾目凑近煤炉，烤着手，问禹儿："有女朋友了吗？"他结巴着道："谁、谁跟呢！自己都吃不饱，赶明儿你给我画……画……个七仙女，我供墙上。"艾目道："好啊！"随即话锋一转，说明来意。下午围着妈闲聊，妈说禹儿在码头拉板车拖砖，不知这些天在干什么。

禹儿边端锅，边说："你若真、真想搞事，就和我一起打糍粑去。这两天生意正旺，与我搭班的那、那、那小子，他妈病了，今天回了松滋。老板正念叨着再、再、再找一个，干到过年，你顶那个缺怎、怎？"艾目知道他想说"怎样"，便道："我行吗？我可啥都不会。""有我呢，"他手一挥，"你妈难，不、不……"他耷拉着眼皮，好不容易说道："不像我，吃饱了全家不饿。"艾目听着费劲，笑问："啥时去？"他踌躇道："明早四点，你——"他卷着舌头，"来"不上"来"。艾目道："我来找你。"禹儿又犹豫道："得了，我现在就带你过去，把事说妥。"

说着，他放下碗筷，领着艾目出了门，直奔解放路。解放路是条老街，原叫三民街。打糍粑的作坊在同善堂附近。路过同善堂时，双扇木玻璃门透出昏黄的光，把路上的青石板照得油油光光。艾目往里瞟了一眼，紫红药抽屉密密麻麻。不知是当家的，还是伙计，趴在柜台上"噼噼啪啪"打着算盘，估算着一天的流水。

作坊设在一座老式木楼里，内里昏暗，地上潮湿，弥漫着热气。禹儿领他七拐八拐，穿过横七竖八的台案。后房的灶台，燃着熊熊大火，照得熏黑的油板壁亮堂堂。很大的四方灶，灶上跺着几层大笼屉。一个男人的脸映在红光里，撅着屁股正往灶里续柴。禹儿喊了声"老板，给您带、带人来了"。老板扭头，上下打量着艾目。"我邻居，想在这儿做几天零工，攒、攒、攒点学费"，禹儿介绍道。老板站起身，拍了拍手上的灰，"小伙子，这打夯的活可有点累？"艾目刚想说"不怕"。禹儿抢着道："别、别看他瘦，有劲着呢。"

第二天凌晨三点多，艾目起床洗漱，约了禹儿前往那所青砖房打糍粑。先把糯米淘净，用开水泡半个小时，再沥干，铺在蒸笼里的姜黄色纱布上。这些事都好做，只那笼屉大而沉，艾目抬得趔趔趄趄。糯米热气腾腾蒸上五十多分钟，抬下来，放在大石臼子里夯。两人脱了棉袄，木锤举得高高的，你一下，我一下。准、狠、稳，得跟上节奏，还"嘿嘿……嘿嘿……"喊着号子。若太慢，别人一锤子一锤子早落下。糯米冷了，也就硬了，不仅是个体力活，还是个抢时间的活。

禹儿麻利，身手矫健。艾目跟着他学，手忙脚乱。老板不在时，他常照应艾目。糯米夯成烂泥后，倒在抹了油的四方模具里，拉成型，晾凉后，倒出来，切成薄薄的长方块。或在台案上抹上油，把糯米泥揉成长条，快速揪出一个个剂子。再揉圆，用掌心压实，变成小圆饼。一个个小圆饼，扫上油，用大木板压上，镇上大青石。冷后，定了型，便可售卖。

禹儿做得行云流水。艾目道："禹儿，这打糍粑谁发明的，可真费事。"禹儿道："好吃的都、都费事。鱼糕、圆子，哪样不费事？还是大学生呢，连这都不、不懂。"艾目扑哧笑道："你懂就行。""我，我，"他"我"了半天，才说道，"我也不懂，听说是古时纪念伍子胥衍生的习俗。伍子胥建城墙时，将大量糯米蒸熟压成砖，当基石。后来遇、遇到荒年，士兵没吃的，想起他的遗嘱，把城墙扒了，果真基石是糍粑做的，救了急。"禹儿一口气说了许多，这回倒是顺溜。艾目道："楚凤城墙吗？""谁知道呢。"禹儿抱起压糍粑的青石，趔趄着放在地上。

得闲，禹儿还蹲马步，"嘿嘿"两声。只见他两手腾起，向一侧一翻一拉，双脚腾空，来个鹰爪拳。

老板生意兴隆，两班倒，日夜不停地做。艾目先是上早班，凌晨四点到下午两点，后来加了晚班，做到夜里十点。他动手能力强，很快入门。每天一身汗，像洗了热水澡，出来冷风一吹，又透心凉。所幸那段时间有吃的，熬了过来。大年三十上午，作坊宣布打烊。之前，艾目支取过工资，给弟妹们买了糖果，给妈买了新洗衣板，余下的钱全部交给了妈。

尽管只做了十几天，因是零工，不比工厂工人拿得少。一天三元，累积起来，是笔可观的数目。妈拿着钱自是开心。他第一次做事，也是妈第一次拿他挣的钱。他从没见妈拿钱时，眼睛那么亮。妈说："你留着，带到学里，花着气派。买画具，买书，看个电影，置两件体面衣服，别让人笑。"艾目道："不用。"妈说："听话。"她原本笑着说的，忽又打湿了眼眶。

有戴红袖章的大妈来收租金，妈捻出几张角票递过去。白妈的院子，住进来的住户越来越多，格局早已打破。房子归了房管局。有的人家用碎砖接了厨房，有的盖了偏厦子，有的索性把天井改成房屋。弄得似胡同，又黑又窄。过去宽敞幽静的大院已然不在。"芷儿嫁了人"，妈说道。艾目心不在焉听着。"三儿到纱厂上了班"，妈又补充道。

白妈忽地就老了，穿着灰格子粗布衫，头发依旧梳得光溜溜。那绫罗绸缎恍若一夜间被大风吹得无影无踪。艾目犹记得，毛姐那缀满小瓶花的织锦缎奶白绸衣，晾在杆上，在风中摇曳的情景。真清爽！每每想着，艾目都觉得那天的阳光真好。

白妈道："目儿，我没看错，你以后定会远走高飞，在大城市讨生活，到时，你爸妈有得福享。"

艾目无以言对，感到十分渺茫。

小弟艾萱和一群孩子到大堤上滑雪，每人垫个大纸盒，人躺上面，从堤坡上往下滑。艾目把他找回来，他的裤子、鞋袜全湿了。妈免不了又是唠叨，说着："茗（茗，湖北方言，"傻瓜"的意思）娃儿，你以为是滑雪场，那么陡的坡，颈子断了怎么办？"又忙着发柴炭，罩罩子，把湿了的衣裤铺在上面烤。小弟敲打着鞋子里的雪，嘟囔道："又不是我一个人，好多娃呢。"妈听了烦，想上来揪他，爸又来拦，又忙拿来他的大鞋让小弟趿拉上，让他坐在火盆旁把脚烘干。

那个寒假，艾目除了到新华书店转悠了一圈，再去"便二小"秦手老师那儿，借了两本书，哪儿都没去。"便二小"，全名"便河路第二小学"，前身是艾目的母校豫章小学。

返校前，他给禹儿画了一幅《七仙女》。一位端庄淑雅的女子正在弯腰弄饭。两个娃娃坐在床上，摆弄着毛绒绒的小鞋。

出门时，妈塞给他十元钱，让他带着。夜里九点，黑暗的台阶，依旧是汽笛，依旧爸相送。

十六

进寝室，周送已回。正在上铺，吹着口哨，往墙上挂两幅装裱好的小油画。四四方方的白框，画着豆绿色原野、起伏的麦浪。另一幅是一高一矮两个模糊的人像侧影，去公交公司体验生活的场景。

墙上钉子上，挂着他的灰毛料外套。

窗口明晃晃，阳光好得不得了，艾目猛然意识到，春天来了。

周送看到艾目，喊道："呀，哥们！你回来了，想死老子了。"艾目道："同感同感。"的确，在校想家，回家又想他们。

艾目掏出钱，还他买船票的钱。他接过，揣进裤袋道："你小子有钱了。"艾目问世鸿咋没来。周送正欲作答，门外忽响起阔朗的声音："我回来了！"

随着声音，世鸿背着画夹笑吟吟立在门口。艾目自是开心，走上前拍打着他，问寒假做了些什么。他拿出几幅小画，递给他俩看。依旧以纸面、糨糊、水粉、胶水为原材料。

世鸿画了《江汉关》，土黄色调，天是黄的，江水也是黄的。岸上黄蓝相间的几何形楼宇默默矗立着，隐约可见气派的钟楼。江水纹丝不动，几只玲珑的木船，竖着高高细细的桅杆。岸边横着一条植物带。画面安静，色块呈平行状，用了黄、绿、蓝三种冷色调。

黄、蓝本可生成绿，算下来只两种，非常和谐的一幅小画。色调是一幅画的品质与关键，它成了，画就成了一半。他还画了《白房子》，小二层的白房子，赭石色土地，房前有几棵树隐约遮挡着。色调、构图都不错。

晚上，他们仨叫上魏归，"四剑客"去看了《上尉的女儿》。

一九六二年的早春，尽管寒冷，校园水塘边的柳丝已一根根垂下。翻卷的叶片，似一挂挂待燃的绿鞭炮。一些玄铁树干也伸出小小的绿色手掌。那段时间，艾目很是幸福，最起码荷包里稍微有点钱，可以任性一点，逛旧书店，淘自己喜欢的书。

草的绿指甲，也一寸一寸开始往外钻。风绿了，坡青了，小鸟的歌声翠了。春天恍若玉器，满世界叮当作响。

几个人结伴去江边写生，那束光极为生动，从云层斜斜打下。细小的波纹缀满金片，露出泳者的脑袋、滑动的手臂。吹皱的江面，似凹凸不平的棱镜，晃着人眼。周送指着那些摩擦的光线道："这种物理现象简直绝妙，极具动态美。"艾目道："似返家的路上，无以名状的喜悦慌乱地表达着。"

世鸿背着画夹走进去，成为一个剪影，又变成一粒黑点。

艾目道："真正的美是不需要五官的。"

周送画了《泳者》，浅调子，残船、淡粉的日光、宝石蓝的江水，一切都是美好的。

艾目绘了《工地的早晨》，用笔随意，复杂有序，依旧延续浅咖色调，只远处朦胧着淡紫光晕。世鸿道："潇洒。"周送道："有节奏。"艾目顺便带回几块工地不要的碎木板，他俩不解何意。

第二个学期，艾目过了思家阶段，适应了大学生活。

招艾目来的段虹老师，领同学们到医院参观人体。他教解剖学，平时很难见，是名代课老师，半个月才有一两节课。

学院老师只是导师，学习凭自觉，系里对五年教学内容与目的

沉
烟

做了整体安排。老师一般不上课，只是评定与解惑。

段虹老师典型的中等个头，眯着眼，说话有点大舌头，顶着上腭。他喊道："艾目。"艾目答："在。"他低声道："知道你们不重视解剖课，但还是学点好。"艾目点头。对以后绘画有帮助，他拍着艾目。继而抬头，用手拢了拢头发，击掌道："同学们！过来。"大家围拢过来，一个泡过药水、皱巴巴一丝不挂的老妪仰躺在案。室内原本昏暗，突然打开灯，格外刺目。艾目垂下头，不敢看，也不想看。段虹老师温和地说道："油画讲色块，不像国画讲线条，表达方式完全不同，大家还是要懂点。这也是国画写意、油画写实的原因。"他拿着教鞭，指着每个部位，逐一讲解着。浓烈的药水味直呛鼻子，艾目差点没吐。大缸中还泡着小孩尸体，恶心又恐怖。世鸿胆大，聚精会神听着，艾目偷偷溜了出去。

接着又上了一节参观新鲜尸体的解剖课，据说遗体是名犯人，似乎还是热的。几名医生把尸体大卸八块，各取所需，包着匆匆离开。案台上，只剩下一层皮和一堆脂肪。

回来后，艾目几天全是噩梦，肚子饿得难受，见食物却反胃，似大病一场。

十七

之后，艾目又去工地，捡了别人废弃的钢锯和洋钉。世鸿明白他的想法后，从家里拿来榔头，竟还有一个小刨子。艾目接过来，摆弄半天，本想三两下，钉上完事，没承想弄复杂了。艾目说道："哥们，你真神。"世鸿笑道："我是谁呀，这世界哪有我办不成的事？"

那之后，寝室里不时响起刺啦啦的刨花声、乒乒乓乓的捶打声。艾目的小油画箱，即将完成。双层，一层放画笔，一层放油画颜料。四十厘米长，他比量着，太长的油画笔得锯短。星期天，周送从家里带来一小罐亮油，他家刷柜子剩的。艾目里三层、外三层地涂。半夜不睡，趴在被窝里借着月光欣赏着。

艾目终于有了自己的油画箱。

魏归道："工欲善其事，必先利其器，这装备行军打仗都不怕。"艾目道："谁让你学版画，不加入我们油画系，这辈子无缘油画箱了吧。"魏归并不搭言，俯身看了看，自语道："还差一条带子。"艾目道："这简单，弄根绳子就完事。"他道："别，那多勒人。"说着朝外走去，一壁走，一壁回头道："等着我啊！"不一会儿，拿来一条石青掺老绿的帆布腰带，递给艾目。

自此，艾目的油画箱趋于完美。依稀记得，上中学时在旧货摊，有位旧文人出售一只民国老油画箱。他从未见过，蹲那儿欣赏半天，简直挪不开步。对方要价三十五元，艾目只能心叹，是爸的两三个月工资。后来，被同一美术小组一位有钱的公子哥买了去，他爸是校长。他背着它炫耀，昂着头，逢人拍着。艾目心想，有了金刚钻，还得揽得到瓷器活不是？那种失落感和满足感从未有过。如今想想挺好笑，那时多少带点醋意。

　　多年后，当他真的有能力拥有时，已不想拥有，更不会在意。工具，劳动所依之物，而那时是希望，又因希望而憧憬。现在更明白，并非有了好工具，就能成为一名艺术家。不是的，哪怕幼小时便拥有一只很漂亮的油画箱。美在心里，在审美中，在不断期盼中。

　　这之后，寝室里叮叮当当的声音不绝于耳，人人肩上都有一只油画箱。周送道："艾目的最好。"世鸿道："我的最好，经验中的经验。"大家便笑。

　　几个人傻呵呵唱着，晴朗朗的日头，晴朗朗的天，相约去郊外写生。木芙蓉静止不动，干枯的枝条挂着棉桃样毛茸茸茶色的壳。去秋的一树粉红、轻薄落尽后，便是如此。它是迟钝的，和笔直的白杨、弯曲的泡桐一样，在早春肥美的空气中，依旧保持简约之姿。

　　几人结伴而去，早春冷金色的阳光，分外清甜。艾目道："春天从鲜美的第一滴水开始，每一天都在增厚，待到四面花香，使一切几乎具有触摸得到的可感性。"

　　世鸿道："哎哟喂，诗意呀，还文绉绉！"周送道："他嫁接普里什文的。"艾目又道："春天是松软的，似奶油蛋糕，一层层码上去；又似油画，多层次表达。"

　　周送揶揄道："还奶糖呢！"

　　艾目道："可不是？绿色的奶糖。"

　　世鸿道："春天——季节的柴火，催化大自然的冻层。有热度便会开花，人也如此。"

两人齐声赞好！艾目又道："也是往生。"两人一听，便止了言语，觉得悲凉，却又说不出来地好。艾目自然知道，待到无边的浩荡袭来，才是真正的春天。

世鸿绘了《春早》，一名绿衫绿帽小男孩的背影，奔跑在返青的田畴。风起云涌，大朵大朵的云，堆在天边。整幅画，豪迈而写意。

周送绘了《舀春》，少女手持葫芦瓢，站在河边石台，勾腰往桶里舀着水。水是稠密的、鼓胀的、透亮的。柳枝漾在画布，噘着金黄的小嘴。女孩脸额微侧，眼眸低垂，肤上细微的绒毛清晰可见。妩媚的颈，延至领口，白白的肌肤，令人心动。

艾目绘了《戏春》，一反常态，用了耀眼的金色。银粉的天，太阳似枚圆环高挂着，里面有个圆巴巴。几只粉蝶在空中飞舞，一个十一二岁的少女，挎着篮，仰着脸，嘴微张，双手做着捧举姿势。她的侧脸、撅起的衣襟、袖上、裤上，落着大块大块的金色。艾目用明黄与浅灰，营造出透明感，湖水推得很远，只朦胧一道。

"真明媚！人物相当突出，有层次感。"周送道。世鸿道："天真意趣。"艾目自己也非常满意，尤其喜欢女孩的俏皮神态。

说是写生，实乃创造。人物并不存在，是他们附加上去的。大自然再美，皆为主观情绪服务。于绘画，没有单纯的客观，自然主义是无我之境，艺术要求有我之境。三人七嘴八舌，高谈阔论着，拾起草丛中脱掉的衣服穿上，翩然而归。

快到宿舍楼时，欧阳秋老师提着网兜迎面走来，见他们背的油画箱，直夸好，连说后生可畏。又敲着他们仁的画作点评道："世鸿用笔潇洒细致；艾目构图着色大胆；周送好题材好创意，名字新颖，平凡中见美，画出了春天的气息。"三幅画从系统的角度来看，意味深长，呈现出学前、学中、毕业后的三种状态，即儿童、少年、青年在大自然面前的表现。经他如此一说，三人如梦初醒，自是一番

沉
烟

兴奋。

艾目忽问："为何这学期，没见鲁维嘉老师？"

欧阳秋老师叹道："调走了。"

周送道："为啥？"

欧阳秋老师迟疑道："不甚明了，似乎有学生反映，他讲课时走偏门，思想觉悟不够高，不再适合教学。"

艾目问："调哪儿去了？"

"似乎到基层锻炼，搞宣传去了。"欧阳秋老师回答。

与欧阳秋老师分手后，他们面面相觑。世鸿踢飞一块土坷垃，骂道："谁反映的？"周送道："可惜了。"艾目心想，太没意思了，让一个大学老师画宣传画，岂不是大材小用？

好心情顿时跌入低谷。后来风闻，学生还检举他里通外国，与国外有书信往来。至此这个能给他们带来一丝国外先进理念的年轻教师，再也不曾见。至于反映者是谁，猜测不一。

尽管遗憾，但并没影响他们的创作热情。那个春天，即便吃不饱，他们也一直画着，不停地画。

十七

十八

　　周日，学校仅供早晚两餐，有的是时间。从学校到旧书店需要一个多小时，艾目慢慢行去。春天的枝丫，风情万种；法桐的街道，干净清凉，不是闹市，却正合心意，有闲庭信步之感。

　　粮道街，其实是一条青石板的鸡肠小道，也是去旧书店的必经之路。与它横着的那条街的十字路口，有座古木青藤的青砖老舍。一名十五六岁的少女，侧身坐在门前，嘟嘟囔囔，背着俄语单词。艾目心里不觉一振，想起自己高考前的复习之景。

　　女孩细眉弯月，额角光洁，小巧的唇与鼻，似春天的芽苞，大有天涯歌女的意味。薄薄的肩，着一件雨过天晴色毛衣，衬着冷白的脸，愈发洁净。白腻腻的春光流泻下来，满世界生香。艾目暗忖，这暮春可真好，春，是用来伤的。好到极致，便是伤。这女孩，竟伤到了他。自那时，他懂得了喜欢也是伤，而伤又是如此美好。

　　走过她家门口，他还回头望着。心想，那坐姿可真美，垂着的眼眸，蓄满湖水，既有油画素质，又具古典美。艾目曾瞧见毛姐坐在古井般的夜色中，也有这般美。多年后，他都想着那晚银亮亮的月，而毛姐为何不开心？似乎她永远是快乐的，是他这个柔弱少年全部的梦想。

这个省会城市并没多少花，可这家门口竟种了几盆茉莉，这让艾目神往。还有一棵歪脖子老泡桐，开着淡紫的花。猫咪趴在躺椅上，懒洋洋晒着太阳。再回首，女孩已起身，抱着猫咪进去了。

他低头笑着，猜她读高几，到底有多大。又下意识摇了摇头，觉得自己莫名其妙。一路上，阳光似薄薄的透明金纸，朦胧闪耀，又似一本金色的书，一页页哗哗翻着。他傻呵呵笑着。

不觉间，来到古旧书店。书店位于与解放路司门路口垂直的民主街上，与蛇山平行。每次去，都似会老朋友。木头大门，内里七八十平方米，三面墙被书柜占满。与新华书店不同的是书脊全部为陈旧的黄黑色，标价低于书后印价。若印价三毛五，用圆珠笔已改成三毛。除价低，还可淘到过时的出版物，甚至民国孤本。

在一排灰扑扑的书里，他发现了库普林的《阿列霞》，一九三八年版，巴金编的丛书。它那么瘦小，夹在一堆书里，毫不起眼。

那时，外国文学多为俄罗斯译著，二十世纪初欧美作家的少之又少。有，也是民国时期的遗存。

一些作家的名字，艾目曾在巴乌斯托夫斯基的书中读到，梦里寻它千百度，遇到自是如获至宝。遂抽出书，捧至掌心，倚着书架，看将起来。

边看，边下意识摸了摸裤袋，带的钱足够，便毫不犹豫买下。买完，又翻了几本，才默默离开。

出来时，他望了眼远处的武昌区医院，又瞅了眼斜对面的中华老字号曹祥泰点心铺，想着回家时，若能给弟弟妹妹带点糕点，该多好。那透着油、系着麻绳、纸包纸裹的点心是香的。

路上，那座小院静悄悄，恍然若梦，清秀的女孩似乎并不存在。他有点失落。

晚上，世鸿、周送回来。艾目正饿，世鸿递给他用草纸包的半个馒头，说是随他爸坐木筏子去郊外的"归元寺"，寺里长老布施的。艾目知道世鸿特意留与他，内心不免感慨。周送道，他母亲才下乡医疗回来，乡里依旧很苦。几人正说得热闹，陈浩慈眉善目走了进来，打过招呼，坐在艾目床边，拿起他才买的《阿列霞》，翻了翻，问："好看不？"艾目摇头道："还没看呢。"他又问世鸿家中如何。世鸿道："姊妹多，越来越吃不饱。"陈浩道："会过去的，越是艰苦岁月，越要磨炼心性。你们是国家栋梁之材，思想不能落后，需紧跟革命形势。"他们答："好。""要有大局观念，别小情小调的。"他语重心长地嘱咐着，又拍了拍《阿列霞》。有什么困难，尽管找我，切忌资产阶级思潮，无组织无纪律。现在能上学，承蒙党的阳光雨露。

艾目点头，国家不办学，不给奖学金，哪能读书？

陈浩走时，又在对过世鸿床上，拿起一本书，摇了摇头。世鸿迷恋欧美小说，也笃信佛学。那本书从开学便放在他床头。世鸿的床永远平平整整，似乎随时都会用手摩挲两下。

这之后，艾目几乎每个星期天都去旧书店。那座老宅时常静悄悄，有时只那只灰猫，昂头挺胸在门口悠闲地踱着步。他希望见到那女孩，又往往落空。有次，门口放着木盆、搓板，女孩正往铁丝上晾衣服。两个小孩围着她叫姐姐。她哄着说乖，又好像许诺着什么。那个刚会走路的小男孩，蹒跚着，张着小手，欢快地拍着。

晾完衣服，她拿着红鲤鱼搪瓷盆，牵着小不点往屋里去。可能发觉有道目光一直追着她，便回头微微一笑。她分明看见了他，目光相交的一瞬，艾目忽然心慌起来，低下头，直直地向前行去。待走远回头，人早没了。

艾目不知道这是不是爱情。她的脸像一面羞涩的湖水，他喜欢这份宁静，内心踏实，又微波荡漾。这女孩，已不是他年少时见过的月份牌上的明星，而是经过文学洗礼后屠格涅夫笔下具有内质美的女性。

她是不是我的阿列霞，艾目胡乱想着。自己并非那个来自彼得堡的伊万，只是一个穷学生。她也并非林中精灵，可她笑得那么纯，那么真，无半点修饰。他能感受到她蝴蝶般跳跃的眼神里扇动出的善意。这便足够了。他似乎触到了云层上的爱情，于此人间，夫复何求？他一遍遍问着自己。

他失魂落魄回到学校，每天记着日记，在里面抒发着情感。感谢《阿列霞》的善良，感谢寂寞的古旧书店。旧时期的读物唤醒了他的混沌，却又使他在混沌中落入了梦的虚幻。

他被这温柔的梦魇着，挣也挣不开。

魏归、世鸿也记着日记。

十九

正当艾目心猿意马，沉浸在爱情的甜蜜憧憬中时，更深的饥饿袭来。

吃饭时，周送道："又是双蒸饭，越来越不顶饿。"艾目问："什么叫'双蒸饭'？"周送道："你一天想些啥？'双蒸饭'都不知道。这段时间，傻呆呆的，还一个人偷笑。"艾目掩饰道："什么也没想，问一下'双蒸饭'，惹出你一车轱辘话。"

周送道："你照照镜子，小脸都瘦成啥样了？"艾目低头看了看自己道："我是瘦，本来就瘦，倒是你眼窝窝下去，越发好看了。"周送用勺子戳着饭道："这时节，还有心思开玩笑，隔壁有人浮肿，得了'饥饿肝炎'休学了，你知不知道？"随即又叹道："我妈也得了'饥饿肝炎'。"

艾目的经验是，每逢大事，必有新鲜词汇诞生。那是他第一次听说"饥饿肝炎"，忙问怎么回事。世鸿道："饿的。"周送道："我妈节余自己的定量，买一些食堂的米面制品，给祖父和我带回来。省下粮票，兑换周遭农家的蚕豆、胡萝卜。她自己只煮蚕豆壳、胡萝卜皮水充饥。"

艾目忽想起自家，爸是否驻了汉办，妈和弟妹们都在吃什么？

他母亲是护士尚如此，妈没一分钱，该怎么过？怪不得大家有气无力，体育课也停了，体育老师调至伙房帮厨去。起先上体育课，大家也懒得动，懒洋洋站一排，象征性伸伸胳膊，踢踢腿。不像刚入学时那般生龙活虎。

世鸿放下碗道："柳州发明的这玩意，现在全国推广了。没得法的法，把米蒸两道。生时不加水，用瓦罐蒸一道，再加几倍的水蒸一道。出饭多，堆头大。"艾目道："望梅止渴呀！"世鸿道："满足观感，眼饱。"

艾目终于饿得眼冒金花，走不成路，正想扶墙去上课。世鸿回来道："都别去了。系里通知全体停课，严禁去画室。少活动，不活动，保持体力，卧床静养。"

自那后，他们每天卧在床上，画画、写字、看书，除打饭哪儿都不去。

食堂格外冷清。小卖部挂出"没了"的牌子。周送最讨厌那个"了"字，说："看着就扎心，写得那么长，没完没了。"

大家躺在床上，饿得黄皮寡瘦。刘玄叹道："现在有口馍就好了。"周送道："想得美！我还想吃老汉口的豆皮，还有面窝呢。家里小巷尽头，有个老汉专卖豆皮，煎得焦焦的，里面包着切成丁的豆腐干、香菇、肉，软香酥口，又筋道。吃了还想吃。"他把"吃"字拉得很长，往上挑着。福五道："有么子（么子，湖北方言，"什么"的意思）好的？再好吃，也没得长沙'火宫殿'的油煎臭豆腐好吃，满口流鲜，那叫一个香。"艾目想起黄家塘的早堂面、糯米包油条、元豆泡糯米、米圆子，嘴里却说着："么子也不如大连面好吃。"周送有气无力道："么子大连面，为么子叫大连面？"艾目回说："此大连非彼大连。鸡、鳝鱼骨、猪大骨熬汤，浇在焯过的碱水面中。汤白面黄，劲爽滑口，那个筋道。卤好的腱子肉切片，鸡胸脯肉撕丝，与炸好的酥鳝，一同作码。此乃大码，还有肉末小码，撒上葱花，油肥码大，那叫一个香。"

艾目说着，想起儿时，被爷牵到堤边的刘大人巷口的"余四方面馆"，排队吃大连面的情景。高大的棚子，旌旗招展，队伍宛若长龙。门口粗黑油腻的方桌旁，坐着小小的自己，用筷子敲着碗。爷夹一小碟泡萝卜，倒一两小酒，"嗞啦"一口，吧嗒一下嘴，再撅起一筷子面。爷有时把酒杯递到他唇边，他用小手推开，捏着鼻子，扇酒气。棚外，骑马、乘轿、丁零零坐洋车者，络绎不绝。更多的是穿着短衣、挽着裤脚、肩头搭着披头的码头工人。

吃罢，祖孙俩折回纸铺，他继续玩耍。

一声不吭的世鸿突然霸气道："老子有了钱，吃十碗'蔡记林'的热干面。"大家捂着肚子笑出声，又怕消耗体力，强忍着。

周送道："现今不是钱不钱的问题，么子都计划，有钱也买不到吵。"

我不管，反正要吃十碗炸酱面。

大家又捂着肚子笑道："你到底是吃热干面，还是吃炸酱面？"世鸿道："管它么子面，是面就行，可惜没得一根根！"

二十

晚饭，大家去食堂，八人围站一组，各自掏出餐票放在方桌旁。周送一张张拾起，于掌心码整齐，摇晃着走向窗口。他桌亦然。

不一会儿，周送端着军绿脸盆，握把竹板刀，走了回来。盆里装了半盆发糕。大家盯着刀，他划成八块，还算均匀。开始转盆，盆子扑棱棱，咣当半天，才左右摇摆着停下。大家拿起各自面前的发糕，一言不发，放碗中，转身离开。别的桌，还在"咣当咣当"转个不停。

"今天发得不错，不像昨天只一小盆底，一人一块死疙瘩"，周送边往嘴里送，边道。世鸿接言道："嗯，可以抵挡一阵。"艾目浑然不觉，似乎有书，便可消解一切烦恼。旁的桌，还为你大我小争执着。

第二日早饭，依旧是稀饭，一人两瓢，照得见人影。周送戏称浪打浪，世鸿便唱："洪湖水，浪呀么浪打浪。"艾目道："别唱了，少消耗点。"

话音未落，便听到买饭窗口传来呵斥声："你说你这是第几次了！画一次两次完事，还没完没了了。若同学们都这样，还有得吃没？这么大的个头，也不嫌丑！"

他们几人站住，齐刷刷回头。那个学生低着头，一声不吭。他块头大，站那儿像堵墙。走走走，去教导处，一个卖饭的说。把保卫科的喊来，另一个道。接着从侧门出来两个穿白工装的体育老师，拉着他便要走。他猛地甩开，喊着："我饿，我饿！"蹲地上，号啕大哭起来。那个卖饭的，嘴里还说着："谁不饿，啊？谁不饿？"声音却渐次矮了下去。

世鸿上前劝道："别哭了，这样会更饿。"

那个学生总是被抓，学生们背后指指点点，分外鄙夷。这时却一个个垂着头，悄悄溜开。

他比艾目高一年级，一米八几的个头，广东人，住他们楼上。画餐票这种本事，大家都有，只是画不画的问题。

饭每天"老三篇"，不是一小罐泡软的蚕豆，便是一块杂粮大麦糕。无论是大麦糕，还是大麦馒头，都刺嗓子。大麦与小麦营养差不多，但纤维粗拉。对这点，艾目不曾太在意。倒是周送总说："糙得慌，像带着锯条。"患肝炎的同学，一个月能发半斤黄豆票和半斤红糖票，没病的想都别想。

大家在床上休息了一个多月，学校开始通知上半天课。静养期间，周送画了一幅自画像，美其名曰《静养学习法》。他靠墙而坐，一身黑色苏联学生装，戴顶黑檐学生帽，帽周箍着一转发亮的黑圈。人物两腿伸出上铺栏杆，膝上摊着笔记本，低头写着什么。墙上的两幅小画也画了进去。日期为 1961 年 4 月 26 日。

世鸿道："亮闪闪的春光就这么没了。"福五道："活着就不错了。"

老师体谅大家身体弱，说："可以坐着画。"

欧阳秋老师明显瘦了，奶和咖啡已断供。但他的精神依旧很好，说："同学们，这真是一个艰苦的年代，希望能早点过去。今天我们继续上头像课，为能给大家带来一份好心情，你们看，我把谁请来了。"

大家顺着他的手，望向画室门口。杨院长笑着走了进来，拱手道："同学们，辛苦了！我献丑，献丑！"同学们倍感兴奋，杨院长可是知名大画家。

有同学窃窃私语："也只有老欧阳才请得动。""那是，同学嘛，"另一个接口道，"你成名了，我请你。""去去去。"

欧阳秋老师拖把椅子，坐上面道："今天我来当模特，杨院长为大家展示，大家鼓掌。"杨院长双手往下压了压，"同学们保存体力！"

他目光如电，三两下人物已然成型。艾目第一次见名家表演，直叹难得。少年时只见名家作品，哪能目睹作画全程？此乃学校优势，美术重示范教学。杨院长笔触厚重粗粝，人物老辣传神。额上凸出的色块，恰到好处，质感光感，叹为观止。

一上午，画面上的欧阳秋老师已神采飞扬，栩栩如生。尤其那仁丹胡，颇有鲁迅的味道。

同学们在下面跟着画。科班就是科班，手把手，国粹京剧也是如此传承的。

油画是一门奇妙的艺术，画面丰富，层次、空间感鲜明，不宜近瞧，适合远观。那时艾目便知道，越清晰越俗，越写实越俗，越细腻越俗。

二十一

学校开启了自救运动,凡旮旯胡同,边边角角的地方,全部种上蔬菜、红薯与豆类。

世鸿提着粪桶,周送挥手让他提远点。世鸿道:"闻着臭,有吃的,才叫香。"魏归骑着自行车从教务处过来,脸上藏不住的喜气。自行车属稀罕物,整个学院就没几辆,相当于 20 世纪 80 年代末的小汽车。不知他骑谁的。艾目拍着龙头问:"干什么去了,这么喜兴?"魏归单腿点地,一手扶把,一手从上衣口袋掏出一张汇款单。大家放下手中活,争着问多少钱?他说三十元。他们仨张大了嘴。周送道:"我的天,比工人一个月工资还高。"艾目道:"真有你的!"

世鸿接过汇款单,对着酡红色光线高举着,另一只手拍着魏归,直叫哥们。魏归淡定地说:"帮红星酱油厂设计商标的酬劳。"那日的夕阳很美,远远照着四个人。

自此,大家跟在魏归屁股后转,要吃要喝。他倒爽快,常带着大家到周边农户家弄吃的,凡能用钱买的都买,让他们这帮穷学生过了一段满意的日子。

紧接着的油画创作课,是去崇阳体验生活。几个人住在半山大队。天气有点不争气，去了便细雨淋淋。大家窝在队部的空房里，望着屋外空蒙的雨天，极为无聊。世鸿嗅着鼻子道："哇，真是香！"艾目也闻到了。周送道："有啥子可闻的？南瓜香。"世鸿道："就你狗鼻子灵。"几个人饥肠辘辘，直咽口水。那南瓜香每日从隔壁伙房顺着细烟飘来。同屋住着一名《湖北日报》的美编，也伸长鼻子。他穿着时髦，一件灰塑料风衣，终日不离身，防风防雨，又有风度，惹得众人羡慕。那美编一天到晚，拿着碗，踱着步，像在思考国家大事。不待打饭的胖大嫂喊"吃饭啰"，他便穿着笔挺的风衣，带着大家拥入伙房。大家围站灶旁，伸着脖子观锅。那胖大嫂手持长勺，在锅里挖一勺，抖几下，只剩小半勺，倒入碗中。大家边吃，边哄笑道："这天下厨子一个师傅教的。"那胖大嫂举勺欲打，嘴里嚷着："吃都堵不住你们的嘴。老子不想多给？吃了这餐，没下餐，才叫造孽。"那勺上的黏稠黄液，溅在美编的风衣上，美编躲着直嚷："弄脏了我的衣服！"

但那水煮盐拌，煮青椒的南瓜，实在是香。那美编吃饭快，呼噜噜，一会儿便底朝天。衣服滴上南瓜汁，也浑然不觉。

次日早起，微墨色的天依旧阴沉沉。那美编忽惊叫道："谁这么坏，啊，谁这么坏？"大家正纷纷起床，不明所以，停手望过去。这一望不打紧，只见他穿着一个袖子、半边身子的风衣，惊慌地找着另一半。几人面面相觑，望着他的狼狈样，忽爆发出大笑。周送边低头系裤带，边闲闲道："老鼠作的孽，估计是南瓜汁的功劳。"

当日，美编找胖大嫂多要了两勺南瓜方作罢。

回来后，艾目接到爸的简短信件，说已驻汉办且告知了地址。

星期天，他匆忙赶去。安静的小二楼，冷冷清清，显得异常萧条。门口毫不例外，写着"大干快上""人人为我，我为人人"的口号。

天燥热，他走得汗流浃背。脱下来的上装搭在肩头，沿着窄窄楼道，"腾腾腾"蹬上去。大片阳光，明晃晃洒在二楼阳台的走道上。

有间房，门敞着，室内幽暗，一个人影背对着走廊。艾目站在门口，喊了声"爸"。爸回头，手持碗，望过来。他目光躲闪，生怕被阳光刺到。身上穿了一件洗白了的中山服，灰不灰，蓝不蓝。尽管头发理得很短，胡子也干净，但惨白的脸依旧把人显得像截朽木。

爸年轻时可真叫帅，谈不上虎背熊腰，却也气宇轩昂。纸铺坐落在楚凤最繁华的中山路的最繁华地段。向门处，横着玻璃柜台，柜台里摆着本子信纸。艾目儿时手扒柜台，踮脚才能望见里面。那时他便知道一刀纸一百张，伙计们一五一十数得才叫快。后屋堆满了货。一捆一捆的纸摞成山，似鲸鱼的背。

为卖纸，常请名画家坐店，与爸喝茶聊天。张善子便是其中一位，他尚虎，据说与黑胡子张大千是兄弟。艾目那时迷恋西画，对国画不感兴趣，故不曾留意，倒是爸常提及。

柜台外，两米宽出场。柜内四十多平方米，挨墙立着两米高的货架，摆着各色纸张。中间留有一米过道，直通内室。

厅堂左边是待客的位置，方桌、靠背椅、茶壶茶具，角落里安放着黄铜喇叭。留声机放着外国歌曲或京剧老唱片，爸跷着二郎腿，揭开盖碗茶，刮一下。阳光好得不得了，从彩窗涌入，落在爸的衫上。爸是票友，喜欢马连良，中气十足，学得一口老生。每每站定，手捋胡须，昂头一观，"望江北锁战船连环排上，叹只叹东风起火烧战船，曹营的兵将无处躲藏。"唱罢，胡须一甩，扬手、转圈、踱步，大有泰山不倒之势。伙计小柱儿端坐椅上，摇头晃脑，"吱嘎嘎"拉着京胡。

如今，艾目不得不感叹，那个中气十足、一招一式、唱老生的爸，真是远去了。

艾目进屋，站在爸面前，接过他的碗。爸说："来了。"艾目点头。不大的房，桌上放着纸笔和一小碗萝卜干，还有一小盅酒。锅里只有一小碗稀饭。他盛起。爸说："你吃吧。"他说："在校吃过，每天有定量，不吃也浪费。"

爸不相信地望向他，问道："是不是？"艾目答："是的。"进而喉咙一硬，便说不出话来。他恨自己没钱没粮票，不能给爸买点吃的，只人来了。爸说："你好就好。"

艾目问："妈咋样了？"爸说："家里挺好。组织上照顾，驻汉办有了补助，工资比过去多了。工资在楚凤开，小柱子会准时送到家，我自个儿花不了多少。"爸抿了一小口酒，夹起一根萝卜条，张嘴放入口里。

离开爸那儿，艾目依旧没搭公交，饥肠辘辘，走了一个多小时，方回到学院。寝室里，世鸿和魏归正在玩猜拳，赢一本旧书插图。旁边放着笔和纸，做记录。周送抱着膀，斜靠床架，站旁冷观。艾目拿起书翻了翻，见内里二十多幅插图，便一屁股坐下，看将起来。魏归回头道："给你留有花生。"艾目道："哪儿呢？"周送努了努嘴，艾目方发现床头有把花生，抓起便吃。周送道："我也才回，魏归这家伙好不容易从农户那儿弄的。"艾目道："谢了。"边嚼花生，边低头翻着书，见有插图，艾目赞说："真不错。"世鸿回头道："那是，今儿个你溜了，我和魏归去的外文书店，两人兜里统共才几分钱，兑了买了这本旧书。"

艾目道："划得来。"当即明白，他俩想拆开分了，谁赢谁先选插图。遂合上书，丢下他们，忙自己的去。

二十二

　　夜里十点多，他冲了个凉，换了床薄被单方躺下。世鸿和魏归还在呼号着赢插图。艾目满脑子放着电影，一会儿是爸，一会儿是毛茸茸的草地上，少女拖着长裙，那是书中十九世纪上流社会的女孩。若在乡下，便是阿列霞。而阿列霞、葛莱齐拉、娜斯金卡，都与奶奶有关，不免让他想起爷。于爷的离去，他没流过泪，但爷总缠着他。这让他愈发坚信爱的单纯与遗憾才是文艺主题。又觉得自己有罪，不够革命，一天到晚净胡思乱想。

　　艾目喜欢白色，儿时大凡穿上白的衣，便是这神秘的五月。每到此时，中山公园的夹竹桃，开着白色、粉色的花。似乎只有它们才能点缀这贫瘠生活。不高，伸手便可摘到。无须花钱，摘上一大把，插入瓶中，欣赏着拿起画笔。画画，画的是温暖，温暖的季节才有花。粉色的花略显娇气，少了端庄淑雅；而纯白的，在油绿长叶的衬托下，透着亮，愈发圣洁。

　　初夏，无论早晨还是傍晚的风，都是清凉的。绸样的空气，清凉温暖，放在人身上，这种性格更像白色的花。他不禁又走在去古旧书店的路上，没看到那女孩，却似完成了一项任务。

　　第二天落了雨，艾目在画室绘了《雨意》。两只洁白的鹭鸶站在东倒西歪的荷叶间，雨后的水蒙上小腿，一捧一捧的空气飘浮着。两两相依的情，弥漫在清新的自然光晕中。空气潮湿，晶莹的雨滴敲打着荷叶，又蹦落在鹭鸶光洁的脊背上。抖一抖，分外清凉。雨天也美，在画里。

世鸿调侃道："有爱情的味道。"艾目道："少瞎说。"

那段时间，他和世鸿疯狂地外出写生。瘪着肚子，越饿越画，世鸿戏称"饥饿疗法"。

静静的午后，天空无一丝云。草木葳蕤，滚着花香。不知名的小野花铺了一河岸。人间再饿，它们依旧深情地开着。画着画着，世鸿扔下油画笔，脱了鞋走下水。艾目喊道："小心有蛇。"

他在一堆一人多高的植物根部摸索着，掰了几个结节样的东西，爬上岸。在草丛中边走，边扒了皮，露出里面黄黄嫩嫩的内皮，递给艾目。"啥？"艾目问道。他说："吃吧，野茼芭。"艾目问："能吃？""当然！"他边说边掰开，露出里面黑黑的粉，一口咬下。艾目照他的样，也咬了一口。嗯哈！还真是好吃，清清甜甜润润的黑粉。

世鸿道："儿时在洪湖，常下水摸。"他指着河岸道："放心，咱们饿不死。这些植物嫩时几乎都能吃。"艾目道："是吗？""别忘了我爷爷可是一个尝百草的郎中"，世鸿自豪地说道。

艾目画了《六月的清凉》。古树宽大黝黑的枝叶，遮住了半张画布。河里的水静悄悄，光亮的小路一头架着半截桥，通向岸边，戛然而止；一头隐于远方。整个画面，明暗有别，具有双重性。劲草划破天空，一节枯木横在水里，还有几片飘落的零星墨绿叶片。颜色只用了不同层次的绿。世鸿道："有列维坦《伏尔加河的黄昏》的味道。不知道的，还真以为是列氏的画。"

艾目自是高兴，列氏的画便洋溢着淡淡的哀愁。那《伏尔加河的黄昏》，几只孤船，何等忧伤？所以它才被契诃夫誉为"俄罗斯的小提琴协奏曲"。便道："河是缩小的海，多亏了你的野蒿芭，才有劲儿画画。"

世鸿道："你真行，主要是构思好，只画条河有什么意思！路代表人，是人的脚步。"世鸿又在水边，薅了一些植物，回校用水洗净，到开水房用开水焯了，挤干水分，分给大家吃。以后如法炮制，大家补充着营养。

天气逐渐炎热，像个蒸笼，室内已睡不成。周送道："走，把床抬出去。"两人把木头高低铺，踉踉跄跄抬到宿舍外。接着大家也都抬了出来，摆起了长蛇阵。

月亮似枚银锭，高高悬挂着。紫葡萄的夜色下，大家喊喊喳喳，兴奋地说着话。

魏归说有蚊子，回去拿来蚊香点燃，放在塑料凉鞋上。睡梦中，艾目闻到煳味，迷迷糊糊想着哪儿传来的。待天亮，魏归喊着："我的鞋，我的鞋！"大家起身围拢过去，见他的鞋已烧散架。他提着残骸，哭笑不得。

艾目道："你怎么和我一样糊涂？"世鸿道："你不晓得，他初中时，大家就管他叫'魏糊涂'。"大家忍俊不禁。魏归道："还笑，我穿啥？"大家道："反正你有稿费，怕什么？"

二十三

暑假，艾目背着包，独自搭长途汽车回楚凤，这样能省点钱。朱天一专业平平，一天净忙着找人谈心，两人本就不是一个笼子里的鸟，遂逐渐疏远。

走之前，艾目去华师图书馆借了一本巴尔扎克的《欧也妮·葛朗台》，一路颠簸，到楚凤也就看完了。没东西吃，看书也顶饿。

至家，天已黑，街口摆起了长长的竹床阵。竹床阵是这个城市的特色，江汉平原大多如此。晚饭后，洗澡水泼在天井或自家门前，给被太阳烘烤一天的街巷降温。傍晚时，各家收拾竹床，搬到户外，也有用门板临时搭建的。

大爷大妈摇着蒲扇，聊着天。瞌睡大的白天玩累了的孩子们，自觉睡去。夜里九十点钟，歇息的人们安静下来，才听见墙缝里的蟋蟀声，又不时传来扇子拍打蚊虫的噼啪声。

夜深了，凉气降下，大人们把孩子一个个唤醒，往屋里搬。又听到搬床的声响，也有人在室外睡至大天明。

艾目正穿行在竹床阵中，胖儿叫住他，说声"回了？"艾目点头，问他："还好吧？"他递给艾目一根烟，艾目摆手。他说："在印染厂做了机修工。"递烟时，艾目已瞧见他指甲缝里藏着的黑机油，似自己的衣服少不了的油画颜料。

拐进月亮街，大妹迎头走来，唤声"哥"。艾目正欲同她进去，她腿一软，瘫了下去。艾目毫不设防，还是眼疾手快，一把将她抱住。胖儿也上前帮忙。艾目喊着："大妹，大妹！"胖儿道："没事，只怕是饿的。"他把大妹搀进屋，妈也迎出来。大妹躺下后，悠悠醒来，第一句话便是："哥，家里没米了。"艾目道："知道了。"

胖儿端来一碗红糖水，说："喝了保准好，只是还得弄点吃的。"艾目谢过，又对妈道："爸现在不是工资多了吗？"妈说："你小弟，这一向又不好。"怪不得，他一进院，便闻到中药味。艾目道："妈！没事的，我来想办法。"

第二日，艾目来到江边，加入了禹儿他们的搬运队，从轮渡码头往建筑工地拉砖。太阳似火苗，金光四射，光秃秃的堤岸，一棵树都没有。码头工人脱了上装，搭条毛巾，干得热火朝天。他也学着他们的样，怎奈脱了上衣，露出小排骨样身板。看到别人油油光光、古铜色结实的背，不免自惭形秽。暗忖，不中用，就是不中用。

晒暴了一层皮，脱得像癞猴子。妈看着心疼，嘴上不说，夜里直垂泪。一车砖，两千块。艾目最怕上下堤，路又窄又陡，推着吃力；下来时，不好把控。没承想，脚一歪，翻在地。他哭的心都有，怎奈还得一块块捡起，码好。后面推车的或禹儿见了，也会赶上来帮一把。有人笑他，鸡架子骨头还想干这个；更多的人说，难为这伢了。

艾目倒是不管这些。其实上大学后，他长高不少，肩也足够宽，在同学中并不十分单薄，比世鸿还壮一点。只是和禹儿他们比，自然差远了。人说"文弱书生"，便是如此。

每日清晨，他躺在竹床上，望着天井微露的晨曦，脑袋里斗争着去不去。他有点可怜自己，想了想，还是爬起身，洗把脸，胡乱吃口东西，搭条毛巾，出了白妈家的大院。

沉烟

有次，他实在搬不动了，坐在路边一户人家的石台上歇息。那家灶台搭在门前，旁边有棵茂密的歪脖子大槐树。树下放个摇窝，摇窝里躺着一个婴孩。许多苍蝇围着乱飞，有的叮在婴孩脸上。艾目望了望，回转头，看着地。又起身，走过去，赶了两下。灶上传来米饭香，他方意识到肚子饿了，怪不得搬不动了。看了一眼那大铁锅，方掉转头，脑后听到添饭声。一名女人端着饭，窸窸窣窣，撩起竹帘进了屋。不一会儿，端碗出来，用锅铲"哐哐"铲着锅巴。艾目回头道："能给我一块锅巴吗？"女人稍作犹豫，走了进去。艾目为自己犹豫了很久的开口，感到羞愧。他揪着脚边的小草，扔了出去，想着也许人家都不够吃。不一会儿，女人拿着一个干净碗走出来，里面装着半碗锅巴，锅巴上还撒了几粒蚕豆，一声不响递到他手中。艾目冲她笑了笑。女人又端碗水，放他旁边，才去抱摇窝里的孩子，咿呀哄着换尿布。女人始终一言不发，艾目也一句话没得。

　　艾目低头慢慢吃着，又瞅了眼天空，火辣辣的太阳伴着金属般的蝉鸣，拉着长丝，一波波撞击着耳膜。艾目后来没想到，这餐饭会让他记得这样久。那是一名普通少妇，圆圆的脸，匀称的身体，余下的皆模糊。

　　他走时，把碗放在灶台。再回头，那女人出来，收了进去。

　　夜里回到家，他说不出地难过，爸妈不会知道他要了饭。

　　不搬砖时，他穿上洁白的衬衣，跑到江边写生。江边是他自小到大去得最多的地方，那滔滔的江水令人动容。每次见，都心情阔朗。夏日，它是拥挤、浩瀚、危险的；冬天清瘦苍茫，甚至高冷。这个城市沿江而活，水波森森，绸缎般涌动着。从岸那边摇过来，又似跳跃的火焰，四散开来。没画布，没画板，他从江边"造纸厂"寻来几个废弃的硬纸箱，裁成纸板。当然，再硬也没木板硬，也软，但不妨碍他作画。

刮上底图，那江水、落日、船只、水鸟，便被他所用。他是画布上的王，自由、拓展、飞翔。

薄雾一样的清晨，太阳还似银铂，才贴上去，他已来到江边。四周润染着淡淡的红，待红色的墨水泼满天空，太阳也就出来了。天空与河流成为语言时，就成了他的审美与表达对象。独特的个体通过载体得以呈现，便拥有了个性与共性。被人理解又能满足自己，方是艺术。

如果说初高中，仅凭直觉，他单纯地热爱着绘画。这时俨然成了富翁，绘画是他的精神支柱，不可缺少的生活。

作画时，色彩的明度、纯度，是他要考虑的。意境、构图、色调也是他重视的三大块，每幅画从不放过；因为技巧太熟练，所以气度洒脱随意。不故作高深，坚持含蓄，始终是艾目的追求。

也就是那时，他结识了城贵。城贵也去江边写生，高个、瘦脸、窄下巴，单薄的背，长腿长脚，破衣烂衫。艾目喜欢用黑色调配颜料，画阴霾天空，又亮又柔和。城贵简直惊呆，不知色彩能如此变化。他画天空往往蓝加白，而艾目却是黑加白。艾目粗枝大叶，从不照抄对象，画出感觉便行。城贵却精益求精，画风细腻，小笔触层层叠加，绘出该有的油画味。艾目纳闷，他哪学的一门好手艺，基本功如此扎实，遂生敬意。城贵谦虚好学，两人愈发亲密。城贵的父亲旧时代在和平街开裁缝铺，早已去世。家里仅靠城贵打零工，与母亲相依为命。画油画在那时尚属奢侈之事，城贵却已在小城小有名气。

艾目画风景或头像，城贵常伴左右。

二十四

其间，文化馆的周家鼎老师来家，邀艾目去馆里画巨幅主席像。艾目慨然应允。少年时，便晓得楚风有位大画家，也最怕他。他三十多岁，大艾目整整二十岁。父辈模样，个不高，圆脸，人长得厚实。那般威严，不苟言笑。而自己如鲁迅笔下的闰土，未曾见过世面，却被那空间深深吸引。

三层砖木结构的老文化馆二楼，靠西边八十平方米的画室，便是周家鼎老师的工作室。双开大门留有一条缝，室内静悄悄。艾目探头，轻轻推开，尽量不把木质地板踩出声。那个晌午，西边的太阳让室内安静明亮。三面环窗，墙上挂着周家鼎老师的画作。作品中的气质和修养让他敬慕。

画室里弥漫着松节油的气味，一米多大的油画尚未完成。画前摆放着衬布、静物，瓶瓶罐罐，黑陶罐中插着许多鲜艳的大理花。尚未完成的作品，散发着浓郁之香。物我合一，才能绘出如此勃勃生机的爱。

小小的自己，羡慕他的写实能力。花鸟鱼，放在桌布上的黑里透着蓝光的野鸡，那神韵，怎绘得出，风景上的空间令其着迷。

他傻呆呆站着，第一次分清何为写生，何为真正油画。单纯的技艺，竟能如此吸引人。他用手小心翼翼触摸着，待迷惑地转身，周家鼎老师已站在身后，冲他道："小鬼，你也喜欢画画，有作品没？拿来我瞧。"

他果真拿去习作，周家鼎老师端坐在画架前，举着画笔，侧着脸。他忐忑不安递上。"留下吧，我们正筹办全市画展，谢谢你的支持。展后还你，欢迎届时参观。"周家鼎老师说道。

展览那天，艾目去了。展厅里，报社记者正拿着小本本采访周家鼎老师。他沉稳磊落，侃侃而谈，身边围了不少人。猛抬眼，望见艾目，招手道："来来来。"他竟记得艾目的名字，对记者介绍道："这是我们发现的小画家，正读初一。"艾目得了一等奖，奖金五元钱。一根油条一分钱，五元钱能买五百根油条呢！他向妈高兴地炫耀。妈说："别没出息，节约点花，自己买书看。"

展后，他去取画，周家鼎老师道："小鬼，全市那么多大画家都败在你手下。"艾目红了脸，说不出话来。

这次，周家鼎老师甘当下手，置了桌凳，让艾目上去。他是一名专家，能如此谦虚敬人，让艾目敬佩。画布两米多高，一米五宽，艾目两天便绘完了。

自此，艾目叫他老师。老师留饭，一盘青菜，一盘花生米，独自抿着小酒的动人样，让他十分难忘。

那时老师很棒，画了许多传世作品，主要是水彩画。《湖北日报》上常见其新作。

有幅风景写生，八开画面，远眺市区，大概是在中山公园春秋阁的土堆上绘的。面向南，晌午的阳光笼罩着整幅画面，市区楼房的轮廓映在明亮的天幕下；近处的便河与树丛分外明净，灰蓝的湖水闪着诱人的光。

每每郊区写生，艾目总想起这幅画在镜框里熠熠发光的样子，被它的情调打动。

因周家鼎老师的关系，外地美展常在楚凤举办。他差人来家唤艾目，艾目自然不会错过。不算明亮的文化馆一楼，挂满了画。进大门，左手那间房，有幅风景画磁石般吸引着他。层层远去的空间那般柔和。周家鼎老师的同学绘的，印象派手法，银绿色调的画面，展现了作者高水平的技艺与审美。一幅来自俄罗斯画家之手的紫丁香静物，多层次厚涂。颜色的微妙变化，相当丰富。画面的紫色叫得响，花姿蓬勃，生机盎然。另一幅人物作品，具体内容已忘。但阳光下，白衣裙的着色那般神奇，是淡黄、淡绿、淡紫的交响，却不失白色韵味。五颜六色的世界竟如此和谐。从那些作品中，艾目学到了什么？观察，感受，掉在其中不能自拔。

之后，他又去新华书店帮忙绘了几天橱窗。回家时，路过母校豫章小学，见秦手老师正提着一串纸板往校门口的街面上挂。遂停下，上前帮忙。秦手老师边往树上系绳子，边道："城市太小，能看到的东西太少，看到好的就挂出来。"

纸板上的图片是他从学校订阅的《人民画报》和报纸上剪下来的。每天校门口，聚集不少围观者，成为楚凤一景，也算一种美学推广。

挂完，艾目欲走，他叫住问："《星火》杂志到了吗？"艾目道："还没。"他嘱咐道："帮我留心点。"艾目答："好。"

苏联的《星火》杂志，半月刊，每期都有四个版面刊登美术作品，大多是十九世纪的俄罗斯油画。艾目在那上面开了眼，知道了许多俄罗斯绘画大师的名讳。高中时，他曾在爸的大中织物厂的门房墙上，无意中瞧见列宾的名画，便是从那《星火》杂志上弄下来的。八开本的骑马装订，中间折叠的两页印了这幅画，打开成为大四开，正好补壁。艾目多次跑去，有时隔着门玻璃瞧上一眼，便十分满足，做梦都想拥有。

这之后，他和秦手老师翻看《星火》杂志，被里面的一幅画所深深吸引。寂寥的氛围，天空苍白，一条小河没有流淌。白桦的枝干布在画面的三分之二处，河岸的林木向画面深处延伸着，秋风已刮光树上黄叶。画中间，一名裹着头巾的极小妇人，弓背向画面更深处行去，落叶在其脚下沙沙作响。暖色调，无一丝风。这是《秋天的白桦林》，俄罗斯风景画家沃尔科夫的作品。

艾目觉着那妇人着实孤单，秦手老师也赞好。艾目自小不喜名胜，只爱这郊野，这静静的林木。

暑期一晃而过。家里面积小，妹妹们都大了，夏天热，还挤在一处。艾目搬张竹床，睡在天井过道。

大妹说："哥，你走吧，家里缓过来了。"他也正想提前回校，安安静静画几幅画。

走之前，艾目去了一趟秦手老师那儿，借了本紫红封皮的《金蔷薇》。秦手老师拍着书道："好书！"说的时候，他两眼放光，至于如何好并没说。

二十五

到校后，寝室空无一人。八月下旬，武汉依旧似火炉。那种热，不仅灼人，还闷人。艾目收拾停当，去了画室。跨进门，还是愣住了。世鸿一人在里面，两条腿细长，穿条短裤，打着赤膊，肩头搭条毛巾，端着画盘，正聚精会神绘着一幅小品。

艾目咳嗽一声。他回转头，呵呵笑道："你回来了，太好了，快来帮我瞧瞧。"艾目上前，世鸿放下画盘，用肩头毛巾擦了把汗。艾目道："非常好。"他画的《洪湖新堤》，马头墙的房屋、石阶、石阶延下来的石板路。无人的正午，空而静。时光凝滞，不曾流动，却充溢着惆怅气息。用笔粗粝，有质感，色调统一，浑然一体。

艾目问："什么时候来的？"世鸿道："暑假几乎都在校，学校安静，好画画。"画画，学校确实是最好的场所，一般家里不具备条件。世鸿的前胸后背，布满了密密麻麻的汗珠。椅背上，搭着他那件洗得软塌塌、烂着无数小眼的白色跨栏背心。他扯下毛巾，放盆里搓了搓，又往身上擦。艾目道："真有你的。"他道："你看，盆里的水又热了。"说着，弓身端了出去，又换了盆凉水进来。如此往返着。

接下来的日子，他俩边在画室绘画，边探讨着有关色彩与技巧的问题。

世鸿道："马蒂斯受莫罗影响非常大，尤其色彩的主观性论述。"艾目道："是的，美的色调不可能照抄自然。"世鸿道："色彩必须依靠思索与梦想，方能获得。"艾目道："绘画本是乌托邦，艺术都是梦，包括色彩皆主观臆想。"世鸿道："马蒂斯说得好，'奴隶式地再现自然，毫无意义。色彩的选择并非基于科学，而是本能涌现。'"艾目道："是的，审美有魔术成分。艺术说到底，除技术外，是创造，是感情，无情哪来艺术，不如做个屠夫！"世鸿赞道："太对了。"

在这种交流中，他俩明晰着自己的思维。同学们喜欢马蒂斯是有道理的，线条、色彩、平面、跳跃，突破重围，多层次主观表达。他和世鸿对色彩的运用，遵循内心选择，从不乱涂。世鸿绘了许多洪湖题材的小品画，包括《汲水》，灰蓝暗影里，男子背对画面，于河边挑着两只木桶。几块跳跃的光，呈出耀眼的明度。艾目画了《村落》，蜿蜒的小路，麦浪翻涌，模糊陈旧的村舍，沉浸在清润的光里，静到炊烟都不曾有。

紧接着大家陆续返校。《金蔷薇》在寝室，引起热潮，几乎超过任何一本书。尤其周送爱不释手，成了巴乌斯托夫斯基迷，且四处搜罗老巴的书来读。他道："喜欢老巴真诚迷人的语言，晾晒着自己干净的内心。"大家管巴乌斯托夫斯基亲切地唤作"老巴"，找来他的头像图片，着迷于他宽宽的额，深邃的眼，说那才是思想者的风范。

魏归道："有情怀，方至此。这样的人，平凡中见高贵。"大家谈论着《夜行的驿车》《雨蒙蒙的黎明》《一篮枞果》。管爱情唤作"头巾下的一道目光"。

艾目深深意识到，幸福的本质是善，老沙梅也好，作曲家葛利格也好，为爱奉献，方是内心需求。艺术——理想化的精神世界，纯而又纯。尤其被《金蔷薇》里描写的作家故事吸引，犹如维也纳傍晚的钟声，余波未尽；又似大地上飘泊的灰色云层，层层远去，诗意盎然。

艾目还喜欢屠格涅夫的书，找来他所有译本通读。他写农村、草原，不局限于故事，还描写年代氛围、大自然，包括作者自己，有别于章回体小说。艾目一接触外国文学，章回体小说就看不进去了。

他甚至认为章回体小说，偏重故事，与说书人差不多，缺失了人文精神与个体意识。不能揭示为何生存，无法回应文化中的劣根性。对何为人、何为人生，无人问津。可惜没有理论家对中外小说做系统性比较。

世鸿喜欢欧文·斯通的小说。作品即人，他们都知道，人的想象力若不存在，再好的技术都是死的。

二十六

在阅读的狂欢中，天气逐渐转凉，迎来了最舒服的季节。艾目坐在土坡上，看着野牵牛细长的茎，从土缝钻出，似乎那便是自己。能当一棵小草，也不错。

迷人的秋景，稳重得令人心疼，又有一股倔强在内里涌动。多么像爸，向死而生，向死而爱。他又去看爸，爸的病没犯，一切如常，只是又老了。每次见爸，他都针扎一般。爸的话越来越少，总说组织好，照顾他。爸一辈子，不曾抱怨谁，爱着他的妻儿和这人世。

当年爸遇见妈，只一眼，便说要娶妈。那个冬天，妈坐着东洋人力车，去姑爷爷那边的亲戚家吃酒。三合土的路，略有颠簸。傍晚回黑水塘，途经中山路的纸铺，想起练小楷的纸没了，便下了车。

内里昏暗，燃着汽灯，柜台一角也放了一盏家用煤油灯。一名十五六岁的伙计正埋头理货，角落里若隐若现坐着一位长衫男子。妈站在柜台前，说着要买的纸。伙计道："似乎卖完了。"又低头在柜台里翻找着，不一会儿直起身道："果真没了。"妈正失落，想着是否明日再来。那坐在店堂一角的男子，忽抬头道："稍等。"说着，擎着一盏烛灯，提衣款步上楼。不大一会儿，拿了几本红条格纸，

"咯噔咯噔"走下来。妈接过纸，道了谢。在摇曳的烛火中，那男子忽愣住，妈眉黛如墨，脸白似月，额角低垂，春山脉脉。那男子忽觉这人世间，山清水秀，格外美好。

那男子便是爸。即便妈现在发脾气，爸也不回嘴。总说，不该让妈跟着他受苦。每次从爸那儿回来，艾目都希望自己能早点参加工作。

周送道："世鸿和魏归借了一间宿舍当画室，布置得绝妙。"艾目道："是吗？"周送道："不信，你去看。"他随周送几步跨了过去。看到时，亦惊呆，暗叹像个大脑回路图。里面的床已腾空，桌上搭着凳，世鸿正站在上面，往棚顶贴着一幅敦煌壁画图。碗里放着熬制的糨糊，四周墙壁豪华壮观，满是他俩收集的图片。即便是图片，也异常珍贵，代表着现代的艺术气息。莫奈、高更、珂勒惠支等中外名家皆有。还有一些他俩摹的雕塑——布德尔的《弓箭手赫拉克勒斯》、马约尔的《地中海》等。

艾目赞叹："真是梦想小屋！"世鸿道："梦想小屋好，就叫'梦想小屋'。"

这是世鸿的性格，有诸多想法且付诸行动。他沉稳又具开拓精神，不像艾目随意懒散，得过且过。他们的画室轰动了整个学院，许多人前来参观，真乃洋洋大观。怎奈那时政治至上，对艺术并不十分重视。

几人正说着，忽传来"收红薯，收红薯"的声音。艾目走至窗前，朝下望了望，生活委员双手呈喇叭状，冲上喊着。大家踢踢踏踏跑下去。先是挖出来，堆成山，再两两抬着去食堂。艾目和刘玄一组，抬着满满一桶往食堂去。那时饿，很想偷一个，是不敢，还是道德感占了上风，就不知道了，反正没行动。

没承想第二天寝室桌上，便摆着一盘洗好的红薯。大家拿着，"嘎巴嘎巴"咬得脆生生。没人问哪来的。有人嬉笑着说，是无名英雄干的；有人说是"头巾下的一道目光"半夜给的；有人说，有吃的，只管吃。

艾目一人跑出去画画。秋池如镜，寂静的水面，枯枝划着暗绿的影。惆怅的鹭鸶，瞭望着远方。候鸟南迁，又恋恋不舍。水明天净，金叶摇谢，冬将至。他画了《残塘》。空间自然独特，画面沉静，表达着内心的孤独。

小幅作品是他们的最爱，客观事物被主观改造，描摹画中。色调光感与情调是小幅作品的主角，没流行主题，没宏大叙事，随心所欲，只有美。

回来后，走廊里，忽热闹起来。福五挨屋吆喝着："发点心票了，发点心票了。一人四张，要买的同学，准备好钱！"大家数着毛角子，纷纷交钱。这是一个好消息，意味着粮食计划开始松动。艾目一动不动。福五道："你不要吗？"艾目道："我的计划可送人。"

福五收起钱，走了出去，不一会儿又听见挨屋发喜饼的声音。一个饼子五角钱，已算很贵。艾目默默离开，准备去画室，看会儿书。这时，与他们隔着两扇门的寝室，忽吵嚷起来。一个说："干吗把咬过的给我？明摆着欺负人！"说话的是一名上海学生。福五道："我咬你的，干吗？又不是饿死鬼托生的。"那人道："不是你咬的，还冤枉你不成？""什么东西！"福五大声呵斥着，似要打人。"算了，算了。"有人拉架的声音。走廊里，许多脚步"咚咚"跑去。艾目走出楼栋，还隐隐听到身后的吵嚷声。

过后，周送道："没人咬，大家拿自己的喜饼比对过，都少那么一指甲盖。饼子做得松散，自己掉的。"所谓喜饼，即面粉掺了豆粉、红糖的饼子。

在大家的解释下，此事告一段落。再提起，命名为"喜饼风波"。

二十七

一个学期转瞬即逝，大家收拾画具准备回家。艾目站在窗前发呆，不知哪个教授家养的鸡在那儿刨食。他囊中羞涩，寒假短，回去，再回来，都需要钱，也加重家中负担。但一个人留在寝室过年，毕竟没经历过。何去何从，无法定夺。

世鸿收拾好东西，"咚咚咚"走了出去。艾目听着脚步在走廊里渐行渐远，忽又止住，"咚咚咚"往回返，至他身边停下。世鸿歪头看了看他，用胳膊肘拐了一下，问道："若不回家，去我家如何？"艾目没客套，转身跟他走了。

他家住在汉口，七拐八拐，一栋老式楼房的一楼。房不大，墙上挂着人体解剖图。心脏脉络、骨骼血管一清二楚。绘得极细，一看便知是非印刷品。两人站在图前，世鸿道："我爸绘的，他在同济医学院专门从事制图工作。"

墙上还挂着他祖父的半身像，黑缎面棉袄，白衣领，瓜皮帽，帽中间镶着一小块绿宝石。人清癯，正襟危坐，抬手抚琴状。艾目看呆了，仿佛手一落，便是一个鸟语花开、清流激越、梵音袅袅的世界。琴前放一把白瓷壶，香炉里燃着一炷香。其实，他爷爷不仅是名悬壶济世的游方郎中，于绘画、金石拓印、武术等方面均有造诣。老先生祖籍四川，儒雅不羁。

世鸿与他弟住一屋，靠墙的大藤架摆着他捡的、挖的、收的一些小物件，陶片、翎管、刮痧用的牛角骨、墨盒等。那时，艾目对国画及民俗物件，不太感兴趣，故只匆匆一瞥。

接着，他妈下班，推门而入。高高的个头，一身黑衣，戴着红袖箍。人干净利索，脑后绾着巴巴。见到艾目并未惊讶，似她的另一个孩子。这让艾目安心，喊了声"伯母"。她笑着应答，把外套脱下，挂在门后，便去了厨房。他爸是个斯文人，老成持重，提个黑包，少言寡语，脾气特好，笑着喊："小目！"那段时间，艾目仿佛生出错觉，似在自家，待得安逸舒服。世鸿道："他妈在街道工作。"

他和世鸿睡一张床，打通腿。吃饭时，团坐一桌。他妈尽量加两个菜，不显山，不露水，摆在艾目面前。世鸿的姐姐已出嫁，他的弟妹们亲切地唤他"目哥哥"。

世鸿的小妹还在读初中，扎着两根羊角辫，端着碗，嘻嘻笑着。世鸿揶揄她："傻样！"他小妹做着鬼脸反驳道："你才傻呢！妈说家在洪湖时，街对面着了火，左邻右舍收拾值钱的东西往外跑。喊你，你坐着不动。待你清醒过来，跑出去，一手夹着枕头，一手拿着临的《溪山行旅图》。脸上左一道，右一道，全是墨。妈说一次，笑一次，是不是，妈？"艾目不禁笑将起来，问道："是吗？"世鸿的小妹道："我哥那年还没我大呢！"他妈接口道："八岁。"大家笑作一团。世鸿道："小丫头片子，你还敢说。"

世鸿自小随父学国画，其后迷恋油画。艾目上手便是油画。

过完年，他们回到学校。没多久，世鸿从汉口交通路外文书店淘到一本苏里科夫的俄文画册。真了不得，花了他五元钱。他很激动，大家也很激动。他说惦记了好久，让店员给留着，回去和他妈说，他妈向邻居借的钱。

紧接着，倒春寒来袭。校园里覆了一层厚厚的白，无休止的大雪，撒盐扯絮般从天而降。他们困在寝室，看着书，百无聊赖，谈理想、艺术、人生，以及"头巾下的一道目光"。

恋爱的年龄，与书中人恋上了。渴求爱，渴望温暖，渴求知遇，梦想着有朝一日能邂逅书中的女主人公。可于现实，又迷茫苦闷着。周送后来在回忆录里说："艾目喜欢俄罗斯文学，啃了别、车、杜的著作。"的确如此，对艾目来说那是种享受。他一辈子在爱好上，不曾委屈自己。

第二天是星期天，一大早，雪还没停的意思。他们从窗玻璃望出去，白茫茫一片。世鸿用白色广告粉，在玻璃上写下嵇康名句："目送归鸿，手挥五弦。"大家说好！一边目送南归大雁，一边信手弹奏五弦琴，大自然的美妙与人文情怀的潇洒完美结合，简直与世鸿绝配。寝室里有个同学中途退学，魏归搬了过来。周送写了"头巾下闪过一道目光"。他唯美，若讲文字功夫，几人当中，他最行。

玻璃上，越写越多，各自抒怀。几个人很是疯狂，用竹竿挑起衣服，摆出各种造型作为衬托，像场艺术表演。雪停后，引得路人纷纷驻足，后来竟招致全校师生站在楼下观摩，议论纷纷。大二，他们已搬到二楼。

世鸿受欧文·斯通《马背上的水手：杰克·伦敦传》里的主人公杰克·伦敦的影响，想在没被外界塑造成型时，去流浪，去创造，进而掌握自身命运，保持不羁的情怀。他怕失去独立，那比毕业更珍贵。

大二时，加开了《艺术概论》《文学》《俄语》《辩证唯物主义和历史唯物主义》等课。

期末考试后，世鸿拿着成绩单，艾目接到手中，看了看。世鸿各门功课都是满分五分，只俄语要补考。外语是俄语，大家都不待见，从附中上来的，在这方面更差。

二十八

　　进入大三，晚自习不准擅自外出，意味着大家无法再去看电影，一部分精神食粮将断炊。学校派了舍监，舍监堵，他们跑。大家喜欢俄罗斯译制片带来的震动，以及产生的诗意情怀与人性共鸣，还有微妙的光影变化。

　　世鸿回来道："音乐系有供教师看的专场。"周送道："专场与我们何干？"艾目也如是想。"画票啊！"世鸿道。"没原票样怎么画？"周送接过话头。世鸿不言语。这事艾目想都不敢想，得保证顺利毕业，参加工作，赚钱养家，一点纰漏都不能出。

　　教师专场电影的消息不胫而走，全班很多同学摩拳擦掌都想去，只是没办法。周送坐在上铺，低头"唰唰唰"画着素描。世鸿焦灼地在地上走来走去，忽停住，望着周送道："把你的毛料夹克借我一下。"周送抬手从墙上取下，扔给他。世鸿接住，看了看，银灰色，挺括平整，细羊羔毛领，很是雍容。他三下五除二套身上。又去隔壁借了一条毛料裤，坐在床边换好。起身，哼着歌，对着窗玻璃，左照右照。人靠衣装，顿时笔挺挺。他又拿把木梳，左梳右梳，不时往后甩着。问艾目："怎么样？"艾目道："这一打扮，真有点年轻教师的风度，但愿能鱼目混珠。"他说："什么鱼目混珠？我就是珠。"艾目道："是的，你就是珠。"世鸿笑道："好啊！你说我是猪！"惹得周送他们哈哈大笑。说笑间，他和魏归走了出去。

一个多小时后，艾目和周送正往画室去，见他俩落寞而回。艾目笑问："好看不？"周送道："真是哪壶不开提哪壶。"世鸿道："白折腾。"说着脱下夹克便往周送手里塞。周送道："我去画室，你先拿回寝室。"

他俩画的票，与原票样有出入，检票时被查出。没进去不说，还落个投机取巧不诚实的罪名，学校给了通报批评。

这学期开了人体课，先是头像。模特是名十七八岁的小姑娘，形象美丽，可亲可爱。尤其那笑声，银铃般清越。一双毛嘟嘟的水晶眼，照得满室生辉。她喜欢周送，课前课后，围着周送转。女孩手巧，喜欢用彩色塑料绳编一些五颜六色的小动物。

周送躺在上铺，若有所思，两只胳膊架在被外，摆弄着一条塑料绳编的小蛇。下铺的艾目起身瞧见，便说："似乎人家看上你了。"周送的脸腾地红了，不好意思道："哪会？她也找世鸿和你。"艾目道："人家没送我们礼物呀，那可是心，估摸找我俩也是打马虎眼。你看这蛇，人家都知道你属蛇。""你不也属蛇吗？"周送反问。艾目笑道："我属蛇，可我没有啊。"

待到画半裸人像时，已进入冬季。换了模特，看样子，不是所有模特都愿意裸着给人画。

不着衣的上半身，男女都一样。待到一丝不挂全裸时，艾目精神上有些不习惯。初中时，画册里有幅《窗影下的裸女》，那"裸"字，他认不得，递给后排的司同学，问是不是"课"。司同学做着怪相。艾目不解何意，翻字典才晓得原因。如今面对全裸异性，在日记里不免感慨，为钱，还是为艺术，真捉摸不透。现在想来，还是为生活，裸体模特毕竟酬劳高一些。

艾目确实对绘人体不感兴趣，除上课和绘远古神话，一生未涉及。含蓄，精神美，方长久。这也是他后来绘画不重五官的原因，靠神情姿态达意。不仅肉身可忽略，相貌亦可。怎奈那是人生中的第一节性教育课，教室肃静，大家无一丝杂念。

上人体课，怕模特冷，画室少不了发炉子。纯铁的炉子，一根烟筒拐弯后，穿过屋顶。轮到艾目值班，忙得不亦乐乎，又是发炉子，又是擦课桌椅，外带拖地。棉鞋弄湿了，回寝室换了单鞋，提来烤。又关了教室门，去食堂打饭吃。待忙完，进教室，发现那双棉鞋早已化成了灰。

鞋是妈让大妹寄来的，不免懊悔，只能穿着单鞋过冬。

期末考俄语，艾目和周送成了香饽饽。高中升上来的，基础扎实。

照例，寒假不回家，有书陪着，半个月一晃而过。大年三十依旧在世鸿家过。吃过年夜饭，两人从汉口水塔处，步行经大桥回学院。深夜大桥上没一辆车，只遇见一名巡逻的骑兵，骑着高头大马。马蹄踏在水泥板上，发出"嘚空，嘚空"的声音，似有彼得堡的异国情调。直至凌晨四点多方到校，人生的第一次长征。

半夜，两人在寝室里绘石膏像。世鸿为了清醒，冒雪一个人去澡堂冲冷水澡。一盆凉水兜头浇下，直嚷痛快。艾目没去，听着就直打激灵。

二十八

二十九

翻过年，世鸿兴冲冲从外面进来道："知道不？苏联列宾美院校长梅尔尼科夫来咱学院访问了。"艾目道："是吗？太好了，真是一个激动人心的消息！看见人没有？"世鸿道："只见几辆小车子徐徐而入。"

没过多久，学院通知大家去看梅尔尼科夫送给院长的一小幅风景画。六十厘米乘以四十厘米那么大，现场表演，无对象可循，全凭记忆和情感作画。一直以来，他们认为写生才是正经，这时方明白记忆作画的重要性。绘的俄罗斯冬景，质感蓬松的雪，清疏的几团绿。大家站在画前，除了感叹这位大胡子画家的创造能力，更深深地领悟到"绘画乃有我之见，通过意识筛选，重新组合，进而自由表达，并非客观对象的奴"这一论调。

艾目现今终得心源，脱离实景，全凭臆想，那时却十分震撼。

古人作画亦胸有成竹，把胸中之竹再现，方为自我之竹。

之前，他们在画报上看过梅尔尼科夫的画。清寂抒情，善用绿色。细细的树，弱弱的枝，充溢着清凉的异国情调与优雅氛围。绘画乃画者气质再现，所有留痕，皆自我表达。达到自由之境，方无所顾忌。

艾目道："真好！"世鸿道："那当然了！列宾学院，全世界四大美院之一。"艾目笑道："谁不知道？还是列维坦的母校呢。"

艾目深知列维坦朴实、饱含忧伤的风景作品，有别于学院派一成不变的造作虚假，更不同于印象派追求色彩的单一刺激。这是艾目一直喜欢的原因。

几人回至寝室。艾目道："观画，观其艺，尝其味。如拘小节，手脚放不开，必不潇洒。一拘谨便完了。追求至简，不喜一览无余，重意蕴、意境表达，辅以寓意、象征等手法，画面上的一切为此服务。"

世鸿道："是的，魔有多高，道就有多高。多义性是形象语言的特色。重章法造型、色调气韵，以美为前提，然美各有取向，故不排斥批评。"

周送拿着一本《新青年》赞道："人家这印刷可真好。"艾目道："苏联的《艺术家》季刊也不错。"世鸿道："没它们，我们哪儿来营养？井底之蛙罢了。"

大家的营养除文学、美学书籍外，便是画册，尤其外文画册，能从中获取不少信息，极大提高了审美水平。周送对当代苏联风景画家尼斯基尤为喜爱，指着道："这直线的造型与色块简直棒极了。"艾目道："这是时代审美，自然有别古典画法。"

艾目虽依旧喜欢列维坦，趣味却已有所改变。世鸿对罗马尼亚画家巴巴的画作推崇备至。

艾目还喜欢米莱的《欧菲莉亚》，画出了典型环境中的典型人物，于安静中展现悲凉气息。花草水池，微闭的唇与眼，无力的双手，濒临死亡的美丽与无奈，堪称文学与绘画完美结合的典范。用直观画面表达文学的悲剧内涵，作为插图又具独幅画的性质，是19世纪大师们的专长。

世鸿道："列宾的《伊凡雷帝杀子》也如此。哪怕不知道故事情节，也能从人物刻画上略知一二，并且被深深吸引，这便是高手成其为高手的原因。"

魏归补充道："没思想、情感与技巧，达不到如此之境。"

星期天，艾目又去看爸。回来时，远远望见世鸿、福五、周送几人穿着蓝棉袄，懒洋洋坐在山墙根那儿学抽烟。一个个的头发茂密成森林，又硬硬的，蓬成鸡窝。吞云吐雾的稚嫩样，十分好笑。似乎只有这样才算男人，或成为男人。多年后，艾目想过烟卷的魔力，少年抽它总有点魔幻加痞气，中年后方多了沉思与超逸。

他低头匆匆而过，世鸿喊道："艾目！"他摆了摆手。进得走廊，见朱天一站在宣传栏前绘学雷锋的宣传画。打过招呼，朱天一问："画得咋样？"艾目道："不错。"随即接过粉笔，在人物眼角处，稍稍涂抹了两下，便离开了。

天气逐渐转热，至夏，六月的小池在阳光下变成了玉雕的盆。水面涂了一层厚厚的油彩，直挺挺的茅守卫着密密的萍，风舞动着它玉色的长臂，沙沙沙。

艾目专心绘着《空地》。空气松软，平凡的土地装满阳光。空地印下房屋一角，低语的树叶"嚓嚓嚓"。坡的远方，是他渴慕的天涯。

正绘得忘我，周送气喘吁吁跑来，老远喊着："别画了！到处找你，原来在这儿，队伍就要出发了。"艾目疑惑道："去哪儿？""大悟，你不知道吗？昨天通知的，大家都在收拾行李。"周送答。

艾目还真不知道，深感自己糊涂。周送说完，便往回跑。艾目手忙脚乱，收拾着画具。

到宿舍门前，已有人背着行李往外走。

沉
烟

三十

赶火车时，车已启动，艾目掉在最后，背着行李和画箱，飞也似的奔向缓缓移动的车厢。车门处，周送一把将他拽上去。他上气不接下气，瘫软在地，大口大口喘着粗气。

一路景色，无从感知。大家在旁高谈阔论，在没在县城待，他全然不知。只记得坐着敞篷车进的山。空气清透，像个水晶瓶，白云流动的山峦，绵延起伏。偶有山歌传来，格外抒情。车子行驶在层层绿意中，大家的惊呼声似要把群山唤醒。艾目一贯不太喜欢山，总觉得压抑，对平原的丰富多彩与玲珑多姿，倒是一往情深。但这时，不禁跟着感叹："太美了！"

汽车摇摇晃晃，他和周送靠着车帮，席地而坐。艾目道："到时可以好好画几幅画了。"周送道："想得美！没听见昨天开会说：我们这次来，不是搞创作的，而是协助省工作组开展'社教'运动。大学生必须参加，湖北省两千个队做试点单位呢。"

话音未落，车子忽悠一下，恍若下坡。大家又"啊"了声，欢腾起来。艾目垂下眼睑，深感自己狭隘。

艾目、世鸿、周送、刘玄，被分到一个队。下车后，四人背着行李，于蜿蜒的山路走了半个多小时才进了队。大家对着山谷："嘿哎哟！"奔放快意。当晚见了省工作组，艾目被分配到一个大姐的小组。

大姐三十多岁，着父母装，短发，柿饼子脸，一双小眼睛。身材矮胖，语调柔和，操一口河南普通话。她介绍自己叫李珠玉，与艾目握手时，谦虚地说："向大学生学习。"

省领导给他们训话，说大学生是国家干部，是干部就得拿出干部的样来，起到表率作用。那人边说边背着手在土台子上踱来踱去。

艾目弄不明白，在学校让他们夹着尾巴做人，向农民学习；这时又让他们指导农民，不知道能指导个啥，又如何指导。

每次开会他都不知道领导讲些啥，他们开玩笑，说荤话，他也没感觉。领导说："小艾，明天你给农民训话。"艾目连连摆手，道："我哪会！"领导道："真是一个没用的伢，照我说的做，先压住场。"

第二天，艾目背着手在土台子上踱来踱去，胡说了啥，早忘记了。总之，在村干部面前，狐假虎威，一副高处得势的模样。心想，真是演戏，自己又做不来，老老实实配合珠玉姐工作才是，遂成了勤务兵。

那次训话让他后悔一生。每每想起，都觉得无耻，像个小丑。

白天劳动，烈日当空，割麦插秧。短衫长裤，站一排，扎下腰，一刀刀机械重复着，感受不到时间流逝，汗一颗颗往下落。第一次体验到"汗滴禾下土"的滋味。休息时，腰直不起来，顺势躺在田埂，大口大口喘着粗气。

太阳毒辣，无处躲藏，唯珠玉姐送来的水罐，抱着如饮甘泉。艾目第一次尝到水的甘甜，城里青年极少干这么重的体力活。

插秧时，甩着一捆捆秧苗，再一支支扶直，插进水下淤泥。熟练的农夫和着山歌，舒缓着劳累。大家一排排往后退，稍有空便直起身，抹着额上的汗。阳光照在水面上，一片银光耀眼。休息时，看着水面一片绿，算是欣慰。社教也教育着自己。

挖池塘，上衣似铠甲，一个个似泥人。筑堤，上上下下盼着日头西沉。艾目和珠玉姐，还有几名省下派人员，住在一户农家。珠玉姐看他太累，包揽了他全部的脏衣服，还帮着干了不少农活。

白天劳动，晚上开会。地点多半在场院，当地农民，大多黝黑的皮肤，架着一件白布衫，戴顶褪了色的蓝布鸭舌帽，手持长烟袋，烟袋锅一闪一闪，恍若无数只萤火虫在黝黑的夜幕中飞舞。干部宣讲文件精神。

斗地主基本在祠堂，祠堂是这个村最气派的地方。碧瓦沉沉，檐喙高耸，尽管蛛网密布，红漆脱落，却难掩豪华之相。主人姓邓，挨批者是这家的后代。艾目他们接到任务，连夜打扫卫生，绘漫画、贴标语、拉横幅，会场布置得庄严肃穆。艾目、周送、世鸿、刘玄忙了一夜。刘玄打着哈欠问："好了吧？"世鸿瞅了瞅道："就这样吧。"贫农干部鱼贯而入，坐定后，拉进批斗对象。批斗者面无表情，沉着脸；挨批者亦面无表情，沉着脸。贫协代表发言，历数着他们的罪恶，大家挥拳头、呼口号。

斗完地主后，县里特意派剧团给他们慰问演出，演的楚剧《夺印》，十里八乡沸腾起来。艾目只记得人影在舞台晃动，唱着："何书记，吃汤圆啰！"

艾目出工回来，浑身是泥，口渴难耐，发现床头有四个刚洗过的桃，还滴着水，拿起便咬。又软又糯，蜜汁一般。见珠玉姐从溪边浣衣回来，方知是她从县城带回来的。珠玉姐笑问："好吃不？"艾目点头。"大悟桃，有名的'大红袍'。"她补充道。与珠玉姐外调，休息时，两人坐在山坡。她掏出一张二寸黑白照，低头端详半天，又递给艾目。艾目接过一看，是名白白胖胖、六七岁的小男伢。便问："您儿子？"珠玉姐点头。艾目道："真可爱！"珠玉姐却恍若无闻，眼睛直直地望着山下绵延的林木，少顷，沉吟道："他儿子和我一样大。"艾目没听明白，转而问："革命婚姻？"珠玉姐道："他妻子牺牲了，新中国成立后安排的。"艾目听后，心里有诸多不解，十分同情珠玉姐，不知该说啥好。珠玉姐却起身，拍着屁股上的灰道："走，不说了，没意思，也没处说。"

运动到了下半场，转入"四清"，即清账目、清仓库、清财物、清工分。允许他们上午创作，下午开展工作。大家似放飞的鸽子，满山跑。

大悟乡下，地处大别山余脉延伸的丘陵地带，田野起伏开阔。夏日清朗温润，空气冰镇一般。偶尔"嘎"的一声，有洁白的鹤冲天而起。能触摸大自然，自是一桩美事。

雨天，处在山下，格外压抑。艾目独自游荡在细雨中，以大山为背景，画了《背影》，虽无列维坦的忧伤，却有着大地般的温暖。上午清凉的日光，浮动在远山白云之巅。松软弹性的云朵，在山丘的映衬下，飘逸明亮。风的身姿随意穿行，奶白色的云雾缓缓蒸腾着。山坡空旷，充满柔情。人化了的贫瘠土地，因人体的坐姿，平添意蕴。平凡的一草一石，令人动容。

艾目作画，激情产生时，高歌猛进，深情婉转；理性沉思时，求静求暗，隐隐见逸。

带队的女老师，夸他色感沉稳含蓄。于此，艾目亦自信，怎奈更羡慕世鸿绘的晴朗山丘，色调鲜明舒展。

那潭水像块玉，嵌在岩石间，是这个村的水源。饮牛、洗菜、淘米，依旧清亮亮。从山顶望下去，一汪碧水，黑瓦起伏，加之千年绿梯田，真乃绝美之境。一株桃树在群山的掌心中，徐徐化开。桃瓣在潭水中，浮浮荡荡。世鸿他们去潭里游泳，脱得一丝不挂，或仰，或划，抑或在潭边奔跑，得以放飞。艾目不会水，不曾亲近，留下遗憾。

周送画了《竹公潭》，起伏的潭水，模糊裸露的白色人体。墨绿色的画面，宛若苍穹。

三十一

自大悟回来后，一个个晒得黑不溜秋。铺行李时，借书证从一本书中滑落。艾目拾起，看了看，想起还是上学期从表哥那儿借的。便一个人翻过坡，去华师找表哥。

阳光似把亮晃晃的剑，刺得人眼睁不开。树木葱茏，与大悟的山清水秀相比，自有其浓郁的文化氛围。站在表哥寝室外，"当当"两下，好久无人应。再敲，依旧是。转身欲走，发现门虚掩着，刚想推开，一名睡眼惺忪的男生拉开一条门缝，问："找谁？"艾目能听出语调里的不耐烦，刚想作答，对方却笑着招手："进来，快进来。"艾目问："我表哥呢？"那男生答："不在。"艾目掏出借书证道："他回来，帮我还他。"那男生挠着头道："他不会回来了。"艾目忙问："怎么了？"一股不祥的预感袭上心头。"他退学了"，对方回说。"为啥？"艾目又问。"这个，"他顿了一下，"不为啥，学校说他破坏纪律，在校期间谈恋爱，被劝退了。"艾目愣在那儿，良久回不过神，问道："那女孩呢？""那个女同学，也是我们班的，留校察看。但她执意不读书，跟着你表哥走了。"那男生答。

艾目木呆呆离开表哥寝室，木呆呆翻过坡。心想，还真是一对棒打不散的鸳鸯。回到寝室，扯过被单，倒头便睡。

艾目交的作业，刘玄绘的画，均受到了批评。学院说消极。

世鸿创作的《翻天覆地》，受到表扬。人物一字排开，形象顶天立地，开幅大，与艾目的创作形成鲜明对比。世鸿受苏里科夫的影响，画出了纪念碑式的历史厚重感。

星期天，艾目去了旧书店，法桐茂密的枝叶分外清凉。太阳似袭金袍，在青石板上绣着花纹；又似古老铜镜破碎的光，随风摇曳着。他走在暗影里，低头想着那个女孩是否安好？又仰脸看了看树叶漏下的光，距离第一次见已两年多，女孩是否已上大学？他如此惦记着，已至那户人家门前。那个小不点的男孩，明显高了许多，与他的另一个姐姐在门口玩着一只红皮球。

艾目停下，想招手问下，又没勇气。暗忖自己怯懦，连个小孩都不敢搭讪。

这时，那只红皮球飞了过来，滚向马路。他一脚勾住，捧至掌心，正准备送回，小男孩穿着背带裤，跌跌撞撞跑来。小女孩身着碎花短上衣，衣襟撅撅着，抢在弟弟前面。艾目弯腰把球递给她。她接过皮球说了声："谢谢！"拉着弟弟便往回跑。艾目抬身，若有所思地望着他们。这时，屋里传来一名妇人的声音，艾目快步离开。还是什么都不曾发生，他念起表哥，满心苦涩。爱情，多么难以割舍的东西。他并不想谈恋爱，那不现实，只是渴望能见到她，就像惦记着一川水、一朵花。

沉

炳

三十二

那段时间，艾目心烦意乱，想找魏归谈一谈。魏归少言，却性情温润。大家有心里话，都喜欢与他讲。他保守秘密的精神，像真正的牧师。而他们便是那立在小窗旁，内心忐忑的忏悔人。

寝室没有，他找到魏归他们班画室。夜晚的画室亮着灯，内里静悄悄。推门而入，只魏归一人，低头弄着草图。他面前放着刻板，圆的、扁的一堆刻刀，绘的鲁迅俯身编辑珂勒惠支图册的情景。旁边扔着十几幅草图，有的角度不同，有的人物高度不同，有的动作不同，有的书稿摆放不同。看得出，尚未定稿，还在寻求最佳方案。

魏归喜欢珂勒惠支，也喜欢鲁迅，拿起刻刀，便四大皆空。艾目站了会儿，悄然退出。

"艾目！"他在背后喊道。艾目已走出去很远，停脚回望，漆黑的夜色里，魏归站在亮着灯的画室门口，光从他身后扩出。艾目摆了摆手。

在魏归身上，他能看到自己对艺术的率性，没他精益求精。

进宿舍时，艾目迎头碰见世鸿。"你小子，去哪儿了？"世鸿问道。"找魏归去了。"艾目答。"他在干啥？"世鸿又问。"刻画。"艾目答。"看你失魂落魄的样儿，怎么了？"世鸿关心道。艾目摸了一下脸，"我吗？挺好的。""有什么事，不能和我说？你看你，笑比哭还难看。"世鸿不放弃。艾目沮丧道："表哥被劝退学了。"世鸿问："多久的事？"艾目道："快一个学期了，眼瞅着就毕业了。"世鸿笑答："呵呵，我以为什么事呢，没什么大不了的，记不记得，我也曾想退学来着。人家还有漂亮的女朋友陪着。"经世鸿如此一说，艾目的心情顿时豁朗起来。

艾目问："你说学校不让谈恋爱对不？"

"社会上十七八岁的女孩都出嫁了，怎么不管？"世鸿有力地说道。经此感染，艾目竟高兴起来。世鸿嘘了声，压低声道："你知道，我喜欢一个女孩。"他才出口，艾目也说道："我也喜欢上一个女孩。"两人随即低声呵呵笑在一起。

艾目让世鸿先说，世鸿又让艾目先说。最后还是世鸿道："就是那个童童。"艾目问："哪个童童？"世鸿道："华师文学系的，你表哥他们系的，那个写了《用担架抬着太阳》，轰动一时的女孩。"艾目道："知道，知道。"世鸿道："你说她怎样？"艾目道："当然好了，有才，阳光，独立，思想开阔，有个性。"世鸿道："那是花瓶无法比拟的高度，代表着先进思维，让人佩服。"世鸿的语气变得十分自豪。

艾目点头，"那当然。"又问："她喜欢你吗？"

"不知道。"世鸿摇了摇头。

"搞了半天是单相思呀！"艾目揶揄道，"不过，挺好的，最起码心中有轮月亮。"

"你的呢？不是说有喜欢的女孩吗？多大了，在哪儿？"世鸿一连串问着。

艾目尴尬地低下头。

"敢情什么也不知道呀！"世鸿故作惊讶，"那喜欢人家什么？"

姿态吧，艾目红着脸回答。感觉自己特渺小，对待爱情都没世

沉
烟

鸿这般明确。不禁想起两年前那个春日，女孩背俄语单词的情景。美而纯的眼神，散发着春日淡淡的哀愁，唇角似笑非笑，那般专注，牵着人心。

"搞半天也是单相思呀，去打听打听？"世鸿道。

"找谁呀？"艾目眼前一亮。

"找我，看我怎么帮你。"他拍着胸脯保证，"明天星期天，我不回家了，咱俩一起去侦察。"

第二天上午，艾目和世鸿稍稍打扮一番，白衬衣，蓝裤子，并肩走在去粮道街的路上。热辣辣的太阳流泻着金光，晒得人直冒汗。到了十字路口，世鸿问："哪家？"艾目忽愣住，那家门前挂了两个硕大的红灯笼。门两侧贴着对联，门中"喜"字赫然在目。满地红红的鞭炮纸屑，似翻涌的血。门口一个人都没有，周遭摇晃，默片一般，行人也跟着摇晃。他摇了摇头。世鸿问："怎么了？"顺着艾目的目光望过去，顿时明白。

那只灰猫不知从哪儿蹿出来，喵了两声，又大摇大摆，慢吞吞走了。

世鸿拉着艾目来到旁边的小磨香油店。两人站在门口收钱的木桌前，满室油腻腻的香，油腻腻的地。世鸿用武汉话问道："问您一下咾，那户人家有么子喜事？"卖油的老板娘，白白胖胖，露着两条肉嘟嘟的胳膊，一手抱伢，一手摇着蒲扇。那伢也就五六个月大，胸前戴着绣花莲蓬红肚兜，眼睛亮汪汪，吮着一根指头，唇角流着晶亮的涎水。"嫁姑娘咾，嫁到钢铁厂，谋到一家好女婿，听说老子是厂领导咾。"女人答着。世鸿问："那男的呢？""好似在保卫科搞事咾。"女人又答。世鸿接着问："女孩多大了？""没得多大，刚刚高中毕业。"女人有问必答。

"莫不是你们喜欢人家？迟了，迟了。"女人拉着长音，盯着两人的校徽。那校徽，是鲁迅先生的字，艾目特喜欢。那时的艾目，

三十二

长得温润儒雅，直挺的鼻，清秀的脸，周周正正，一看便是好人。尤其那双眼，恍若深潭，又星河般灿烂。

世鸿还想问什么，艾目悄拉他道："走吧。"

两人转身往回走，那女人瞅着他俩的背影，侧转脸，对打着赤膊榨油的汉子叹道："多好的两个伢！比那个又黑又矮的武大郎强百倍。屋里堆着金山银山，又怎样？总有吃空的那一天。"

三十三

回去后，艾目把两年写的日记全烧了。躺在床上，望见写字台盘中横七竖八躺着几根烟，遂摸起一根点燃，吸了两口。没承想，呛得直掉泪。周送一把夺过，扔至窗外，嘴里说着："什么事？弄得苦大仇深似的。"

他们寝室几人凑钱买一盒烟，倒盘中，会抽的自取。

其实，那女孩与他啥关系也没有。艾目翻了个身，对着墙壁想着，与其说喜欢那女孩，还不如说是喜欢书中的女主人公。上大学这几年，他做着白日梦，幻想中的女神伴他度过枯燥的学习生活，那是最富有诗意的年龄。

暑期回家，艾目又去打零工。抽空去了一趟黑水塘，巷子已更名为健康巷。午后的阳光，十分安静。从高家巷，拐进沧桑门，途经敦善堂，往前行便是表哥家。那敦善堂早已人去楼空，艾目犹记得儿时途经此处往往闻到一股浓烈的六味地黄丸味，常有灾民于此排队义诊。

表哥家的抱鼓石依旧在，石门却少了一扇。有人推自行车出来，他闪至一边。院子里已住进七八户人家。去之前，他问妈："表哥怎么样？"妈说："不好。"他道："怎么不好？""去了你就知道了。"

妈漫不经心答道。

进大门，青砖墙上的朱红壁画犹在，走过东道廊桥，七拐八弯来到木窗前。那棵老柿子树早被锯断。艾目往里瞧了瞧，外面白亮亮，屋里却十分幽暗。堂屋门敞开着，一股凉气扑面而来，内里挂着嘎爷爷的遗像。瞎眼舅妈端坐在春案前两把靠背椅中的右手一把，手里数着念珠。那念珠108颗，是当初他和表哥到城里的福慧庵游玩，捡的掉落在地的无患果，回来穿的。舅舅又去寺里加持，如今乌黑锃亮。

舅妈没等艾目叫她，便支棱着耳朵，眨着眼皮道："目儿来了！"艾目最服她，耳朵比眼睛好使，多久没来，都知道是他。

他问了声舅妈好，又问了舅舅，才问起表哥。舅妈指了指西屋。又道："你舅舅去章华寺会道长去了，晚下吃了斋饭才回。"

跨进西屋，表哥一人坐在桌前，低头摆弄一面小圆镜。左看右看，嘴里嘟囔着。艾目叫了几声"挥哥"，他抬头"嘿嘿"干笑两声，说："你来了。"艾目在他对面坐下。他依旧有滋有味摆弄着那面小圆镜，指着镜子嘘道："里面有鬼。"艾目想起《红楼梦》里的风月宝鉴，不禁笑问："哪来的鬼？"表哥似换了个人，神秘兮兮，好在还认识他。嘴里问道："目儿，你说我病了没？"又拍着胸脯，"我好好的，他们都说我病了。我也没错，错哪儿了？"说着，竟有点激动，指着镜子嚷着："爸驱鬼去了，爸驱鬼去了。"艾目上前哄道："是的，你没错，也没病。"这时，那个艾目在华师文学系见过的女孩，悄无声息走了进来，她还是那般秀气，神情淡淡，着一袭微蓝偏紫冷色调暗花绸裙，衬着莹白的皮色，愈发洁净。她拿着一朵栀子花，冲艾目盈盈一笑，递到表哥手里，说："你要的。"表哥往身上胡乱插着，女孩接过来，插在一只豇豆红细瓷长颈杯中，轻拍着表哥。表哥瞬间安定下来，又拿起花，左看右看，旁若无人傻笑着。栀子花，初夏的爱，庄严洁白，让艾目无端想起"正大仙容"

四字。大凡有点生活情趣之人都喜欢，八月份，依旧开着。

屋里沉闷，艾目坐了会儿，起身告辞。那个女孩送出来，舅妈留饭，艾目婉谢，又回身道："请留步。"一束光晃着人眼，他抬头望了望，发现屋门口挂了一面圆镜。不禁暗笑，可能是舅舅开过光的。

女孩送至沧桑门，艾目道："谢你照顾表哥。"女孩低头不语。艾目刚欲走，却被她叫住，轻声道："你表哥会好的，只是得过了这个坎。"艾目从她口中得知，表哥是过完年返校后被劝退的。

两人一起回的楚凤，表哥一人先到家，把女孩留在小旅馆。没承想舅舅很激动，罚表哥跪，用尺子抽表哥。表哥又冷又饿。女孩不见动静，悄悄寻来。舅舅气头上把她赶了出去。她只得回了武汉，不愿回校，家里也没再逼她。至于表哥如何抑郁的，她不知道。表哥那时已神神道道，一天到晚躲在自己房中，念叨着女孩的名字。且偷跑出去两次，舅舅舅妈寻至码头，方把他弄回来，自是后悔不迭。因不放心，她又跑来瞧表哥，这次舅舅舅妈把她留下了。女孩家人寻来，她死活不肯回去，她父母气病了，与她断绝了关系。

艾目告辞而去，回望了一眼沧桑门，觉得"沧桑门"这仨字似表哥的笔法，也相信表哥会好起来。妈说，表哥是文疯子，时而糊涂，时而清醒。

除了打零工，艾目又去新华书店绘了几日橱窗，算实习。市人民代表大会委员会开会，又找他绘一幅巨幅领袖像，他熬了一个通宵才画完。

城贵寻来，两人跑到郊外的雷家垱，画了几幅小品画。垱，荡也，五百亩，浩浩荡荡。两人每次赶早摸去，等待日出。整个垱，或烟波浩渺，或晨星闪耀。野鸭子嘎嘎嘎，成群嬉戏；锦鸡于芦苇丛中，扑棱棱地飞。

三十四

　　大四时，艾目在资料室翻看《新观察》，看到魏归刻的那幅《鲁迅》几乎占据整个版面。一些名家画作，反挤在犄角旮旯，不免震惊。《新观察》是本前沿杂志，点评时政大事，涉及新闻、政治、学术、文艺等领域，属通俗的《新华月刊》。标志着魏归的作品在版画界拥有了一席之地。他还是一名学生，如此年轻，便能与一些大师比肩，自是前途无量。

　　画面刻得毫发毕现，惟妙惟肖。作品胜在构思，大先生忧国忧民的思想，体现在他手上编辑的作品上。珂勒惠支，代表着底层的呼喊与苦痛。

　　艾目暗赞："形神兼备，突出主旨；表达含蓄，又入木三分，能引起好评，实属必然。"遂拿着《新观察》，乐颠颠往寝室跑。

　　大家哗哗翻着。

　　世鸿的《翻天覆地》也因其厚重笔触，一鸣惊人，发表在上海的《新民晚报》和湖北的《长江文艺》上，并且参加国展，陈列在国家美术馆。那是国家美术馆！大家谈论着，多少美术学子梦寐以求的地方。学校又传遍世鸿加入中国美协的消息，是整个学院继魏归之后，第二个加入中国美协的学生。意味着他们在各自的专业领域，都取得了成绩。

一切都来得那么突然，为他们高兴之余，艾目难免陷入深深失落。他独自低头坐在学校的荒坡上，又抬头望望天空，暗忖自己如此没用，摆脱不了自身狭隘，深陷小花小草中。他所梦想的艺术，充满着纯洁、平衡、静穆的灵性特质，没有令人不安、引人注目的题材。艺术对每个精神劳动者，都应是一种平息手段，且归于日常。

就在那时，他接到了孙同学的来信。信中说：

> 艾目同学好，想着你已大三了，还好吧！犹记得那个黄昏，你独立江堤，一江落日，红红的。你背对着缓缓驶过的轮船，笑得那般灿烂。我从远处走来，你冲我笑着，这让我极为惊讶，高中时，你似乎一言不发……

这封信让艾目想起许多，孙同学似乎高二就没来了。能考上三中，自然学习不错。

那个黄昏，江风徐徐，太阳即将西沉，水天江色却十分明朗。江堤上已失去晌午的溽热，变得惬意。也就是那天，艾目接到大学录取通知书，他按捺不住内心的喜悦，狂奔至堤上，望着一江蓬勃的江水，想到离心中的梦想又近了一步，不免心潮澎湃。正巧遇上匆匆赶往北湖厂区的孙同学，初中时，两人曾分在同一个化学小组。

他挥手"嗨"了声。她也笑着应答。他问："去哪儿？"她说："做屠猪后的清洁工作。"这让艾目大吃一惊，一名优等生能干如此脏活累活，让他敬佩。便由衷赞道："你真行！"她笑说："革命工作，哪里需要，哪里去。"她的话令艾目鼓舞，本想说点别的，出口竟是"我考上大学了"。说完，又后悔不迭，简直不合时宜。遂囧在那儿，掩饰着问："你高二为啥没来了？"没承想对方落落大方伸出手道："祝贺你！"又说："高二因肺病休学，半年后参加了工作。"

她草草几句，便赶着去上班。那蓬勃的短发，短裙下露出的结实的小腿，让艾目印象深刻。有力的步伐渐渐远去。

高考时，考场大门有持枪的士兵把守，艾目并不在意。湖北艺术学院的段虹老师来招生。艾目画了几人挽着裤腿，弓腰在河边洗农具和脚上淤泥的情景。岸边的独轮车压着一垛柴，夕阳西下，暗下来的水面闪着一道白光。待太阳全部下沉，地平线抹上一层深红的唇彩，也就安宁了。夜的碎片即将浮起，劳作一天的人们终于可以好好歇息了。

绘时，他无端想起俄罗斯小镇，黄昏，钟声，窗口，火炉与雪，还有烟，烟灰，烟蒂，女人与男人，一系列不相干的事物。

俄罗斯风情，强硬而忧伤。

其他考生，有绘拿着镰刀大踏步向前进的，有画举着拳头宣誓的。监考的段虹老师走过来，站他身后，摸着他的头道："就是你了。"

上大学后，艾目在校园遇见段虹老师，他谈及此事，说艾目绘得有艺术性。艾目深知，艺术性是一幅画的灵魂。而所谓的艺术性等同含蓄，也包括巧思，这是他一直认为的。

再后来，暑假回去，遇到孙同学，留过地址。

有人传信，教务处有艾目电话。他跑去接，是珠玉姐打来的，说来汉出差，住在汉口。艾目赶去，第一次踏进汉口有名的"老通宝汤包店"。里面热气腾腾，珠玉姐坐在白雾弥漫的桌前，笑盈盈招着手。她点了两笼汤包，像马可夫斯基绘的那幅油画，母亲送饭给打工的儿子，看着他吃。艾目让珠玉姐吃，珠玉姐说吃过了，会务组有安排。

除了儿时与父亲吃的锅贴，艾目似乎没吃过此等美味。浓浓甜甜的汤包，实在好吃，何况全国刚刚走出饥饿的阴影。

不禁忆起，儿时夜市后爸常带他下馆子。切几块烧鸡，抿二两小酒，吃几个锅贴，那是爸的快活日。

戏园子位于自家纸铺对面的巷中，楚凤老二医那儿。巷口毗邻老天宝银楼，叫民乐大剧院。有个京剧名角唱老生，那老生抽大烟，马派的《借东风》唱得可好。那会儿的楚凤，碧水迢递，朱楼缠绕，枕河人家，清歌缭绕，堪称"戏窝子"。九宫十八庙，外加会馆，丝竹管弦，袅袅不绝。

爸参加了票友俱乐部，除做纸生意，便是到童家花园飙戏。遇到"庙戏""会戏"不用买票，黑压压，人头攒动，让你听个够。

每至散戏，中山大马路已是夜静人稀。爸带着他到东头的小酒馆吃消夜，从老天宝到英国人建的邮局对门，仅半里路，像走不完似的。爸拖着他，他睁不开眼，跌跌撞撞，迷糊着，高一脚低一脚被带到餐桌旁。有时站着都能睡着，就图那两个锅贴和蒸饺，又得屁颠屁颠跟着返回觉楼街口，再回家。

每至月亮街，妈已睡下，爸摘下礼帽，悄然摸进去。这边李妈给艾目宽衣脱鞋，待洗脚水端至床边，他早已呼呼睡去。

三十五

艾目给孙同学回了信，谈及自己的失落、迷茫与苦闷，还有那个自己喜欢却嫁了人的女孩。她的信很快来了，鼓励他放宽心态。说她通过学习，已调到公司人事部门工作。艾目去信表达了祝贺，之后，两人的信件多了起来。

寒假，艾目受珠玉姐相邀去她家过年。平生第一次独自出远门，难免孤单。见了珠玉姐的婆母、爱人和儿子，在那儿待了两天。返家时，她家送的礼物提都提不下。此情景，艾目之后曾多次梦见，那是艰难岁月里一份不小的情意。

艾目和孙同学异性相吸，坠入爱河。那段时间，他被一种惆怅的氛围笼罩着，幸好有孙同学，可以稍稍抒怀。他百无聊赖，把头埋在她肩上。孙同学低头摆弄着他胸前的灰褐色绒线围巾，折过来，叠过去，柔声道："我单位同事想见你。"艾目用手指绕着她的发梢，又去抚她的头，吹了口热气道："见我做什么，有什么好见的？"他不惯见人，也不关心。她道："去嘛。"艾目犹豫着答应下来。大学生，斯文，瓜瓜溜溜，很多人赞美，孙同学自是骄傲。

到了大四暑期，每日黄昏后，她在堤边等他。他匆忙赶去，夹竹桃的花苞挤满夹道，十分热烈甜蜜。她远远望去，他也笑望着。

糍粑白，艾目举头瞅了眼月亮。孙同学也抬头看了看，并未接腔。若太晚，两人于江边等着天亮。软绵绵的空气似吹开的木棉，一大朵一大朵飘浮在夜空，远处的文星楼隐于微风荡漾的堤面。

他送她回家，手拉着手，长长的九十埠来回走两趟。海棠般甜丝丝的夜色下，他手撑在一座明清老宅的木板壁上，和她低声说着话。树影遮下来，他鸡叨碎米般吻了她的额，继而热气缠于一处又"噗"地散去。

两人相依，闻得见彼此呼吸。他触到她的胸，又慌乱地缩回手。她不言语，艾目却自觉犯罪，似瞧着那全裸模特儿，心神不安。这之后，好多天不敢相约，直到暑期结束，她背着人码头相送，他才放下心来，知道并无责怪之意。

她了解他的家境，寄过钱也寄过物，艾目十分感激。

大五时，几乎十个月都在外社教。先是在沔阳，后在江陵草市。

他和世鸿、周送、刘玄，连夜赶路。清晨进村前，为让村干部瞧得起，刘玄把西装脱给周送，加之周送自己脚上的皮鞋，使之俨然像个领导。四人端端正正别好校徽，就着溪水洗了把脸，又用手扒拉两下头发。周送从上衣口袋，掏出一只五彩珐琅小圆盒，大家凑近，问是何宝贝？世鸿抢过来，弹开盒盖，里面是面小圆镜，还卧了把茶汤色半透明梳子。大家惊呼："好精致！"周送道："祖传的。"拿起梳子捎饬了两下。他们接过，也捎饬了两下。艾目道："这羊角梳，我们梳可惜了，留给你女朋友才是。""哪呢？""哪呢？"大家七嘴八舌，"哪像你早早就有了女友。"艾目便不言语。

从沔阳返校后，国画班的朱天一拖着行李来向艾目道别。他的事，艾目早已知晓，苦大仇深的出身并没救他。那天，他情绪低迷，灰溜溜的。艾目送他走出小路，来至粮道街，不知如何安慰。平日里，他春风得意，事事在先，世鸿、魏归与他鲜有来往。可贵的是，他还把艾目当朋友。他犯了与表哥相同的错误，被勒令退学。原本去做一对恋人工作，却把女同学做到了自己手中。学校炸了锅，说他比初恋者更恶劣，身为团支书不仅违反校规，还是第三者。

草市离家很近，但队部纪律严明，不让回家且规定学生艰苦朴素，不准吃肉。同学们下到各小队，被分到农户，每天交粮票当伙食费。指挥部设在草市镇，离队部有三四里远。

艾目被分的那家农户，是个七十多岁的鳏夫，眼睛有点白内障。少言寡语，只知默默做事。艾目待在屋里，算着小队的账。他瘦弱着身子，摸到门口，低声唤艾目吃饭。艾目应答着，来到堂屋，拿起碗添饭，发现黑黑的抹布煮在锅里，不知该咋办。至于吃没吃，他早已忘记。

一次，老人把一块腊肉埋到他碗底。艾目吃着吃着，戳到很硬的一块，用筷子夹出来，退给老人。老人拿着碗，向后躲闪，嘴里说着："吃吧，吃吧！没人知道。"艾目道："确实不能吃，这是纪律。"他说："你这伢，怎么这愚？"艾目道："那也不能。"老人起身，把碗重重地放下，弯着腰，激动地说："长身体的时候，多吃点没错，我又没赔，你交的钱足够吃这个。"艾目还是没敢吃。

晚饭时，老人还在唉声叹气。

艾目胆小，高中时，市里举办十年农业成就展，从三中把他借去。手边有个亮闪闪的不锈钢圆规，他特喜欢。寻思好久，揣进荷包，带回了家。一会儿放桌上，一会儿藏铺下，一会儿夹在衣服里。折腾了一夜，第二天赶早跑到江边，扔进了滔滔滚动的江水中。

后来方知，压根没人问，也没人管。

沉
烟

三十六

转眼入秋，青紫色泛蓝的天飘着朵朵白云。树叶铺下厚毯，踩上去，松软暖和，散发着陈年腐香。艾目喜欢这泥土的腥潮味，闻着就爽肺。他一个人走在去草市指挥部的山坡上，空气晶明，树影婆娑，秋鸟一路相伴。沐浴在流泻的光影中，觉得十分幸福。

大自然安宁，无人工饰，无车马喧，无人的气息。充实的空，繁茂的静。几只鸟儿在树间来回跳跃，纯银的歌喉，清凉如瓷。鸟活一世不就是为歌唱吗？而自己的歌声便是绘画。

他想起爸也养过一只雀儿，爸走哪儿，它跟哪儿。一跳一跳，可听话了。爸背着手，在中山路闲逛，那雀儿慢悠悠跟着。爸停下说话，雀儿也停下，仰脖看着，或飞两下，停在前面等爸，抑或歇在爸肩头。

爸上戏园子，那雀儿也去，细脚伶仃地站在桌上，一下一下嗑瓜子。

爸去车间上班后，不能带雀儿。雀儿在天井或车间门口"呼啦啦"乱飞。爸怕人家说他"资本主义"，把雀儿关在家。雀儿疯也似的撞门，一下又一下，后来不知去哪了。

快过年时，学院依旧没放假。艾目去找周送，周送住小队会计家，人瘦了一圈。进院，便见他站在门前，与小队会计理论着什么。"睡了几个月的地，腰受不了！"周送的声音。那个小队会计，浓眉大眼，长着一张无辜的脸，手持烟杆，摊着手，"你看见了，没空铺，不是不给你住，过去俺不也这样睡的吗？"周送道："我舅舅这样睡的，残了。我还这么年轻，得了类风湿咋办？"小队会计道："哪有那么矫情？我们这儿就这条件，你们下来不就是为吃苦的吗？要不来这干啥？大学生是人，老百姓就不是人了？"周送道："我没别的意思，给块门板也行。""看你说的，给你门板，怎么关门？这么冷的天。"小队会计不耐烦道。

"你也知道冷！"周送反击，转头望见艾目，便道："你问问我同学，睡的是不是床？"艾目道："当然。"小队会计道："你那户是光棍，当然有床给你睡，我这儿拖家带口，困难着咧。"正说着，他小女儿哭哭啼啼，打着赤脚寻来。

大家住了声。艾目把周送拉至一边，两人研究，反映到队里让队长帮忙解决。

周送把艾目引到他房中，两人勾头站着。原来的牛棚，垫了稻草，稻草上铺着被褥。艾目一摸湿漉漉。又说三餐饭压缩成两餐，吃不饱，全素。米饭里不少沙子，不敢咽，挑也挑不净。中餐省了，说原本家里就吃两餐。他们一家躲在厨房里吃。

周送说时，两人不约而同想到沔阳的田婶。艾目问："还记得田婶吗？"周送忽难过起来，背转身，低声道："怎么会忘？"去年春上到沔阳社教，参加排湖劳动，艾目、周送、世鸿、刘玄四人住在田婶家。田婶能干，笑声敞亮，把他们当自个的伢，天天好饭好菜招待。不是炸小鱼，便是煎豆腐。临走时，让她儿子慢伢子到湖里摸了几尾鱼，炖了一锅白鲜鲜的汤。又捉了四只龟，开膛破腹，麻利地烫了、撕去外膜、洗净，放在四个陶罐里，加上水和盐巴，用泥巴糊好，放进灶坑里烧。第二天剥下泥土，擦干净，让他们拎着路上喝。那香浓的汤，至今难忘。

　　艾目安慰着周送，两人走出院子，去指挥部取信。才下过雨的路，泥泞不堪。两人深一脚浅一脚，挣扎在泥淖中。

　　指挥部设在草市一家废弃的钱庄。周送爷爷的明信片，只写了一句话：你不在，家里的金鱼都死了。领导拿着哈哈大笑，念出了声，惹得满屋子跟着哈哈大笑。周送不悦，低头接过，走出大门。嘟囔道："有什么好笑的？"艾目道："可能不合时宜。"周送低声道："是的，这样的小情小调，冲淡了热火朝天的革命氛围，非得写上革命形势一片大好不成？"艾目道："你爷爷，是想你了，寂寞了，似《边城》里的外公。"艾目再一次意识到，人之惆怅多半来自隔代，外国是，中国文学作品和现实生活亦是。又道："我喜欢内心的东西，那才叫真性情。你爷爷很有审美，知道什么是生命，那小鱼才是生活的本质。"周送不语，待艾目再抬头，发现他眼里噙着泪花，在眼眶里打转。周送儿时便没了爸。

　　艾目照例接到孙同学的信。其间，低一届的学妹来找他，自己有女朋友，自然不敢搭讪。班上唯一的女生姜小颜，也摸过他的头。也许自己长得人畜无害，又老实，让她们觉得安全。

　　周送的床铺问题，因队里出面得以解决。

三十七

一九六五年七月，临近毕业，指挥部派人通知大家返校。艾目连忙收拾行李，与老人道别。老人恋恋不舍，跟跄着送出门。艾目转过柴垛，还见他伸着手。

几辆敞篷汽车，停在草市镇口。周送、世鸿站在一辆车上向艾目招手。

艾目翻上去，随着汽车"呼隆隆"启动，告别了最后的社教生活。回校后，填表、政审、考核、鉴定、动员，一系列活动。

毕业创作，艾目画了《打靶归来》。除男女民兵，还画了靶上的环数与枪眼，证明打得好。周送、刘玄、福五他们仨，放弃原作品《古城春色》，画了组画《打倒帝国主义》，受到好评，发表在省报。魏归刻的《我与贫农心连心》参加了全国大学生毕业展。

大家三三两两，去毕业办听通知。一名领导坐在桌后，面无表情，推给艾目一张通知单。他拿起，看到自己被分到兰州文教局报到。艾目道了谢，转身往外走。领导忽叫住他，顿了顿道："其实以你的成绩，完全可以留汉，只是出身不好，才被分得这么远。"艾目道："没事。"到另一间房，领了给去西北学生发的蓝粗布棉大衣，夹在腋下，大踏步走了出来。

因他们经常下乡，校园的两条泥巴路无人走，已杂草丛生。一眼望过去，满目萧然。加之夏季雨水充沛，植被疯长，愈发凌乱不堪。画室已不再有学生，也见不到老师。似乎学院要撤或不再招生，每张脸都惶惶然。

回到寝室，魏归、世鸿陆续回来，各自收拾行李。世鸿留汉，被分配到省出版社。魏归留校。福五被分配到湖南出版社。刘玄也被分配到兰州。

没毕业照，没毕业典礼，人心惶惶，像是下一刻学校就不在了。寝室里一片狼藉，地下扔着不要的废报纸、用过的书籍、撕烂的纸箱。

隔壁有人挎着相机喊照相。他们踢踢踏踏跑了出去。

艾目一个人来到画室。五年的学习生涯宣告结束。他打开灯，环顾四周，在这里发生过太多的事。刚入校时，大把的秋阳金灿灿洒入。他也是这般推门而入，周送正往窗户上糊报纸，右边的两个大窗已糊死。他笑盈盈回头，大声喊着："艾目！"艾目上前，拿起地上的报纸递给他。周送个高，踮脚便能够到窗顶。画室的左右窗户被糊死，只留下天窗采光，这样绘起画来，光线更均匀。

因下乡，他们并不能时时亲近画室，故常常荒着。

画室里有个地窖，唯一利用的一次，是一九六二年的深秋，大家抬红薯那次。

欧阳秋老师，走了的鲁维嘉老师。他们的第一堂静物课、胸像课、头像课、人体课，历历在目。

如今，窗上报纸已陈旧发黄，耷拉着角。艾目坐下，画了最后一幅画《画室》，空空如也的画室，空空如也的画架，几个虚幻的人影背着行囊，一切都散了。像场梦，将军不下马，各自奔前程，他丢下画笔。

回到寝室，夜已深。走廊里暗沉沉，一个人都没有。本地学生已走光，外地的也连夜散去。他是最后一个离开的，没带走一幅画、一本书。他的画绘完便完事，谁要就给谁。

他先回的家，看了爸妈弟妹，又会了孙同学，才去的兰州。至于箱子行李咋去的，他已不记得。

沉
烟

三十八

两天一夜的火车，呼咚咚。

艾目买的硬座，坐在车窗旁，看着越来越荒凉稀薄的景象，竟有种发配感。

去兰州前，他在楚凤的大街小巷转了转。许多年，他怕去中山路的那座小楼，那是爷的家，爷从前就住那儿。

罗马柱小洋楼，左右两扇大玻璃窗，十二三米宽的门脸。楼上是爷的作坊，刷红绿纸、制作账本与书信纸。

他常站在白雾腾腾的光线下，看爷操作。爷拿着木头模板，一条条细棱凸起，在棱上刷上红色。把裁好的白纸覆上，用柔软的棕毛刷子一扫，便贴上了。再一揭，就成了。一张又一张，凸起的细棱用来印红线。灯影下，印好的纸，在案上跺整齐，用锥子扎好孔，再用细麻绳来回穿梭，便成了本子。爷不停地做，是个地道的手工作坊人。那时，艾目便知道纸是香的，贴着鼻子，闻不够。

妈当年买的小楷纸，便是爷印的。

大木盆，六米长，里面装着红色颜料水。盆沿挂着待干的红纸，像万国旗，散发着浓烈的胶水味。阴干后，用木竿挂起，密密一排，可好看。装订账本的粗木案，裁纸的矮木案，压纸的方木条，都比艾目高。厚实，搬不动。发亮的四方裁刀，薄薄的，亮亮的，那才叫快。爷不让他碰。大人们一只脚踏上去，一手握刀柄，一手压刀背，一铡，厚厚的一沓纸，便齐刷刷断开。

艾目在里面穿梭，爷扬手跟在后面喊着："乖乖，我的乖乖，你可得慢着点！"他回头嘻嘻笑着。爷知道他喜欢吃麻饼，在南货铺乐颠颠买回，替他收着。待他去，笑眯眯拉开屉子，解开麻绳，看着他吃。

那阳光可真好，从彩窗涌入，明晃晃。艾目边吃，边坐在爷洒满光斑的床上，晃荡着小腿。有时，拿着麻饼站在凉台看热闹的街景。那时的中山路可气派，许多拱顶欧式建筑，要么中式牌坊与哥特式建筑的混合体，材料大多用洋船从国外运来。巷子深处，不时传来"橘柑子皮，桂花香，隔壁奶奶有个胖姑娘。脚也大，手也大，一个洋船都装不下"的儿歌。

纸铺的楼梯设在正堂旁，足足十来米高。艾目在上面蹿上蹿下，下来时，顺着结实的扶手斜撑着，飞人一般滑下。爷吓得半死，伙计们伸手来接，爸才从郓城回来，到马行还毕马，也仰脸悬着心。艾目嬉笑着，好得意。那扶手，被他磨得油光锃亮。

这条街，竖着各式招牌。斜对面老天宝银楼的伙计曲着腰，迎来送往珠光宝气的客人。黄包车、小汽车、响着铃铛的马车，吞吞吐吐，停停靠靠。纸铺西边隔着觉楼街口的同震银楼也是这般热闹。艾目至今想来，都觉得似小巴黎。

爷，给钱！知道孩子妈才给了早点钱，爷依旧把钱放入他掌心。说声"焌火炭"。爷喜欢说焌火炭，说时呵呵笑着。焌火炭，艾目分析过，水"滋啦"一声，炭就熄了。烧不旺，没出息。

自己就是一个"焌火炭"。

艾目回家，见胖儿正神气地唱着："一个人的爹拖板车，拖到巷子口，解泡小手。小手没解完，来了大洋船。"三儿蹦跶着，拍手跟着学，一个小男孩哭咧着追打着他们。恰巧白妈提篮回来，招手唤着三儿，三儿一溜烟跟了进去。

下午放学后，艾目不曾与别的孩子玩，总到纸铺去。晚了，若遇不到爸，得一人回家。出了纸铺，往右走几步，再右拐，便是觉楼街，那老天宝正对着觉楼街。夜里的觉楼街，极少有路灯，靠路边人家漏出的一星半点的微光照明。觉楼街走到头，往月亮街有两条路可走。左边一条长长的小巷直通月亮街，又黑又没人。右边从觉楼街直下软脚坡，人比较多，但绕远。

艾目闭着眼，都能想起那条黑黑小巷。每每胆小，站在巷口犹豫着，不知该走哪条路好。若有人过那黑巷，他便屁颠屁颠，一路尾随。而那软脚坡，又窄又陡，是个急转弯，据说是青楼女子们的住处。下船的客人途经巡司巷，走到这儿，瞥见二楼斜靠着栏杆、嗑瓜子的女人，便走不动了。"哟！客官住店不？"女人笑意盈盈，嗲声嗲气扬着手；即便斜睨着，不作声，也是风情万种。另说坡大，难于步行。有人则说："长期跑船的船夫商人，湿气重，来到拖船埠便河垴歇脚住店，喝顿上岸酒，泡个脚，故又叫'暖脚坡'。小孩哪管那些，只是怕黑，那是无忧童年里唯一的困惑。"

小巷与月亮街交汇处有户人家，男的高高的个头，留着分头，看上去很有派。女的涂脂抹粉，上下绫罗，吵起架来，又叉着腰。红指甲捏着帕子，掩面立在街口，哭哭啼啼诉说男人如何诓骗了她，不明不白这些年。男的先是争辩，后来又出来把女的箍进去。大人们说是"皮绊"，女的要跟他，死缠烂打地跟着。啥叫"皮绊"，艾目不懂，后来才知道是没领结婚证的同居者。

三十九

一路旅途颠簸。

艾目不知为何无端想起这些。

在兰州能陪他的，依旧是爷的樟木箱。那个干燥的省会城市，也就江南小镇那么大，别说武汉，连楚凤都不如。

艾目被分到省电影放映发行公司即原来的兰州电影制片厂，做美术编辑。地点在黄河岸边段家滩，占地两个半足球场那么大。六层楼，他被安置在二楼一间二十五平方米的房间。整个二楼，除电机房、放映室，大多空着。中间是走廊，两边为接待房。每边大约二十间，预备各地分公司人员来省城开会用。

艾目整理着东西，有了独立空间自然高兴。家里弟妹多，四十多平方米的房子，住着一家八口；大学时也是六人挤一间。

上小学时，陪他最多的是月亮街的过街门，家小，做作业，画画，只能在巷口。巷子偏，少行人，小板凳一坐，便是半日。地扫得干净，无杂物，舒坦。除绘丰子恺的《绘画入门》，还打过九宫格，画戴帽背枪的猎人，临整本的哈定著的《怎样画人像》，包括作业，都是在那张方凳上完成的。那是他的天然大书房。玫瑰金的夕阳打在过街门上，那种安适明亮他一刻都不曾忘。

上初中后，学校晴川书院楼上的木板房，有间不足五平方米的小屋，一桌一凳，不知何用。他常一个人躲在里面看书写字，幻想着：哪天能拥有一间这样的房，便是全世界最幸福的人。

如今水泥房中，一张床、一张桌子、一把椅子。陈旧发黑的垫子上铺上干净床单，被子叠得整整齐齐。床上放本书，墙上挂幅画，桌上置上简陋的台灯，便十分称心。

收拾完，他下楼欲出大门，远远望见刘玄背着行李往里来。遂喜出望外，迎了上去。刘玄高兴地拍着他，连说老天有眼，竟分到一处。又问他在哪个部门，艾目回说："幻灯片厂。"刘玄说他分到电影机械修理厂。艾目陪他去报到，又是一番忙碌。

幻灯片厂是为加强农村放映队宣传，刚刚筹建的。浙江美术学院的三名毕业生和本地美术学院的一名学生，以及其他文员、会计，陆续到位后，才派来一名三十多岁名唤米瑛的人做领导。此君兰州人，白白胖胖，毕业于中央美术学院。人员十多个，美术编辑就五人。

黑黑的室内，挡着墨绿绒呢厚窗帘，一束光投到屏幕上，艾目看得极认真。中央下来的片子，经公司剪辑过审方下发。发行的拷贝是否残缺，或按上面要求剪掉某镜头，皆需在放映厅过一道。一周总有一两个上午放新片。包括《青春之歌》《早春二月》这些被批判的片子，以及内部片《山本五十六》等。艾目直呼过瘾，上班能看电影又不掏一分钱，此等美事哪里去找。不免写信向周送、魏归等炫耀，惹得他们纷纷羡慕。

片库在黄河边一栋平房里，库里摞着一盘盘铝盒胶片。周遭空旷，滔滔黄河日夜奔涌。尤其夜里，恍若在耳畔咆哮。轮到艾目值班，他一夜不睡，手持电筒四处巡逻。星空浩大，像块忧伤的黑布。墙角有双寒闪闪、绿莹莹的眼睛与之对峙。他用手电筒照过去，那双眼睛僵持了会儿，夹着尾巴一颠一颠跑远了。当艾目意识到是狼时，还是有点后怕。后来得知，狼吃人在这里并不稀奇。同事笑他傻，问怎么不睡？之后他方关门闭户，开着灯休息。

他常常独自背着包，挎上相机，穿着那双厚底大头鞋，沿着戈壁滩，跋涉在泥沙滚滚的河岸。

至渡口，叫了艄公。站在羊皮筏子上，望着笔直陡峭的河道，寸草不生的崖石，顺水漂流。放眼望去，无一人，只有孤蓝的天。那动荡的蓝，似人之肺腑，蓝到眼晕。到达目的地后，艄公背着筏子一步步往上游走，等待叫乘。

西北农户少，飞沙漫漫。远远望见一座城堡，高大的半圆门，二三十级台阶，黄土夯就的围墙紧闭着。远处黄河低吟，周围十多里不见人烟，想进去讨口水喝，却发现是座废弃的遗迹。他躲进去，点燃一捆柴，烤着手，听着凄厉风吼，嗷嗷叫。想着自己能否活着回到楚地，会不会死在这荒郊野外，变成干尸，有种被遗弃的荒凉感。

待风停，他走出来望望天，还得继续前行。披星戴月，走了几日，方到达大漠中的矿区。远远望见灯火，方舒了口气。

艾目每次任务都完成得极漂亮，走上几天几夜，才能找到要采访的对象。又几天不睡，然后找个旅馆大睡一觉，醒来时不知何年何月。

回城的路上，村子安静，静到不可思议。夕照给人以苍凉感，一望无际的黄土地驮着一轮透明落日。"大漠孤烟直"，他感受着古人的怅惘。

向晚的夕照映在高坡上，一片血色。瘦马在小河里饮水，美丽的景象，似《卡尔曼》描写的西班牙高原。

他活得悲壮孤苦。

回到单位，风依旧摇着窗户，"啪啪啪"。兰州冷，十一月份，已零下二十摄氏度。不算厚的被子，钻进去半天才暖和。身上的棉衣裤搭上去，也不管事。清晨起来，取暖炉常常是冰冷的，白灰煤球搭着没烧透的黑煤球，一副无可奈何的样子。

如此孤寒之夜，即便苦，他也觉得甜。艾目想过，自己之所以能坚持下来，主要源于老巴的书。老巴喜欢偏远渡口，似流浪儿一路旅行，只不过带着作家的敏锐视觉。艾目也走过偏僻的高坡、清苦的小镇，即便不知地名，也让其挂怀。哪里有人，哪里便有情，爱往往使荒凉变得诗意，平庸变得美好。

翌日的冬阳，给人以暖意。阳光那般通透，气温依旧零下，眼前依旧白雪茫茫，他的心却有三十多度。艾目觉得低温也是一种燃烧，越冷越白。

有时画几幅画，那种创作极孤单。没同学品鉴，像失去了什么。他边画边搓着手，想着艺术也需要氛围。

通信员送报纸时，内里夹了一封信。艾目拆开，周送写道，他去了宁夏，没报到，便回家了。准备自己找工作，大不了从头再来，只当没上这五年大学。艾目对他的洒脱佩服又惊讶，这也符合周送的性格。周送道，利用这段时间，去了一趟长沙，参加了福五的婚礼。福五娶了当年通信的女孩。艾目坐在炉前，默默读着，感叹世间总有相濡以沫、天长地久的爱情。

第一个月拿了五十五元钱，顶爸的几倍，那是艾目最开心的日子。发工资当天，给家中汇去四十元，自己留下十五元，连生活带置办东西。破天荒给自己买了一双翻毛皮鞋，替下妈做的布鞋。

那里冷，风沙大，路不平。又花一毛钱，买了一只卤猪蹄。向晚时分，一个人守着红红炉火，默默啃着，手上嘴上沾的都是油。他把两条腿偏过来正过去地瞧着脚下的翻毛鞋，直觉威武。角落里妈做的那双布鞋委实单薄。

妈一生最大的成就，便是坐在煤油灯下，"刺啦，刺啦"纳鞋底。似乎做鞋是对儿女们最大的爱，有鞋便有路。

少年时，因弟妹多，只能在天暖后花两分钱买双草鞋。再也不怕脚冷，晴天雨天都是它，穿过春夏秋三季。直到鞋底穿两个大洞，还挂在脚上。倒是比皇帝的新衣实在，至少草鞋的模样还在。

到了冬天，才穿上妈做的布鞋。那式样，黑色的布面和白底边，要多美就有多美，比阔少脚下的皮鞋不知漂亮多少倍。温暖爽眼，书香子弟的模样，艾目心里过节一般。

妈最后落针，总会唤："月儿！过来。"他穿上，妈左看右看，总也看不够，成就感挂脸上，摸着他的头道："穿着，爱惜点。"未及说完，他已一溜烟跑开，哪曾想过妈的一针一线和手上戴的铜顶针？多少天的劳动成品，从少年至青年，不知享用过妈做的多少双小圆口布鞋。

艾目正想着，窗外风声鹤唳，呜呜咽咽。不知哪来的铁皮子，"啪嗒啪嗒"，吹得直响；有间办公室的窗户没关，也奏乐一般发出"哐当哐当"的声音。艾目想家，也想那几个臭味相投的铁哥们。那里风野，似狼吼，没南方的柔情蜜意。

四十

　　报到不到三个月，单位安排艾目与两名同事到杭州学习制作幻灯片。

　　十一月末已寒意袭人。至杭州是夜里九点半，空气中飘着毛毛细雨。街上到处是等待载客的三轮车，发出"突突"的鸣叫声。

　　艾目肩挎背包站在潮湿的街头，路灯在雨水中显得格外冷清。

　　开学之际，学校组织参观博物馆，大巴车行进在美丽的江南街景中。廊回檐转，细草盈阶，更别提小桥流水了，愈发有别于兰州的干涸荒芜。他前排坐着一位美丽的姑娘，专注地捧本书，两根细长的辫子搭在瘦削的肩头。艾目心想，什么书看得如此入迷。

　　下车时，她走在前，优美的背影让艾目生出作画的冲动。正傻想着，她竟回头嫣然一笑。艾目随即笑问："刚才看的什么书？"她从黄挎包里掏出递给他。艾目接过看了看，是本俄文版的美术理论书，自己读过，很有难度，暗忖这个女孩真不简单。

　　女孩削肩细颈，十分清秀，说着一口好听的吴侬普通话，似软软的溪水，听着便舒服。下课后，她喜欢站在艾目桌旁，拿着他的图案，赞美观大方，设计独特。他不好意思地笑着，空气里荡漾着令人昏眩的余波。他罩在美丽的光影下，恍如陷于深海，来不及呼吸，却十分甜蜜。

他和她没隔碍。她看书，他也看书，借书还书，在所难免。她喜欢在扉页留下娟秀字迹："感谢朋友馈赠的精神之花，让生命的细节如此丰盈""如果说教养是一个人的通行证，朋友无疑拥有了最好的一张"。他常惊讶于她真切感人、具有艺术气质的表达。

女孩文静，两人制片于暗室，暗红灯影下，无一丝邪念。她身着鸭粉色高领毛衣，头像侧影异常高贵。其实，人一纯粹自然高贵起来。

有个来自上海的男生追她，她死活不肯。男生死缠烂打，女孩向艾目求救。艾目帮忙调停。女孩越发信任他，艾目待她如亲妹。

学习班组织到绍兴参观鲁迅故居，岁月侵蚀的学堂依旧散发着江南的幽独之气。课桌上的字迹清晰如昨。站在大先生后院，她说："这后院远不如大先生描绘的那般美好。"艾目道："是的，也许时间太久，或许岁月本身便如此。"她说："少年梦想，多半是一个人记忆里的阿拉伯钻石，带着时间折射的光芒与心底加工。"艾目道："草木靠人养，美更多来自感受。"

天幕如水，四五条小船荡漾在湖面，"乌苏里江水长又长"的歌声响彻在低矮的星空下。女孩面若梨花，围了条烟紫色丝巾，便格外动人，这让艾目想到一切脆弱而美丽的事物。两人并排而坐，细花凿银的水面泛着莹莹绿波，桨声划动，歌儿游历在天水之间。

终于落雪了，西湖的雪景分外迷人，断桥柳堤披上银袍。通亮通亮的他们玩着雪球，打着雪仗，不知累为何物。两人立于船头，天地一白，远处皑皑白雪覆盖的废墟，竟冒出一缕直直的青烟。艾目不免呆住，女孩也看着迷了，那烟竟似无人打扰，兀自升腾着。她说："艾目。"艾目道："嗯。"她说："艾目。"艾目道："我在。"

半年时光匆匆而过，学习班即将结束，大家互赠礼物。艾目并无值钱之物，便把自己最好的一本硬壳笔记本送给了女孩。里面是他记的日记和读书笔记。

四月初，同学们一起去了上海。翌日凌晨将各奔东西。他和女孩背着大家，在昏黄的南京路不知走了多少遍。日间的繁华早已褪去，孤单的马路只剩下他俩踟蹰的背影。浓稠的夜幕下，两人默默走着。

时针指向了夜里十二点，外滩的钟声响了起来。

分别的时刻就要到了。女孩站住，艾目也停下脚。女孩低着头，艾目也垂下了头。女孩突然哭了起来，哭得那般伤心。两人都明白，天各一方，再难相见，或许终身不见。而彼此爱慕的话还没来得及说出口。她哆嗦着唇角，哽咽着，抬起双目望向艾目。清澈的眸子似两汪紫色湖泊，哭成了泪人。他想为她擦拭，却怎么也抬不起手，只能呆呆看着。他是有女朋友的人，之前与姑娘说过。自己没资格，什么都不能做。

艾目头一次见一个人哭得说不出话来，那般委屈，为他，也为自己。

两人约好鸿雁传书。

四十一

返回电影发行公司后，艾目常去郊外，百无聊赖地躺在草地上，闭着眼感受着风吹草动、浪迹天涯的感觉，亦有天人合一、闲情满满的自在。

生活是什么？他变得极尴尬，自己曾多么渴望爱情，如今近在咫尺，却矛盾着。

苏州女洁白的信件从他手中滑落，同时滑落的还有她的玉照。她的文字那般诚挚，充满淡淡哀愁，似流过肌肤的温热的水，暖到落泪。又似自己喜欢的画，沉稳洁净着。这行文只属于她，读着便心静，气质修养藏在字里行间，似一种情绪抚摸，又受素质制约。

艾目想着"有我"方如此，"无我"便是凉开水一杯，水到温时才柔软。

彼此通信中没爱情，只是一些不相干的交流。若干年后，他倒认为那些不相干的交流才是情感本质。她在信里谈到巴乌斯托夫斯基的《最后的一面》，那个情节也曾使艾目难过。她说，可怜的加丽娅，还那么年轻，妈妈死后，剩她孤单一人，一周后也随妈妈去了。盲姐姐是怎么死的，无人知晓。墓碑的缝隙，长出了苍白得几近透明的草茎。这些小草是她们艰辛生活唯一的装饰。也是加丽娅面带病容的微笑，像陷在睫毛里那双盲目中的一滴泪，渺小到无论何时都不会被发现。

艾目没看错，苏州女是善良的。他常想，巴乌斯托夫斯基弥留之际，是否会想到自己的盲姐姐。艾目一度以为基辅是偏僻外省的乡下，巴乌斯托夫斯基忧伤的童年在此度过。日后他往返于基辅与莫斯科之间，火车常在大雪纷飞中行驶。他在旅途中构思小说，冒着严寒敲开母亲在莫斯科贫民区的家。瞎眼姐姐来开门，他携着一股冷气和姐姐立在过道，低低地说着话。他母亲家烧煤，热度里带着轻微刺鼻的煤炭味。姐姐很爱他，姐姐去世了，他无比痛苦。艾目已忘记在哪本书中读到这些，抑或记忆混乱。总之，基辅、莫斯科是巴乌斯托夫斯基的开始与结束，是他的情感原乡。他的修养建立在并不完美的生活上。艾目很奇怪，这些遥远又近在咫尺的故事，恍若发生在自身。

艾目甚至相信，爱的本质是以心化物，以物化心。他常观察地上的昆虫，翻飞的蜻蜓和蝶，还有水中的鱼，以及石缝里的草、墙角的树。试图与之对话，那是另一番天地，与人无关，自生自灭。他相信巴乌斯托夫斯基也一定愿意安息在小草深处，让小草为其努力伸向光明，伸向有雨的天空。这也是艾目的夙愿，朴实自在，无须在乎装上什么华丽的瓶。然而这人间，即便躲在自己狭小的空间里，俗事也会来扰，也会令人难过。

"米修司"你在哪儿，他问着自己。

孙同学偶尔来信，也不谈爱情，谈些不相干之事。无非让艾目好好工作，积极向上，紧跟形势。开篇便是"促革命、促生产、促工作、促战备"的语录，其后方是正文，介绍单位及其家中情形。这没什么不好的，只是让艾目觉得恍若公文。如此大道理在大会上讲，一定慷慨激昂、振奋人心。但个人情感如同针鼻，仅容得下一颗小小的心脏穿过。给孙同学回信，让他变得极尴尬甚至艰难。艾目想过自己移情别恋这事，受苏州女吸引不假，但他更明白，离开了卿卿我我的柔情蜜意，精神的需求开始占据上风。

在武汉读中专的二妹来信说，她生了肺病，学校令其休学，保留学籍，她不想回家。艾目道："那就来兰州吧。"他去接的站，至此二妹在兰州待了数月。

他和刘玄发现电影制片厂四楼的仓库里堆满抄来的书籍，遂撬开躲在里面阅读。外面的风云变幻一概不知也不管。

心里愈发感知文学是生命的避风港，亦当下观察，甚至哀与美。他在文字里迷茫期待，寻找着出路，进而消磨时光，摆脱着内心危机。也常偷书回来，给二妹看。

上面指示，一九六五年毕业的大学生，允许回原学校闹革命。他带着二妹，在雄赳赳、气昂昂的歌声中，返回南方。火车进入武昌站，他突然对二妹说："你去找魏归吧。"说着，摘下棉手套，掏出烟盒，飞快地写了张便条："魏归挚友，二妹有肺病，不想回家，暂安你处，代为照顾。为谢。艾目。"

纸条交给二妹，他拍了拍二妹的肩，说道："放心！"便独自踏上了东行之旅。

站台上，到处是人，闹哄哄，乘车不要钱，随便坐。车门挤不上去，只得爬窗口。哪承想用力过猛，"哐啷"一声，撞破了头。伸手一摸全是血，顾不了许多，赶紧换位置。还是上不去，只好往车尾跑，去乘装牛马的大车厢。车厢里倒是人少，人畜混合，气味难闻，怎奈一心东行，只能作罢。

呼咚咚，嚓嚓嚓，艾目席地而坐，竟生出寻求浪漫之旅的惆怅情怀。脑海里浮现出铁轨伸向远方，不断倒退，火车头冒着浓烟，飘散着革命岁月激情的画面。

好不容易到了南京，已是夜半时分。黄叶无风自落，天气开始转寒。他依旧穿着美院毕业时，发的那件蓝粗布棉服，也是去年参加学习班时穿的。

街灯幽暗，市府大楼里住满了学生，每层都打着地铺。艾目见一床棉被下的人较小，说声"借个地儿"，便钻了进去。

翌日清晨醒来，不管同被的是男是女，便扬长而去。

他乘车到了苏州，那是他的目的地。他想见苏州女，这种想法一旦冒芽，按都按不住。于此世，他不知道还有啥能被自己抓住，似乎只有她才能给予自己安慰。他忘不了那夜的南京路，她的泪太晶莹。

艾目找到苏州市美术工厂，女孩是这个厂的技术员。在厂门口，巧遇与她一起去杭州学习的同事，遂打听到她家住址。

那是一条苏州老巷，在平江路附近。一路打听，曲曲折折到那儿。进院后，走至一处天井，两边老式厢房，住处倒也宽敞。普通人家，家具陈旧，室内阴暗，空气湿漉漉。一排竹篮吊于房梁，黑色老木头门，倒有几分古气。后门石阶临河，有从乡下进城的乌篷船缓缓摇过。望着幽幽河水，艾目等了好久。

他站在廊下，好久没回过神。从未有过的孤独感袭上心头，怅惘了好一会儿。

艾目不知怎么回的武汉。

到学院见了魏归。魏归道："放心，你二妹在我这儿很好。"又说欧阳秋老师因人缘好，没挨斗，调到武汉幻灯片厂工作去了。

他俩缩着脖子，走在寒风裹挟的小路上。魏归戴着黑框眼镜，浓密的头发高高隆起，倔强地往后吹着，越发显得脸额瘦削。艾目双手抄在袖筒里，眼前苍茫。那小路像条枯瘦的手臂蜿蜒延伸着，远处的红砖寝室、食堂、画室，淹没在一片枯草中。

艾目回到家，工厂停工，爸早从武昌回来。马路上不时传来呼号声。爸从自己床上扯下一床棉絮，给他开了临时铺。艾目发现爸的床铺只剩一床薄绒毯和一层稻草，不免心头难过，想换回来，爸不依。他只得出去买了一床棉絮，给爸垫上。

　　屋内阴冷，但因人多并不显得十分萧索。吃饭时，妈说："听说好公道的招牌拉了下来。"爸不语。大弟嘟嚷道："老天宝门前，骑着玩的石狮子也被锤了。"

沉

烟

四十二

爷走的那年，纸铺就不在了。

几家商铺变成了大中织物厂，又变成了后来享誉全国的鸳鸯牌床单厂。

艾目踢着石子，落寞而返。坐在天井的竹床上发呆，听着雨季屋脊上，传来的雨姑姑声，仿佛自己变成了一个荒凉少年。

爸很茫然，闲置在家。李妈常夹着小包裹出去，回来就进妈房中，从腋下掏出票子，用手捻着低声唤着"太太"。妈身上越来越干净，簪子、戒指、耳环，连梳妆台抽屉里陪嫁的羊脂玉梳子都不见了。

家里伙食越来越差，妈又隆起肚子。吃饭时，只闻杯箸响，爸一边扒拉饭，一边低头道："我想好了，准备去车间上班。"妈说："你去车间能干啥？"爸说："报名学挡车。"妈默默嚼着饭，半晌道："留在办公室不好吗？""车间拿得多，也光荣。"爸夹了一口菜。妈便不再言语。爸再下夜班，身上总是粘着线头，睫毛上覆一层白绒绒。胡子拉碴，尽管上四班，心情倒是不错，总是乐呵呵的。

艾目放学，跨进东厢房，举手从肩上取下书包。李妈正低头立在床前，两手勒着包裹。回头见他，叫道："哥儿，你可算回来了，我等的就是你，只为望你一眼。你看你这小身板，得悠着点，晚上被子披严，别走了风，咳个不停。我得回对岸乡下去了，不能陪你了。你得多长个心眼，那过早（方言，即"吃早饭"）的钱，别动不动就被野孩子骗了去，自己饿着又不敢吱声。不是有老师吗？你得告呀，别那么没用。"她絮叨着，艾目感觉到她要走了，想着以后再也不得见。"哥儿，以后若发达了，莫忘你李妈。"李妈说道。艾目低头应着。原来顶讨厌她睡觉噗噗打鼾，咯吱咯吱磨牙的，这会儿竟黯然神伤起来。

李妈夹着小包往外走，说坐最后一班轮渡过江。妈洗着衣服，擦干手送出去，从荷包掏摸着。艾目躲在过街门的雕花石柱后。李妈一步三回头，春上了，刀条样的脸还裹了头巾。直到她的背影，过了豫章小学的侧门，又过了晴川书院的后门，没入月亮街通往便河的东端，艾目才跑出来，孤零零站在路上。

胖儿跑过来，"嗨"了声，问："看什么呢？"艾目低头道："没看啥。"

那买书的钱，便是胖儿支的招。

不长的月亮街，一堵堵深宅大院的高墙林立着。沿白妈家的圆门洞往东一百米，墙角处的茅草房便是胖儿家。那茅草房不知啥时候搭的，靠着两面老墙，架了屋架，茅草铺向前方，形成一个坡。大约二十来平方米，如同现在的偏厦子。

胖儿是艾目的发小，圆圆的脸，一笑俩酒窝。和他爸每天在中山公园的冬青林荫道边，摆气枪摊。枪前五十米搭着竹架，用布遮着，布前挂着红绿气球，供游人做靶子用。一家三口靠此度日。他爸是个实诚人，体态微胖，少言寡语，脸色红润，爱喝点小酒。平日喜欢笑，待艾目特别好。

沉
烟

游园的人不多，阳光从小叶女贞树的枝叶间洒落，晃着一地光斑。暑假里，胖儿时常替他爸守摊。一上午，没一两个人玩气枪。

他俩在公园里打着游击战，地上的泥巴团便是子弹。

傍晚时分，两人常去公园茶社，白糖压塑的糖人摊前，一站便是半日。形象记忆比味觉长，那造型让艾目记忆犹新。店铺前的糖果摊也少不了光顾。后面的荒地是他一个人的乐园，弄桃胶、捉虫子、画素描。中山公园养育着他，爱大自然是不用教的。

胖儿家的气枪摊旁，是家小人书摊。艾目一有时间，便坐在摊前条凳上翻阅。一分钱租一本，为省钱，两人换着看。书架一米多高，八十厘米宽，上下一二十格，摆满了看旧的小人书。种类五花八门，偶有几套新书，《西游记》《封神演义》什么的，那是儿童最初的图书馆。

胖儿还特别会说书，什么半边胡子朱召成，独眼龙张召。艾目听得津津有味，有时追着问结尾。他老卖关子，艾目无奈只得巴着他玩。

胖儿讲过一个小孩刻苦学艺的故事，师父教他养活自己，把一大罐稻谷用手搓成大米练手功，直搓着鲜血直流。艾目那时候便想：这大概就是毅力吧。

艾目说了买书的事。胖儿道："这得自己想法子。"艾目嘟囔道："能怎么样？不能偷，天上也不会掉馅饼。"胖儿眼珠一转，捡起刚才打气枪的客人丢的烟蒂捧给艾目看。艾目以为是金元宝，见是烟蒂，忙说："去去去。"胖儿一本正经道："我捡过，剥出的烟丝可换钱，公园茶馆里更多。"他见艾目犹豫，便道："来，我陪你。"说着，又蹦跳着往前跑了两步，俯身拾起一颗。艾目试着捡了一颗，又一颗。回到家，坐在煤油灯下，偷偷剥出烟丝。爸不言语，只是略显忧伤，知道艾目不干坏事，一心只想读书。

那时的新华书店，毗邻老天宝银楼，在纸铺斜对面。艾目常在那儿流连，没钱，只能把免费的书籍宣传单带回家。卖了烟丝后，他便直奔那儿，出了月亮街巷口，便听见"滴咚、滴咚"声。艾目知道卖针头线脑的老汉又来了。果真一辆手推车停在路边，摊子前围着几个小朋友。里面有胖儿，正趴在那儿买"滴咚"。老汉戴着毡帽，鼓着嘴"滴咚、滴咚"吹着，音调十分悦耳。艾目停下，望了一眼，那透明光亮的物件排成一排，有焦茶色、粉红色、蓝色。旁边还摆着几个气球和万花筒。胖儿买了个焦茶色的，用嘴吹着细细长长的口。鼓样的底，薄如纸，气流弹动，发出"滴咚、滴咚"的美妙声音。艾目多少有点羡慕，觉得这玻璃葫芦有点洋气，与那汽油味一样，都属新鲜物。胖儿问艾目做什么去？艾目道："买书。"胖儿道："我陪你。"说着，吹着"滴咚"和艾目离了摊子。没承想才迈出两步，"啪"的一声就碎了。两人蹦跳着跑开。胖儿不免沮丧，嘟囔道："怪不得我爸说，'滴咚、滴咚'，拿钱来送。"艾目道："那是，这么薄当然易碎，不拿钱来送才怪。"

那时，学校门前、便河路、中山路都有卖这"琉璃咯嘣"的小贩，边吹奏边叫卖。那是艾目寂寞童年里的寂寞音响。

艾目终于买了《卓娅与舒拉的故事》，又买了《钢铁是怎样炼成的》。回来时，暮色将沉，天边堆着一片片紫红色云朵，把整个巷子染得通亮。两人一路翻看着书，一路说笑，各自回了家。当时读，艾目只对保尔与冬妮娅感兴趣。一家文具店摆着《怎样写美术字》和《钢笔风景画册》两本书。他神往已久，拾烟头换钱买了其中一本。

后来看电影《牛虻》，对女主角 19 世纪的装束——扎着黑彩带的圆形遮阳帽记忆深刻。

小学六年级，文学开始塑造他。

沉

烟

四十三

那个春节似乎异常冷清。白妈的院子里，感觉不到一星半点的节日氛围。尽管家里磨了糯米沉浆，买了鞭炮。艾目没去孙同学家，自从喜欢上苏州女，便觉得自己不道德。给珠玉姐写信说了心中的纠结。

孙同学几次来家里约他出去，他都没去。只在屋里烤着火，和她有一搭没一搭地说着话。凡此时，弟妹们都要躲出去，在门口挤眉弄眼，巴望他带她走或去她家。爸妈亦避开，这让他更为烦恼。有时，爸紧着往火盆里续炭，妈还会买回几个橘子放在炭火旁。他慢慢剥了递给她。

两人能触及的话题极少。她不喜动物，不喜花草，更不喜书籍和艺术。但她知事，每次来，都亲切地唤着"伯父、伯母"，提点豆皮、欢喜坨、油糍子这样的点心或小吃。弟妹们自然如获至宝。这让艾目愈发心乱，几次话到唇边都咽了回去。自己曾与别人如胶似漆，想到这儿便无地自容。

孙同学坐在火盆旁，穿着一件北京蓝双排扣列宁服棉装，领口翻出玫红衬衣，梳着一头干练的短发，很是时兴。孙同学低声问他："这一年，怎么不见来信，是不是变了心？"艾目僵在那儿，吞吐道："咱俩的事，能不能就算了？"她忽地哭将起来，眼泪一颗颗往下落，又道："我哪儿不好？"艾目道："不是你不好，是我不好。"他语无伦次，想替她擦泪，却硬下心肠。想着自己真是个混蛋，当初为何接受人家的情意，又移情别恋。

"那为什么？是不是在兰州喜欢上了别人？"孙同学问道。艾目摇头，又点头，承认喜欢上一名苏州女孩。她听后立马起身跑了出去。

妈拿着火钳欲喊，又住口进屋问："好好的，怎么走了？"李妈的鸡我已经杀了，煨了一大炖钵。艾目道："给弟妹们多吃些。"妈没再言语。

珠玉姐来信说："苏州女离你那么远，请三思。孙同学一直待你不错，当珍惜。"

他把信给爸看，爸看完沉吟良久道："我是看你对小孙冷淡了许多。这姑娘人挺好，巴咱家，也不小气。按说也配得上你，成分比咱强，又坐办公室。你上学时，人家待你不薄，咱不能忘恩负义。脚踏两只船，那成什么样？"艾目解释道："没有。""还没有，心都跟别人跑了。我支持你和小孙，她朴实，婚姻不就是过日子吗？还想怎么地？"爸掸了掸信，"这珠玉姐说得对。"

妈也说："人家不嫌咱穷，不嫌咱成分差，就是好姑娘。"

艾目无言，一直没和苏州女联系上。

孙同学又来了，提着东西，径直进屋找爸。爸说："你们都出去。"

不知道她和爸在屋里谈些什么，半个小时后，孙同学出来，径直走了。大弟道："哥，还不送送人家？"艾目在过街门那儿招手，她理都没理。

他被爸叫进去。爸说："目儿，这件事你得听家里的，那个苏州女你就死了心，安心和小孙谈。她挺喜欢你的，刚才说了，对你的过往一概不咎。嫁给你，两人好好过日子。以后你多找着点人家，不能老让人家上赶着。"艾目心里嘀咕："什么过往？我能有什么过往，咎个鬼。"

爸开支那天，妈买了麻饼、雪枣、桂花糕等四色茶礼，说："目儿，你提着去赔个礼，否则我和你爸不认你。"

就这样，艾目来到她家。她妈很热情，说："乖乖，这么冷的天还跑了来，还这样过细，快来烤火。"孙同学已穿好大衣，裹好围巾，眼睛似笑非笑，并没看他，向她妈道："我们出去走走。"

那刻，一股温暖的气息似又回来了。

也就是那时，二妹回了家，和她一起来的还有魏归。他们是顶着雪花进的门，看那亲密劲，艾目便明白了。大学最后一年，魏归把自己的日记给艾目看过，内里写了他的初恋失恋。谈了几年，那个女子不知为何把他甩了，致使魏归异常苦闷。魏归有才，人俊心善，艾目不知道这世上，哪儿还能找到这么好的人。二妹能跟魏归在一起，是他最畅快的一件事。

他领着魏归在古城墙上踏着积雪走了走。寒彻彻的天，鸟雀子在光秃秃的枝头啾啾鸣叫。空灵闲悦的音符恍若一颗颗滚落的珍珠。香樟茂密的枝叶抖着雪，雪地里埋着几片火苗样的樟叶。魏归俯身捡起一枚，缓缓开口道："许久没画画了。"艾目道："我也没画，怀念在校时满怀激情不停作画的日子。"魏归道："待平稳了，帮你二妹在武汉找一份工作，这次还是把她带走。"艾目道："好。"

两人坐着三轮车顶着风返回便河西路。车至晴川书院，艾目喊停，付了车资下了车。车夫在雪地里搓手跺脚，等待客人。魏归抬头望见马头墙，说："这明清黛瓦的徽式建筑真是古朴清雅。"艾目道："这晴川书院是我的母校，初中三年在此度过。"魏归指着层层叠叠飞檐斗拱的高大门楼道："我们祖先的刻工真乃一绝，能在这儿读书，也算一种福分。"

艾目叹道："是的，只可惜拆了不少。"又道："那时上学，身无分文，看着同学选择早点，只能默默转身。已是六姊妹的老大，口阔的人家顾不了许多。但日子还得一天天过下去。"

两人拐进小巷，魏归又道："这月亮街的名字可真好听。"艾目道："顾名思义，一条又弯又窄似新月的街。"从记事起艾目便住这儿。当初不知爸妈怎么看上这儿的，把一进门的东西厢房租下，连过堂加起来百来平方米。那时，爸生意正兴隆，完全可以买一两间房舍，或许为了更大的生意，省下钱只租房。

魏归道："你看，我没妈，你二妹和我在一起，我会好好待她，也无婆媳间的矛盾。"

艾目道："谢了。"

魏归搓着手，调转话题道："你画的雪景真令人着迷。"

艾目望着前方，低头道："雪总令我想起异国，挥不去的俄罗斯情结，少年时便向往。那时，晴川中学刚分来一名朱姓美术老师，高高的个头，一口河南话。第一堂就是铅笔写生课，他带着大家席地坐在校对面的河边，画便河桥和桥东凉亭。他拿着我的美术作业道：'艾目，真有你的。'我进了校美术组，由于小学的基础很快脱颖而出。"

"那时，冬天比现在冷，时不时屋檐下挂着冰钩子。连续几个阴天，地面上化的雪便成了冰块。街上凝着凹凸不平的脚印。热闹的雪花过后，一片死寂，几乎无行人。我画着雪中街巷，自觉刻苦。心里盼着有阳光的日子能暖和点。

"雪后的阳光格外耀眼，傍晚屋影后挂着冷黄的天。那样寒冷的日子，不知咋熬过来的。脚上穿着单薄的烂鞋，常被地上的冰碴扎破。棉衣外捆着麻绳，盼着有耳罩的棉帽，可惜没有。中山公园几乎没游客，我画着枯树林的水沟，看似俄罗斯的北国情调。

"那幅画叫《雪霁》。雪后初晴，河水结冰，树枝上残雪未融，阳光洒下，已有了几分妖娆的气息。灰色的冰面闪着欢愉的光。寒冷，依旧有温暖照耀，那是人的存在。画面忧郁，又充溢着明亮色泽，是我当时的心境写照。

"交给朱老师后便忘了。他没说好，也没说不好。直到省报记者来采访，我才知道，画被送去保加利亚参加国际儿童画展，并且获了奖。记者问我为何喜欢画画，我稀里糊涂，不知怎么答的。记者追到家，爸妈很为我骄傲了一把，尤其爸高兴得像个孩子。那年我读初二，没什么感觉，倒是参加文化馆画展得的那五元钱，给了我极大的鼓舞。

"没承想，初中毕业时遭遇滑铁卢。自此孤军作战，若看见一个小青年独自徘徊在江堤，或在炎热午后去郊外写生，那便是我。无一丝笑意的脸，专注着眼前之景。一湾静水，低垂的天，不会唱歌的小河，都是这个贫穷青年的最爱。他很早就读懂了忧伤，无人交谈，无人切磋，默默守护着心中的信念，对其他事不感兴趣。"

艾目一口气说了许多，不知为何和魏归讲起这些，和孙同学却只字未提。

四十四

　　雨水一过，到处有了绿意。单位依旧没通知艾目回去上班。门敞开着，软软的阳光洒入。天井里，一棵小树在青砖墙里左冲右突，长出一节毛茸茸的枝干。老宅里许多树都如此。

　　小德子是个能人，春天来时，与他朋友去荆门游荡。回来时，拖回几箱书。据他描述，两人来到山里的一座破旧寺庙，庙里无一人。本是闲逛，竟在最后面的藏经阁发现了"新大陆"。

　　两人顺着狭窄的楼梯爬上去，木扶手上满是灰。一屋子蝙蝠屎，还有一屋子书。他说，见到书那一刻，心脏"怦怦怦"快冲出来。翻了翻，很多是宋朝善本，还有"四书""五经"类。两人慌忙奔下山，买了几个纸箱，胡乱装满，坐长途汽车运了回来。艾目问："没人管吗？"他道："管什么呀，和尚早散了。"

　　两人正说着，"哐啷、哗啦"一声。继而传出妈的呵斥声："老大不小的，还这样毛手毛脚，哪成个器？"随即一个板凳飞了出来。艾目闪身躲过，拾起板凳，立于门旁。进去一看，暖瓶碎了一地，地板上湿漉漉，满屋子热气。小弟傻呆呆立在旁边，幸好没伤到人。艾目连忙拿扫把来扫。妈心疼地嘟囔着："这天气，没了又不行。"又翻找着手绢里的钱，急急地去中山路买。

沉
烟

160

不大一会儿，妈提着一个蓝地白花的新暖瓶进了院。嘴里嘟囔道："造孽呀！你那个文化馆的周家鼎老师在扫大街。"又摇头道："多刚硬的人，还不是被一群毛孩子打。"说着进了屋。

艾目用工资买了一瓶酒，藏在腋下往觉楼街方向行去。他始终记得周家鼎老师喝酒时的陶醉样。周家鼎老师住在觉楼街，觉楼街原叫城隍庙街，顶端有座城隍庙，供着城隍菩萨，两边立着十殿阎王。阎王前塑满小鬼，有上刀山、下油锅、奈何桥、血污池等景。庙有一千多年的历史，20 世纪 20 年代拆的，建了办公楼，留下"觉楼"一幢，每日鸣钟报时，遂更名为"觉楼街"。

到那儿，正值黄昏。巷子阒静，老远便听到"唰啦唰啦"的扫地声。落叶凄凄，夕阳红红一团，照着周家鼎老师矮墩墩移动的身体，青石板被涂抹得油光锃亮。这个城市的春天有时更像秋天，尤其香樟叶大面积摇落时。艾目叫了声"老师"，周家鼎老师抬头，拍了拍他的肩。他从怀里变出酒。老师笑着接过，眼神里掠过一丝惊讶，又频频点头。艾目接过扫把，"唰啦唰啦"扫着。老师说："挺喜欢这活的，边扫边想点事，构思点画。"艾目道："您还画呀？"老师答："当然画了，一会儿你到我那儿看看去。"艾目想问少年时迷恋的文化馆二楼的大画室还在不在。话到唇边又咽了回去。老师似乎觉察出他的心思，说道："我早靠边站了，画室也没了。"

艾目有点惭愧，他已好久没画画了。不画的原因很多，一是人心惶惶，二是自己遇到瓶颈。他擅长绘风景画，提笔便有列维坦的味道。怎奈不想重复别人，更不能重复自己，又怕离开绘画丢了魂。

他喜欢大自然，常常徘徊其间。那金绿色的林木，透亮的露水。树梢伸向云朵，鳞片驮着河儿，用脚丈量出来的路，该有多少故事。每每见到，便要提笔。大自然，是他最好的朋友，怎奈画架支在草地，却犹豫着停下。

可那真实的细节，又如此吸引人。地上的土块，风中的枯枝，杂乱的树丛，让他倍感亲切。野鸭子拍打着翅膀，"扑棱棱"划过水面，留下长长一线。阳光下，白杨树叶晃着耀眼的银光。他能敏锐地捕捉到这些，没它们，便没意境。他渴望表达，却又害怕成为大自然的奴仆。一味记录，画纯风景、纯静物又觉得乏味。超现实，便是超真实，没新意，只能停笔。

艾目也曾幻想着住在农舍，天亮背起画箱出发，描绘着为之倾倒的世界。一笔笔，每笔都是语言。时间悄悄流逝，一只蜻蜓歇在枝头，阳光照在它透明的翅上，那便是自己。晌午好长，好静，看得见水蒸气。太阳偏西，他独自哼着歌往回返。远处茅舍闪着灯火，那是屠格涅夫和梭罗的家。夜幕降临，伸手不见五指。坐在黑暗里，乡村一盏灯都没有，除了安宁，还是安宁。

他一遍遍做着这样的梦，怎奈这样的路，前人已走过。

自己本是歌者，却放弃专长，这是艾目极少绘风景画的原因。

艾目深知，艺术的本质乃精神寄托，作品能代表作者思想情感便完事，其他的次要。艺术很简单，作为观赏物失去它的实用价值，便是艺术。但他不能成为大自然与以往经验的掠夺者。做自己的先驱，路标的指引人，方是要走之路。

然而这种转身，却极为痛苦。

多年后，艾目越发明白艺术属于无用之用，是温饱后的一剂安魂药。与名与利、高大上，没半点关系。

唯孤独，才能产生艺术；艺术又充实着孤独，是解决孤独，唯一的方式方法。

夏天时，起了南风，他和城贵混了两日，又去了一趟武汉，与魏归同去找世鸿。风从某个角落吹来，一屋子书，吹翻了页。他们站在阴静的室内，一个个正值二十六七岁，却颓废着。世鸿道："好久没画了。"他住在出版社，一张单人床，简单的被褥，社里冷清，空荡荡。中午，他领他俩到外面随便吃了点东西。回来后，三人说着话，累了，找来几张报纸铺在阳台，并排躺下。世鸿蹑手蹑脚，拿来毯子给他俩盖上。

艾目忽感难过，想着若能回到大学的纯情时代，该多好。又想到他们都在武汉，就自己搁在遥远的大西北，以后怎么样，真说不好，不免有点伤感。

去看大舅时，发现大舅明显老了。那种苍老如刀刻，竟生出几分慈悲。他肤色枯黧，身着一件洗旧了的蓝布中山装，五十来岁，已佝偻着背。倒是挥哥谈吐有致，恢复了常态。那个文静的女孩怀抱婴孩，点头微笑着。两间低矮的屋，四周一片荒草，恍若郊区。他们交出了黑水塘的整座院落，租住在老南门城墙外。也许人生地不熟，没人认识他们，或许他们想忘掉原有的一切。

学校给表哥补发了毕业证。表哥的病，是第一次抄家时，清醒的。书和字画被掀了出去，他忽喊着："书啊！书！"奔了出去，跪在熊熊的火堆旁，大哭不止。待哭醒，舅舅竟乐了，说："值，儿子能醒过来，比什么都值。"

四十五

　　深秋，艾目接到通知，要返回单位。走之前，孙同学送的站。她到大寨巷有名的赵家勤行买了"纸面锅块"，还买了汽水粑粑、油墩子、糯米包油条几样吃食，立在江边，红了眼圈。艾目想："真不该负人家，确实有罪。"

　　孙同学看着船离港，自是万分委屈：自己待他一腔热忱，没想到男人的心，天上的云，说变就变。他读大学时，两人蜜里调油，你侬我侬。自己生怕他受苦，每每克扣自己，屡有接济，他才不至于暑期再去打工。没想到半路杀出一个苏州女，这陈世美可不是戏里演演就算了的。想着负心汉竟被自己遇见，不免滴下几滴泪来，默默而返。

　　中饭时，艾目拿出"纸面锅块"，尽管软了，细细嚼着竟有点甜。

　　从武汉回至兰州，收发室躺着三封信于角落蒙尘许久。艾目掸着灰，拿回办公室。看着信封上的字迹，竟不敢拆。自苏州回来后，他给苏州女去过信，没回音。他答应了爸，答应了孙同学，现今又能如何？

　　三封信静静搁置桌上，夜里下起了冷绵绵的秋雨。他立于窗前，看到楼下空地有人打伞踟蹰而行。

他终于把信一一拆开。第一封信说，她回家听弟弟讲有人来找过她。她问得仔细，从描述的穿戴样貌断定是他。又不敢相信，毕竟兰州离苏州两千来公里。因不知他的具体情况，信依旧寄到单位，请他回复。

第二封信说，她生了一场大病，看着窗外的杨花，开了又落，依旧没等到回音。最后一封信问他为何这么久没来信，是不是发生了意外。满纸担忧，又说家里催她谈朋友，她有点烦。

艾目默默放下信，知道自己去的信她并未收到。她的信字里行间，依旧草木摇曳，透着温情。有些爱，有些情，不用说，就在那儿。

他心绪难抑，铺开信纸，准备写封回信。又揉成团，狠狠掷向纸篓，点燃一根烟。他不知该恨谁，到了西北，他学会了抽烟。他喜欢烟，烟是香的，在袅袅升腾的云雾中，可沉沦，可清醒。

雨大了起来，打在窗上，噼噼啪啪，似隐隐传来的鞭炮声。不似江南雨打荷的韵味，倒分明是《夜深沉》急促的鼓点。他辗转反侧，早晨迷糊了会儿。待昨夜的呐喊与枪炮声归于平静，猛起身走了出去。他鬼使神差地到邮局拍了一封电报：一切安好，已按家中意思订婚，勿念，保重。

他怕自己犹豫，怕自己意志不坚定，像个刽子手结束了一切。杀了自己，也杀了她的情意。

走出邮局，夜里的雨竟变成了白毛雪，贴着地皮"呜呜呜"打着哨音，退着乱飞。生冷的雪抽打在脸上，并不觉得疼。风推着他迷迷糊糊飘着。他整个人似脱了壳，散在凄厉的风雪中。辨不清路径，辨不清方向，漫无目的游荡着，彻头彻尾地冷。异乡的街道，面目不清的大西北，没小桥流水、湿漉漉的空气，没幻想，没温柔的爱人。

艾目的脸冰冰凉，进屋一抹竟是凝结的泪珠儿。

他恨自己。

很快，收到苏州女的电报：获知。安。保重。五个字，三个句号。艾目很失落，想听她说点什么，又怕她多说。在这无凭的人世，她曾给予他温柔。一字千金，就一字千金吧，若可以，他愿意把自己的心掏出来，捶烂一千遍。或把手掌按在碎玻璃上，抑或捣烂玻璃，露出黑洞洞的豁口，让风灌进来，再灌进来。

可他什么都没做，只是站在桌旁，很平静地把电报夹进一本美术书里。又烫伤般拿出来，划燃一根火柴，慢慢点燃。他怕留下记忆，怕听到自己灵魂跪下去的声音。他得对自己狠点，再狠点，也明白一切都结束了，不仅不温不火潮湿的苏州，还有有关人生的所有梦想在那一刻土崩瓦解。他撒手的不止尚未开启的爱情，还有做梦的权力。

他一个人行走在结冰的河岸，白苍苍干硬的土地像化石，寸草不生。

沉

烟

四十六

　　季节艰难地度过了冬，大病一场的阳光温和苍白。艾目站在早春西北的原野上，看着含蓄的光把一切染得透亮。远处的光线时隐时现，安静变化着。他整个人麻木混沌，竟感觉不到痛，这让他无法原谅自己。他依旧会想起江南水汪汪的春色，想起苏州女。他选择了一条不归路。其实，每条路都是不归路。他想躲进石缝，蜷缩在小鹿的母腹中，可现实又是这般生硬，满是刀口、尖石。

　　二妹来信说，她在汉口当了一名教师。

　　孙同学来信说，她提了干。

　　周送来信说，世鸿恋爱了，女方家条件不错。艾目一笑，叹了口气，想起世鸿喜欢的童童——那个美丽独立、有气质、有思想的女孩。周送已被招工到剧团，做了美编，制作大型幻灯片遇到困难，请了欧阳秋老师去做指导。老师就是老师，设计得大派实用，让他受益匪浅。

　　周送上学时，邂逅一名女性。高高的个头，金色的头发，扎着两根短辫。一身灰西装，提着一只编织包。那女孩肤色莹白，眼窝深陷，长长的睫毛，直直的鼻，长着一双清幽沉静灰褐色的眼。看电影时在周送前面排队购票，买了票又是邻座，彼此寒暄过。自此周送挥之不去，朝思暮想。参加工作后，在自家小巷竟巧遇姑娘。姑娘还是那身装扮，竟和他同住一条巷中，只是一个住巷头，一个住巷尾。周送心潮澎湃，让母亲求人去提亲，怎奈姑娘已嫁人。她母亲是俄罗斯人，回了国，剩她与父亲度日。她是名小学老师，嫁给了一名工人。艾目拿着信，很遗憾，周送那样的唯美主义者，和这位姑娘倒是绝配。

刘玄被调走了，艾目送至车站，内心异常孤独。刘玄道："哥们，还是想办法调回去，此非久留之地。"

艾目和孙同学商量。她说，她是家中老大，不可能离开父母来兰州。爸让他回去结婚，孙同学也说，只有结了婚才能调回来。艾目节衣缩食，提着黄帆布包，买了五斤高粱饴，踏上返乡之旅。糖被妈放入米缸，小弟一会儿摸一颗。

婚事简朴，临时操办的，孙同学极力促成。虽流行三转一响：手表、缝纫机、自行车、录音机，但艾目觉得俗，自己也没钱买。家里摆脱不了贫穷，前两年爸又犯了病，时常卧床。他这几年的工资没剩一分，除了不得已的开支全交给了家。弟妹们读书、生活，开门哪样都要钱。

孙同学道："先调回来再说。"艾目也想早点调回来。没仪式，只用自行车把她从娘家驮到新房。新房在郊区，孙同学临时借的她们公司的宿舍。

天黑后，爸独自摸来，表示祝贺。看着昏暗房间里桌椅板凳床铺无一样是自家的，不免低下头。沉吟良久，对孙同学道："我把目儿交给你，望善待一生。"并无其他话，默默转身而去。

这不是娶，分明是嫁。在精神上，艾目一直觉得对不住孙同学，自己移情别恋是不是道德败坏？沉重的精神压力直到决定终身时才得以减轻。他如释重负，善良一旦被道德捆绑，只能如此。造成的心灵伤害，唯有自己知道。

沉烟

望着爸的背影，他眼睛一热。知道爸从床上爬起，像送他上大学那样穿戴整齐，走路，搭公交，再走很远的路，才能气喘吁吁到这儿。回去还不知有没有车。以他的速度，怎么都得走上两三个钟头。不免心疼，追出去道："爸，我用自行车送您。"爸回身示意着房里的灯火，说道："新婚之夜，你听爸的。爸没事，慢慢走，也好久没走走了。"

爸带来的两双鞋摊在桌上，艾目拿起来，递给孙同学，说是妈做的结婚礼物。孙同学放地上，试了试，说小了。放在一边，没再动。艾目的也放在一边，没再动。

四十七

当晚，孙同学穿着水红内衣，枕着艾目的胳膊，柔声道："告诉你一个秘密。"艾目望着她问："啥秘密？"她娇羞地说："初中毕业时，翻看过你的体检报告，最后一项，有医生签字，说你包皮过长，建议手术。"艾目忽愣住，自己并不记得。遂笑道："是不是那时就注意我了。"他没用"爱"字，那太遥远，也太令人惆怅。孙同学一本正经道："看把你美的。"

艾目早已打定主意与她好好过日子。人生怎么都是一过，只是依旧很奇怪，两人怎么就躺到了一张床上。

她说："还有一件事，咱是夫妻了，以后你的工资不能寄给你家了。"艾目一听蒙了，弹身坐起，高声道："这怎么行，你让他们怎么活！"她也吓了一大跳，坐直身，用手捋着头发道："你听我说，我们以后也会有孩子。树大分丫，人大分家，这是常理。况且咱俩出来过，你家没房子，以后还要弄住处，你还要调回来，哪样都需要钱。"

艾目跳下床，胡乱穿着鞋，"不可以，怎么都不可以！"他挥着胳膊，摊开手，"我工作就是为养家的，如果不能养家，还不如不结婚。"孙同学气得直掉泪，嘟囔道："敢情在你心里，我还不如你家人，以后你和我过，还是和他们过？"艾目无语。

她又缓缓道："那就每月给五元钱。"艾目道："那咋够？他们是我的爸妈弟妹！爸就十八元病休工资，一天不离药，两个弟、一个妹还在读书。"她道："看把你急的！那就十元好了，已是你工资的五分之一。你自己还得留十五元生活，再寄回三十元给咱小家存着，万一遇到事，好应对。"艾目道："你存着，可有的人会饿死。何况我没法回家说。"她说："不要紧，我们一起回去说。"

艾目躺上床，背转身，没再理她。耳边竟传来嘤嘤的啜泣声，伴着新厂区隐隐的机器嗡鸣声，于此夜深人静之际，显得尤为荒凉。那哽咽的哭声，似从地底下冒出，冲破层层关卡，压抑着。艾目想起初中时，两人曾用字典查询过彼此姓名。大学最后一年，她给他寄钱，他用来买书，当往返路费。眼前的一切包括床上用品，都是她从娘家借来的，自己却连一张红喜字都没给人家。遂翻身，搂着她，低声下气哄着，直至她破涕为笑，进入梦乡。

艾目却极不习惯，久久难以入眠。

一宿无话，两人搂到天亮。

第二天，回了家。艾目立在床边，叫了声："爸！"张了几次口，卡在那儿。孙同学落落大方道："爸，我们商量过了，以后艾目的工资，只怕只能给家中十元，家里有困难，我们再给。"爸抬眼望了望艾目，又转向孙同学道："这个事，我考虑过，你们做得对，是我的病拖累了你们。"说完，掉转头，佝偻着背，不再言语。

大妹在窗下织渔网，从大门绕进屋道："哥，没事的，我工作了。三妹马上毕业，我多做点，只俩弟在上学，困难点过。"又悄拉他道："昨夜爸十二点多才回，鞋子都是湿的。问他，啥也不说，过后又说，去江边坐了会儿。"

仅靠爸微薄的工资养活一家八口相当困难，还不说小孩生病后的医疗费，连吃穿都难以维系。街道照顾给了一些作坊产品，编线网、糊纸盒、剥莲子。爸下班或周日带头做，家里只艾目与妈没太参与。艾目是不太愿意，妈是有家务。

两个妹是主力军，爸总是耐心地教，乐呵呵一块儿编织。场地在大门口的街面，自家窗下。艾目每每放学回家，看到爸和两个妹在那儿操作。他们编织的手，在他眼前穿插翻飞，直到天黑再进入梦乡。

他除用莲子刀剥剥莲子，或糊糊纸盒，编线网怎么也学不会，只得作罢。

爸把最后的戒指换了钱，才送他去武昌读书，帮衬家中度了两年日。上面刻着爸的名号，相当于一枚私章。

回单位后，艾目每次再开支，给家中寄十元，孙同学那儿寄三十元。孙同学道："免得麻烦，都寄我这儿吧，我给家里送去。"至此，爸妈从她那儿接钱，也就变了味。拿的不再是儿子的钱，而是儿子媳妇的钱。

艾目不大理俗事，她活动着，把艾目调回。爸也主张他调回，只是生病在床，无处使力。孙同学能干，一切赖她操持。经一年多努力，艾目才从兰州调回楚凤，在剧团做了美工。有意思的是那个初中同学朱天一也在剧团，兜兜转转，两人又转到一起。艾目心想，这大学，这兰州五年，几乎白费了。他是省级工作证，调回来属降级，楚凤这头自然愿意接收，主要是兰州方面不放。回来后工资降了十元，在兰州有地域补助。

艾目心想，没了远方就没了远方吧。少年时，曾无数次怀揣希望，站在大堤瞭望江的尽头，梦想着天涯海角。即便孤独，也要描绘那通往远方的路。而如今，混来混去，混回小城。古老的爱情也褪了色。

他虽不太讲究吃食，但兰州五年每月只三斤大米的日子，还是不习惯。大多时吃着玉米面窝窝头，好在还有白面馒头，似乎过着河南邓县老家的日子。每每梦里，流着回不去的泪，盼着探亲假。倒是兰州的夏天特别宜人，凉爽干燥，气温从未超过三十五摄氏度。冬天，没有大皮帽怎么都不行。

而此时他对西北已产生了浓厚的感情。广袤的土地，夕阳下的小河，瘦马，肆意飞扬的云朵，以及深入骨髓、悲鸣粗粝的风沙，都令其动容。

走时，艾目收拾东西，竟发现一张苏州女的照片。干净的打扮，两根辫子垂至肩头，春水漫漫的双眼恍若深潭大泽。他竟怕看，把相片默默翻过去，随之低下头，半晌，喉结抖动，嘴微张，侧头望向窗外灰褐色的云层。他就这么站着，良久，划燃一根火柴，一滴热泪浇下。他抖着手，再划，看着照片卷曲成灰。一切都得告别，他烧掉了自己曾经对这个世界做下的甜蜜梦乡，也深知多年后将记不得她的长相，只是一个精神存在。

他的心被掏空了一般。

四十八

依旧是阴天，远处路灯破碎的光映在窗口。天还未亮，床铺暖和干净，家是自己的，这便好。多年后，艾目愈发知道老了的自己长得像爷，瘦筋巴骨，没一点重量。每次走在街上，一摇一摇，悄无声息。爷的老泪顺着消瘦的面颊流下，亦如此。他开始相信基因，只可惜没留下一张爷的照片。

咕咕，咕咕！远处传来雨姑姑的咕咕声，平静中的凄凉。它叫着什么，一声接着一声。艾目总觉得这雨姑姑是古代的鸟，可以在雨中实现穿越。

他依旧打伞去了画室。昨夜，雨打在雨篷子上，滴滴答答，一刻不曾停歇。这个夏天注定多雨。画室像待拆的老屋，虽有人爱，却似那废弃的老船泊在荒凉河岸，一副疲惫不堪的模样。热闹时，也曾兴奋，茶水吱吱作响，话语不断。如今寂寞得有点单调，唯烟卷的青烟飘在空中，弯成白线，又徐徐飘散。他恋着画室，恋着画画，把《汉宫秋月》做了旧，斑驳多好，似乎是穿越。

爸若活着，整一百岁了。自己也老了，虽活得有点委屈，但比爸强。

五十年前的今天，他抬着担架，把一具直挺挺的尸体送上接灵的汽车。

一双枯瘦无血色的双腿与双脚露在白布外，那是爸的腿与脚。只要闭上眼，便在眼前晃。

那个深夜，医院过道的病床旁坐着三十出头的他。爸躬身坐在床中央，呼吸困难。他扶爸躺下，爸无神地望着他。自己说了些啥早忘记，似乎安慰着爸："您放宽心，这病能好则好；如无救，也只好听天由命，放心走吧。"爸听后强挤出一丝笑，然后咳嗽，以掩饰内心的尴尬。他分明瞧见爸那略带惊慌的双眼，如今想来似乎自己太残忍。爸的大半生是苍白的，天天咳。他曾梦见无数只白蝴蝶从爸口中咳出，一只接着一只，伴随着艰难的喘息声，无休无止。爸的胸腔化了蝶，那蝶又随风散去。

天还黑着，大弟跑来告诉他："爸走了。"他赶到医院，妈说："你爸昨夜说睡得不舒服，掉了个头就没了呼吸。"

爸最后的岁月，常拖着羸弱的身体坐在巷口的小卖部。或许那个不太言语、喜欢微笑的女人，能听爸讲点什么，抑或爸能从她那儿讨点可怜的温柔。艾目理解爸，似乎妈也并不十分在意。即便妈在意，有过别扭或抵触，如今也是那么轻、那么轻了。

艾目也曾隐约感知妈的愤懑。爸年轻时去汉口进货前，昏黄的油灯下，光着膀子，腰间绑满银圆，再罩好外衣。妈让李妈去巡司巷薛家轿行，喊顶青呢小轿送至码头。爸道："两步远，走着去就好，要不然到梅太巷租匹马。"妈道："你不懂。"爸一人坐在酒楼包间，点一大桌子菜，吃不完，与叫花子同吃；在成都和同仁流连青楼。这些都随着爸的离去化作冷烟雨雾，消散了。

早晨的医院有点忙，人影绰绰，脚步凌乱。爸静静死在医院过道的病床上。艾目远远站着，不敢靠近。和爸太熟，虽知道死是必然，但真正面对还是无法接受。

半百的老人竟不如他如今八十岁的身休。皮包着骨，显得与年龄极不相称地衰老。买回二十斤柴，便一病不起。做挡车工后，得了肺病，又导致肺气肿。

上初中时自己病了，爸背着去医院，低着头一步步艰难挪着。他发着高烧，挣扎着要下来。爸低吼道："别动，听话！"爸没财产，儿女们便是他的财产。爸实现了爷临终时对他许下的诺言，把他们养大。

多么艰辛地养大！世鸿家父母身体健康且都有工作，尚捉襟见肘。何况他们这一大家子人，全靠爸一人。

爸五十多岁走时，还没见到大孙女绿儿，更没见艾目出息，他只是一个在剧场混日子的小职员。

子女们把爸的骨灰埋在一棵泡桐树下，想着爸不寂寞，春天会有淡淡的花香陪伴。

一大群儿女跪下，行了礼，然后散去。

沉
烟

四十九

　　爸走时，大妹二妹已结婚，下面的姊妹业已毕业。艾目不愿意回忆那段往事。但凡手里有点钱，都会偷偷塞给妈。

　　从兰州回来后，结婚时孙同学借单位的房已退还。她已搬回娘家，艾目顺理成章住了进去。孙同学是家中老大，说一不二，很有权威。自家这边确实没地方住。那是一条千年老巷，一想起，艾目总觉得有股湿漉漉的烂草泥味。"吱呀呀"潮湿的木板房，"咚咚咚"的楼梯。黑黑的过道，挤满了住户。

　　水井在街口，挑水的事理应艾目做。孙同学的老弟孙东还在上高中，其他弟妹，有上班的、有在外读书的。大部分人家差人送水，巷子里有挑水工，一分钱一担。他回来便不再需要送水的。艾目啥都干，烧火做饭，大木桶提进提出，光脚站在大木盆里踩被单。夏日穿着跨栏背心，用搓板搐衣服。邻居啧啧，"好瘦。"孙同学也觉得他不够壮实。买煤从大堤上往回拉，堤坡陡，没拉稳，闪下几块。孙同学心疼得直叫，先说"咋不小心"，后说"真没用，白是个男人"。他丈二和尚摸不着头脑，也许在这位昔日热情洋溢的女同学眼里，他除了每月上交工资，别的一无是处。婚后她才意识到，少年神童与昔日大学生的光环，在柴米油盐的浸泡下一文不值。艺术更无足挂齿，简直上了当，虚名不能当饭吃，人品亦然。

他不明白的是，婚前婚后她为何判若两人。起先和风细雨，善解人意，婚后竟河东狮吼。遇到他这样的躲避者，愈发生气。她那么积极，生活得波澜壮阔，愈斗愈勇。而他巴不得安逸，画两幅画，读几页书，便完事。

在兰州时，他想着回来会有点温暖。回来后，又这般失落。孙同学却想着：夫家一点光都借不到，啥都得自己操心。在娘家搭住，自然得多干点。读书何用，人都读迂了，成了木头脑袋；画画又能咋样？换不来一分钱。

一大家子人，踢踢踏踏，挤在一处。艾目刚拿起书，她便喊："艾目！把外面的柳椅子收进来。""艾目！把粗盆子端出去倒了。"艾目讷言，做事却敏捷，只是她好像不太愿意让他闲着。每次他刚干完想做点私活，便听见她叫唤。久而久之，不免心烦，想到地主婆与长工的关系。烦闷时，把画笔折断，扔至墙角。她跑来，低头寻着，拾起质问："啥意思，不要钱买吗？这一大家子，哪样不要人干，住这儿就白住的？后悔了吧？有本事找那个女孩去，人家嫁给工人，也不嫁给你；找那个苏州女去，吃着碗里的，看着锅里的，啥德行！"

艾目你你、你不出来，顶多生点闷气。他真的有点后悔，她的果断镇定、伶牙俐齿，都让他想躲避。

当初咋会把心里话讲给她听？这样的人坚硬到可怕。

回到月亮街，看到爸在后院，趴在井沿气喘吁吁扯着井绳。艾目接过来，眼泪不争气地往下落。养儿何用，自家的水都不能帮提。爸低着头并没看他，说道："受委屈了吧，别上心，以后有了孩子就好了。吃点亏，吃点苦，是福。人总要积德，才活得安逸。"

拖煤那次，孙同学正数落着。他原本慌不迭要去捡，听她说得如此不堪，便犟着不动。这时，剧团的一名男同事打扮得干净整洁，携女友踏春途经大堤，说道："这不是艾老师吗！"当即蹲下，帮他去捡那碎煤。艾目忙拦道："别别别。"那对恋人还是帮他捡干净，张着一双黑手，目送他拉着板车远去，后面跟着孙同学。

第二天，设计舞台背景时，那名男同事走来问道："艾老师，昨天吵您的是您夫人吗？"他笑答："是的。"两人都笑将起来。

在剧团工作，因总上夜班，极不适应。正赶上下放干部，他主动要求去新华书店做店员。艾目喜欢这份工作，新书光洁，有油墨香，摸着舒坦。

星期天，他去看妈，碰巧小柱子寻来，拿出通知，又拿出十元钱递给妈。上面写着：你单位已故职工艾斓楷的小孩艾天，响应号召，去农村接受贫下中农再教育。经工宣队批准，特此通知。下面签有钢笔字，同意补助拾元。日期为1972年某月某日。艾天是大弟，之后小弟也响应号召上山下乡去了。

孙同学由于工作出色，在便河那儿分了房。绿儿出生在冬天，刮着风，下着雪珠子。他拖着板车，把母女送往医院。

母女平安，粉团样的女孩，他抱着，亲也亲不够。孙同学也变得温柔起来，脸上洋溢着当妈的喜悦。她说，随她姓。艾目道："好吧好吧。"爸没了，不用和爸商量，妈并没干涉，心里虽有想法，但想着下面还有俩弟，也就释然了。艾目对此看得极淡，受外国文学影响，思考得也深。生命就是生命，归属孩子本身，父母只是送一程。姓什么不打紧，是自己的女儿便好，并且这一事实永远不会改变。至于血缘姻亲、传宗接代这些传统理念，他更淡。她说啥便是啥，安逸就好。

艾目喜欢颜色，春天将至，遂给女儿起名绿儿。

大弟被分到八岭山，在辽王墓那儿放牛，一身水，一身泥，天天盼着回城。小弟被分到盐卡码头附近的肖家巷种田。家里只剩妈住在月亮街，那间八口人住的小屋忽阔朗起来。妈曾一度振作，跑到街道帮忙，只为打发寂寞时光。

产假只三个月，艾目和孙同学都要上班。他抱着绿儿回了家。妈见到绿儿格外欢欣，贴着绿儿的小脸直叫乖乖。爸走后，妈一个人带着俩弟生活，算是轻松许多。他说了难处，也知道妈苦，好容易解放出来，这时再弄个孩子给她带，残酷而麻烦。

妈淡淡说道："若实在没人带，就留下吧。"

艾目每日下班后，去月亮街接绿儿，绿儿"咿咿呀呀"戴着围兜，欢快地扑过来。枯燥的生活平添了一分安逸与幸福，还有责任。绿儿是上天赐予他的珍贵礼物，让他觉得活着依旧很幸福。

五十

不知不觉，绿儿快两岁了。依旧是严冬，艾目去接绿儿，妈用怀捂着绿儿道：绿儿今天不带劲，摸着又不烧，你接回去，留心点，该不是感冒了？艾目应答着好，用额头贴了贴，似乎不烧。绿儿小脸红扑扑，用眼睛望着他，伸出小手，摸他几天没刮的粗拉胡须。

那天，绿儿特蔫，他一直抱着。对孙同学说了，她也摸了摸，说没事。晚饭后，安顿好绿儿睡下，夜里她浑身火烫，忽烧了起来。两人半夜爬起，穿好衣服，抱着绿儿就往医院跑。

寂静的马路空荡荡，只两人"踢踢踏踏"的脚步声。路灯洒下微弱的光，把奔跑的人影拉得很长。她一路跑，一路埋怨："就是你妈没照顾好，受了凉。"艾目抱着孩子，回头道："你歇一歇，孩子头疼脑热是常有的事。妈尽了心，不是故意的。""什么尽心，尽心怎么会这样？还不是没姓你家姓，便不当自己人。"她反击道。艾目忽感沮丧，说道："这真说歪了，妈就不是那样的人。"她说："歪什么，谁不知道我正直？"

艾目闭口不言，不想为这事争吵。

医生量了体温，三十九度五，听了听胸，说肺部有啰音，初步诊断为肺炎。两人连夜办了住院手续，打了退烧针和链霉素。烧果真退了，绿儿变得十分乖。两人松了口气，日夜照顾，即便上班艾目也抽空跑去。

两岁的绿儿躺在刷着绿墙裙的医院病房里，不哭也不闹。左手挂着吊针，渴了自个儿用右手够着床边白色小靠背椅上的小水杯。艾目见了，那个心疼。绿儿见他来了，咧嘴笑着，跃跃欲试要他抱。他示意别动，坐在床边，握着她的小手，刮她的小鼻子。绿儿拿出那只没挂盐水的手也要刮他，他把头低下。

绿儿原来还能说一句半句的话，这时却不说了。好了后，把她接回家，她很沉默，迟迟不再说话。因绿儿的肺炎，孙同学埋怨妈，他维护妈，没少口角。

魏归和二妹婚后也有了孩子，也想让妈带。妈已被绿儿的事弄得心烦，便说："哪个孩子都不带。"

绿儿快三岁了，还是不说话，这下夫妻俩慌了。原以为说话迟，不曾往别的方面想。艾目抱着绿儿跑到武汉检查。医生在她脑后敲打音镲，他多么希望绿儿有知觉，怎奈她睁着一双亮晶晶的眼睛，一点反应也没有。医院诊断为链霉素过敏后遗症，听觉神经受损导致失聪。

艾目的心似被油锅滚过，焦灼得不得了；又恍若一个个山头林立着，就是跨不过去。夜幕轰然就碎了，似有把钝刀割着他的喉锯着他的胸。他胸腔压抑，哽不出声。跑到走廊尽头，望着一江摇曳的灯火，好半天才"呃"出来。继而捂住脸，蹲在地，呜咽不止。生活太苦了，仅有的一点光亮也熄灭了，孩子还那么小。

医生把他叫到一旁，说需要用进口药。他说："能治好就行。""很贵。"医生补充道。他说："不怕。"是的，他不怕，怕的是和孙同学说，尽管夫妻俩隐约有不祥的预感，但总心存侥幸。

他抱着绿儿一路颠簸回到楚凤。没等他说，孙同学已一个劲儿追问。他默默地掏出病历。孙同学一页页看着，先是不作声，良久，眼泪才一颗颗"吧嗒吧嗒"往下落。他递过毛巾，想哄一下她。她忽地起身，推开他，奔出几步，又折回来，疯也似的在他身上擂着，继而号啕大哭："都怨你，都怨你！"拉着他的衣襟，瘫软在地。艾目用手去拉，却怎么也拉不起。她泣不成声骂道："我怎么找到你这样的背时佬、窝囊废、瓜溜苕（瓜溜，指外表好看），跟着受罪。把好好的一个孩子给毁了、毁了！你知道吗！"她提高嗓门，哭诉着，"我的娃，那是我的娃啊！"继而捶胸顿足，"我的心，我的心！"艾目欲辩，看着她悲愤难抑的痛苦样，亦心如刀割。

艾目回头望见绿儿睁着惊恐的双眼，吓在那儿，便跑过去搂住她。绿儿伸着小手，想去拉妈妈，又把小脸藏在他的大腿后死抱着。孙同学还在叠声骂着："没安好心的老巫婆……"艾目顾得了这头，顾不了那头。又想着绿儿还没吃饭，眼看过了饭点，无心做饭，看样子也做不成，遂抱起绿儿"踏踏踏"快步下了楼。

艾目在一家常去的简陋面馆停住，给绿儿要了一碗早堂面，又给孙同学端回一碗。进得屋来，一片死静，不见了孙同学的踪影。艾目一想坏了，该不是去找妈了。这一想便直奔楼下，骑着自行车驮着绿儿便往妈那儿赶。果不其然，进院便听见吵闹声，只是其中一人的声音竟是二妹："你这皮筲箕，我哥的兜比脸都干净，你又何曾对妈好过？"接着是孙同学的声音："娃儿在这没给生活费吗？你又算哪根葱，在这儿大呼小叫的？"二妹不依不饶："你管我是谁，欺负妈就不行。"孙同学喊道："到底谁欺负谁，受迫害的是我，是我！还有没有道理可讲！"

艾目支好车，抱下绿儿，进屋喝道："别吵了！"屋里瞬间安静下来，只见妈散乱着灰白发丝，佝偻在床，消瘦的脸老泪纵横，一下子苍老很多，哆嗦着嘴唇说不出话。

他跑过去，喊"妈！"孙同学万箭穿心，"你还妈，妈，妈，就是她害哑了孩子。"二妹道："你少信口开河，明明医院的责任，与妈何干？"孙同学道："不感冒，哪会得肺炎，哪会打链霉素？"二妹道："哪个孩子不感冒不发烧？"两人围绕着鸡和蛋的关系又吵起来。"真是猪油蒙了心，找到这种人家。"孙同学使气道。二妹讥笑道："当初，不是你小恩小惠哄我哥，谁跟你？就凭你，算了吧，我哥找啥样的找不到？"孙同学气得说不出来话，继而愤然道："我一腔热诚，竟换来你们如此怨毒。去找啊，那时一穷二白怎么不去找啊！"继而轻蔑道："你别你哥、你哥的，他是我丈夫，我们在一个户口本上！"二妹噎在那儿。艾目道："都别说了！"二妹掉转头道："就看不得你怕老婆的窝囊样，当初，爸是怎么待你的？你叫艾目，是我们艾家的眼珠子。有好吃的紧着你，家里熬油点灯似的供你上大学，我和姐一夜夜地织渔网、糊火柴盒，竟供出你这样的人！"艾目定在那儿，忽想起爸和妹半夜翻飞的双手，竟哽不出话来。良久道："五年，兰州我五年的工资几乎全给了家里。一双大头鞋穿了五年，夏天也是它，整个单位没有第二个。你让我怎么做？哑了的是绿儿，我的孩子。"二妹忽住口，别转脸，落下泪来。她想起自己读中专时得了肺病，很多人忌讳，是哥接纳了她。在兰州养病时，有好吃的，哥不舍得吃一口全留给她。绿儿吓得直直地哭将起来，扑向奶奶。孙同学又去拦。艾目抱起绿儿，拉着孙同学往外走。孙同学没再言语，接过绿儿抱在怀中坐上自行车的后座。

寒风里，艾目驮着她娘俩缓缓骑去，暮色苍茫，身后的冷阳冻住一般。

二妹在武汉得知绿儿聋哑后，和魏归商量了一下，拿出了手里仅有的钱，又当即请了假，先一步搭长途汽车回到楚凤。一来怕妈难过；二来怕嫂子来找妈。后者最为重要。怎奈妈一听，就病倒了。她正在床前端水喂药，果不其然，嫂子一脚踹开了门。孙同学来势汹汹，本想来问婆婆道理，见了二妹缓缓抬起的脸竟一时无语。

艾目带孙同学回到家，劝慰了一番。想着孩子毕竟是两人的，孙同学的心情他能理解。安置母女睡下后，又记挂着妈，一夜未眠。第二天赶早到书店报了到，便直奔妈那儿。破了的门已用木条重新钉上。推开门，室内昏暗，妈独自躺在床上，床头柜放着水杯和药。艾目想说点啥，又不知说什么好，索性趴在妈床边，呜呜咽咽，继而孩子般号啕大哭起来。妈什么都没说，只用手抚着他的头。待他平静后，方哑着嗓音道："目儿，委屈你了，是妈不好，没带好绿儿！"

艾目又请了假，抱着绿儿撑着伞，与孙同学站在茫茫江边等待客轮去武汉给孩子治病。

五十一

在汉口儿童医院治疗了一个疗程，进口药动辄上千。不在乎钱的艾目东挪西借，第一次体会到金钱的魔力、穷困的无奈。治疗一段时间，毫无进展，医生说："进口针药只在链霉素过敏半个月内有效，现在已一年多，错过了最佳治疗期。"艾目来不及抱怨，心想早说啊，不禁暗骂一句："啥玩意！"孙同学时常出差，带着绿儿上京找关系，怎奈结论一样。西医没路了，只得抱着最后一线希望，在汉口儿童医院做针灸。

艾目依旧找到魏归，借住在他单位。魏归住的房小，也只一间。

美术学院搬走后，新组成的画院空着。艾目望着堆满桌椅的大房间，放下绿儿，用凳子拼成床。风从破窗涌进，二妹抱来被褥，说道："哥，莫怪我！"说完眼泪哗哗而下。艾目道："我现在啥也不想，只巴望有最后一线希望。"夜里，他搂紧绿儿，生怕她冻着。多少个不眠之夜，窗外的雪映着满是桌椅的大教室，白亮亮。他没想到自己会以这种方式回到母校。

每日清晨，他抱着绿儿搭轮渡去汉口儿童医院。孩子的头和手被扎满数十根钢针。整整一上午，疼在他心里。绿儿很乖，睁着可怜的大眼睛极度配合。

一次过江，购了船票，他背着绿儿上了船，发现口袋竟空空如也。他蹲身放下绿儿，慌乱翻找着。将裤子荷包扯出来，又塞进去。大冬天，冷汗直冒。艾目站在雪地，对检票员说着："刚才钱包还在，不知何时被小偷扒了，能否通融一下？"绿儿抱着他大腿怯生生瞅着那个满身雪花的肥胖阿姨。好一会儿，阿姨挥了一下手。

过了江，绿儿无休止哭闹起来。艾目怎么也哄不好，便把她一个人留在原地，自己藏起来想吓她一下。绿儿在原地打转，哭着左顾右盼，走两步，又退回原处。他跑过去一把抱住她，贴着她的小脸，事后方知她饿了。他太粗心，心里一直纠结着那钱包。

阴冷的街角，他抱着绿儿停在一个烤红薯摊前。热烘烘的铁皮桶散发着暖意，诱人的香味直往鼻子里钻。站了许久，绿儿伸出小手哭哭啼啼想要，又回头看着艾目摸了一下他的眼睛。他低头，在她的小手上亲了一口，抬头道："来一个。"炉边花白头发的老汉用报纸颤巍巍包了一个红薯递过来。冷风习习，头顶漫着大雪。他腾出一只手，抽出上衣口袋别着的一支米黄色派克金笔递过去，那是他的奖品。老汉接过，他转身欲走，老汉招呼着，又包了几个。艾目吻了一下绿儿冻得通红的小脸，看着她吃。绿儿"呃呃呃"，递到他嘴边，他摇了摇头。忽而狂风大作，夹杂着雪花，老汉手边的报纸，呼啦啦刮得漫天飞舞。艾目抱着绿儿回头望着，绿儿忘了吃红薯，用手指着，又挣脱下来，去帮老汉捡。

他和绿儿流浪在街头，心想孩子苦，自己何尝不是一个流浪儿？回到华师，身无分文，只能在魏归那儿蹭饭吃。针灸的钱也没有，他牵着绿儿站在魏归的门口，魏归道："你稍等。"他出去不大一会儿，便把两张钱塞给他。怎奈在武汉治疗一年，全无疗效。

没幸福。艾目每每想起，都觉得没幸福，也不可能有幸福。日子像列黑暗中的火车，呼咚咚，路上没风景，火车也不知开向哪里。夫妻俩想的，全是孩子长大咋办。又每每提起造成之因，不免又是一番口角。

他把绿儿偷偷给妈抱去，妈也心疼得直落泪。

五十二

　　下班后，艾目去接绿儿。因孙同学是局里职工，好不容易把绿儿送到"机关幼儿园"。远远听见小朋友们叽叽喳喳的笑闹声。他站在门口，探身望去，一个个活蹦乱跳，独绿儿孤零零坐在角落里，眼巴巴瞅着小朋友游戏，又手足无措，低头摆弄着胸前别的小手巾。艾目正心疼，老师过来道："绿儿听不见，不合拍，最好能找专人照顾。"艾目哑摸，言外之意是不要再送来了。怪不得每次接绿儿，绿儿总苦着脸。他又哪有能力请人？因聋哑这事，孙同学与妈彻底闹翻，早就不来往，请妈照顾也想都别想。

　　有次老师打电话到书店，让他带条裤子去接绿儿。也是小朋友在操场游戏，他找到二楼，独绿儿一人光着屁股坐在被子里。午睡时，绿儿想解手不能报告，胆又小，最后屙在裤子里。

　　夫妻二人轮流上班带着绿儿，单位照顾，勉强度日。艾目抱来友人家一只棕色小奶狗陪绿儿，起名汉斯。绿儿每天摸着它毛绒绒的小脑袋傻呵呵乐着。

　　落实政策后，艾目被调到文化馆工作，常把绿儿放在单位附近的周奶奶家。周奶奶是名白胖妇人，待绿儿特好，她的幺女跟艾目学画画。周奶奶道："绿儿乖，总是自个儿玩。"

艾目偶尔上班时也会抽空去看一下。有次进门，瞧见绿儿穿着杏黄小衫立在桌边，踮着小脚拿着小白瓷碗在添饭。艾目估摸她饿了，望着绿儿的侧脸，一声不吭的认真样，遂停住脚，低下头。艾目说不出地心疼。绿儿侧转脸望见，放下碗，"呃呃呃"奔过来。午后的阳光挤进来，在桌上燃着一簇簇白色火苗。那碗晃悠了两下方平稳，碗里的饭颗粒晶莹。

他从怀中掏出托同事买的洋娃娃，在她眼前晃了晃。绿儿踮脚来接，抱到怀里亲呀亲，生怕娃娃飞了。她每天夹着娃娃，坐着艾目的自行车后座飞来飞去。艾目知道她从小没玩伴，那个娃娃便是她的好朋友。再去，见她拿着小剪刀在给娃娃裁衣服。周奶奶道："绿儿手巧，不用教，穿针引线像模像样。"娃娃能穿上自个儿做的衣服，绿儿别提多高兴，举着给艾目看。那年绿儿也就四岁。艾目也买些彩色笔，让她自个儿画着玩。心想，孩子耳朵坏了，还有眼睛。他每每作画，绿儿也站在旁边看，久而久之也就会了。

上小学了，聋哑学校离家得往返两条巷子、一条大马路。艾目帮她挎上书包，看着她走出门，在后面悄悄跟着。久了后才放心她一个人走。怎奈她独自背着书包左顾右盼的姿态，老出现在艾目梦里，而且这梦一做就是一辈子。

艾目回家见绿儿正在摹彩色画页，俯身看了看，直夸好。摹好后，帮她收着，至今柜上的一幅，便是绿儿那时临的。班上的墙报全凭她一人承担。在聋哑群体中，绿儿有了自信，摆脱了原有的闭塞性格，各科成绩名列前茅。

艾目也曾担忧，没听力咋能理解拼音字母的拼和音，还有那些虚词——其、与、若、之的意思与用法。即便用手语，这没形象又不具体的怎么表达？其实这些担心皆多余，绿儿不仅很快掌握且能熟练运用。相处久了，孩子的一个眼神、一个举动尽是信息。孩子不会讲话，做家长的自然会多关注她的神态与举止，沟通起来不麻烦。

艾目开始有意识教绿儿学画画，深夜灯下，做着手势，于纸上勾画，外带文字解读。绿儿坐在桌前看着爸爸的一举一动。

老师打来电话告诉艾目，绿儿画的水墨画《白孔雀》，获得了保加利亚世界残疾儿童美术作品展金奖。艾目很是吃惊，绿儿曾在本子上写过：天上有只白孔雀，长着绿松样美丽干净的手指。艾目见了，并未当真。她又写道：月亮呃，爸爸傻哦！后面圈个笑脸。她常写一些莫名其妙的句子：春天，有青苹果的香气呃。冬天，橘子冷啊！铜钉钉的月色，养了好多条鱼呦。她还画过《一朵泪》，月亮滴了一滴清泪，化作一艘小船漂走了。

艾目暗忖：绿儿将比他优秀，自己儿时多半靠摸索，绿儿毕竟有他日夜捧着教。

《人民日报》《湖北日报》纷纷采访报道绿儿。绿儿并不觉得怎么样，倒是为学校添了彩。

沉
烟

五十三

　　微醺的阳光从大窗洒入。周家鼎老师，头戴赭石色贝雷帽、身着黑色对襟袄、鼻梁上夹着夹鼻镜、手持烟斗坐在宽大的办公桌旁，翻着画册。艾目推门而入，他放下烟斗，招呼道："来来来，认识这个人不？也是你们湖北美术学院的。"他的桌前摊着一张《中国美术报》，还有一本彩色画册。艾目顺过报纸，见世鸿胡子拉碴坐在黄河岸边皲裂的木船上。黄灰的天，背景无一物。他侧着头，曲着腿，一手放膝上，很是自在。人变得粗壮、坚毅、成熟，像个思想者，可用天涯孤客来形容。骨血里有其祖父的影像，亦有其父的敦厚。

　　艾目道："认得，赵世鸿。"周家鼎老师道："今年的美术界只怕是世鸿年。这个人声名鹊起，马上红了。艺术界称世鸿的画为'世鸿黄'。其实黄色，一直是他们上学时钟爱的色调，非明黄，而是喑哑的黄，偏向赭石，亦可再往深里探究。"

　　世鸿的灵魂在一个色系里游荡，那是黄土高原的颜色，深厚宽广，艰辛忧郁。

　　他的画可用一鸣惊人来形容，思想的岩浆任意挥洒，又含蓄深沉。人物融入背景，嵌入土中，成为土地的一部分。《船夫》《祖孙》《高原女人》，粗粝忧伤的肌理，烫过一般，有珂勒惠支之风，亦如岩画，若隐若现。人物脸上的皱纹沟壑般藏着山川河流，有坦然，亦有无奈。无论孩童抑或老人皆似化石。艾目看到了世鸿的蜕变，告别了实景化的溪流与柔腻花草，转入对土地的深沉依恋。血是黄的，一九八三年的"世鸿黄"，无疑是美术界的一记重锤，炸裂般不受任何轨迹和语言限制成为全新亮点，让人耳目一新。

这让艾目想起西北，也是这般荒芜，没一朵花、一棵草，人活成一块石、一堆土。

他赞道："艺术氛围浓厚，表现手法新颖，不愧是世鸿。"周家鼎老师拍着画册道："你这个同学不简单，有思想，有气魄，有自己那套。"艾目道："符合他的个性，洒脱不羁又浑然天成，是当之无愧的骑士完成了一次跳跃性的优美转身。"

周家鼎老师起身，举着烟斗吸了口烟，缓缓吐出烟圈道："你知道，宣传画，那不是艺术，只是工具。没美与痛，哪叫艺术？真正的艺术是无功利性表达。"

艾目道："是的，更多是探索着自己的未知部分。"

"但我们依旧得做好本职工作，你手头的《白蛇传》招贴画画得咋样了？"他问道。艾目答："快好了。"

那段时间，艾目把自己弄得极个性，长头发，厚胡须，穿着风衣式蓝布大褂蹲在画架前。一手熟练地夹着几支粗细不一的油画笔，一手撑膝，画得潇洒尽兴。馆里摄影师老翟咔咔咔把他拍得极有范儿。

其实，"四剑客"中的魏归也一直在努力创作，一九七九年的小鹿系列，纯情俏皮，尽显天然之态，成为全国版画界的领跑之作。

周家鼎老师转移话题，"你如何看待徐悲鸿的作品？"艾目道："素描自然是好的，画的马太剑拔弩张了，我喜欢韩干的，内敛一些。""张大千呢？"他又问。艾目道："他的成就在后期的泼彩上。"周家鼎老师点头道："是的，仕女图软塌塌，一旦俗媚，再难高雅起

沉

烟

192

来。有的画家带回来的，依旧是西方古典画派那套，把素描运用到国画中，逼向写真道路，人物眼白一清二楚。"

艾目点头道："他本意是好的，想创新。怎奈不求同，求异方是正道。吴冠中、林风眠两位先生带动了极好的思潮，突出主观审美。"周家鼎老师道："吴冠中也是想创新，把西方重抽象的现代派运用到水墨画中。一个借古，一个承今。"

对艺术的看法，艾目和周家鼎老师可以畅所欲言。审美各异就造成理解不同。

周家鼎老师是落实政策回馆的，成为艾目的上司。

世鸿是沉寂十多年后，返回母校读的研。以他自己的话说："啥都忘了，色盘上色都手忙脚乱。"但世鸿就是世鸿，似匹骏马，抑或一头豹，几次孤身一人拖着沉重画箱深入黄土高原。那里有他放不下的东西，深沉幽怨，充满激荡人心的力量。

世鸿在地理方位上，退出了初期对江汉平原湖汊沟渠的创作，转入远方，有了侠肝义胆。他的阔朗是艾目不具备甚至回避的。

那时，艾目身边的湖北美术界闹得轰轰烈烈，各色人物纷纷亮相，奔走呼号，简直是风流年代的文艺群像。追求美学本源，个性化，让人心潮澎湃。以汉口青少年宫为主会场的各种美展多达数十个，世鸿携导师到处赶场，大有美术自此繁荣之势。

魏归随二妹回楚凤探望妈，对艾目道："我给你看样东西。"艾目莫名其妙。他拿出一本画册递给艾目道："朋友从国外弄的，知你会喜欢便借了来。"艾目接过，见烟草绿封皮上写着《常玉画集》，便翻阅起来。一看颇为惊讶，那种不能再简的简约正是自己喜欢的。稚嫩的粉色竟能画得如此忧郁，那遥远的小象似奔跑在粉色的血管里，眼神里满是哀愁；那些大腿漫漶肥硕的女人笨拙而苦痛。作者的孤独是神秘哀伤、欲哭无泪的。似一种心疼蜷缩在母体子宫，一生都在流浪。

五十三

魏归道："好不好？"艾目痴痴地看着，点了点头。魏归又道："随着'现代艺术运动'发酵，世鸿成了大家心目中真正的酋长。"艾目合上画册，呵呵笑道："他有领袖风采。"

艾目心想：作为从事文艺的创作者，参与或卷入实属正常。世鸿急流勇进，自己虽无力介入但依旧渴望知识，常往返于书店购书读书。如今架上80%的书便是那时买的。

对他来说，家庭的痛业已定型。热爱文艺理论的自己，正好40岁出头，自然没放过美学大争论。影响他的有"星星画展"、《走向未来丛书》《我与地坛》等。

与此同时，他阅读了大量的美学翻译书籍，对模棱两可似是而非的文字深感厌倦。幸好碰到《美的历程》，作者以充沛的情感、优美的文字讲述了中国美学的大历史。他喜欢李泽厚、高尔泰的见解，极大地丰富了大学时学过的辩证唯物主义，思维更为开阔。对朱光潜、蔡仪过于理性的唯心与唯物并不上心。把兴趣从什么是美，转移到如何表达美的方法论上，削弱了对理论的兴趣。直到读完《华夏美学》，才更深地了解了华夏之美，愈发在"有我之境"与"无我之境"中找寻自己。

有违了，学问！他深吸了一口气，怎奈无人可论，这让他倍感孤独。

晚年的艾目常感谢那时的阅读。书让他生活在自我空间，知识造就了他独立思考的人格。没那时的积累，便不会有日后的创作。创作即个性，独有面貌，否则便是抄袭。源于读书众多，改革开放后文艺的五花八门并没左右他。

馆里也非常热闹，写生、创作、办展如火如荼。周家鼎老师道："下个月，馆里与湖南益阳举办两地书画联谊展，派你和搞书法的于美之去。"艾目答："好。"

那时的文化馆是整个城市的文化集散地，下设文物、书法、编

沉

烟

剧、舞蹈、戏曲、音乐、文学等各部门。文学口又分小说组、散文组、诗歌组。至于各部门壮大成协会、文物组摇身变成博物馆，那是后话。

五十四

　　走出周家鼎老师办公室，来到黑黑的过道。尽头小窗的光直直射进来，20世纪80年代，似乎什么梦都可以做。看到世鸿的作品，艾目异常兴奋，想着自己这些年搅在绿儿的成长与家庭矛盾中，不可能像世鸿那样去深造。不过无妨，人各有命。

　　正想着，一名刚进馆的年轻同事拿着一张彩画纸乐滋滋低头走来，差点与艾目撞个满怀。艾目"呀"了声，他也"呀"了声。艾目尚未站定，他拿着画页在艾目眼前一晃。艾目接过一看，是从20世纪60年代苏联《星火》杂志剪下来的插图，19世纪俄罗斯的绘画作品。便问："哪来的？"他道："买的。"艾目又问："多少钱？"对方答："五十元。"艾目笑着拍了一下他的肩，说道："真有你的！"那人依旧陶醉般笑着说："喜欢，没办法。"艾目暗忖："五十元不是小数目，相当于一个月的工资。"怎奈印刷品稀缺，市面上根本见不到有营养的东西，但《星火》杂志的插图对一名美术爱好者来说，却是通往外界艺术世界的唯一途径。那人补充道："从便二小秦手老师那儿买的。"艾目听后，不禁笑将起来。刚想移步，又被叫住，他说："艾老师，我春节结婚，能不能把您绘的那幅两只油桶、一座小桥的风景油画，借去挂一下？人都说，没艾目老师的油画不结婚。"艾目呵呵笑道："没问题，只是画已送人，我去帮你说。"那人连连致谢，分了手。

进到办公室，艾目发现邮购的书——1984版的《回忆列维坦》到了，不免欣喜。艾目拿着书不禁亲吻了一下。书衣印着列维坦的《深渊》，这让艾目极感亲切。第一次邮购书，他兴奋了好几天，这意味着文化类书籍开始上市。

艾目和于姓书法家去益阳参加完两地书画联谊展后，坐轮船回楚凤。弹尽粮绝又都嗜烟，两人研究后把餐券退了一张，买了包新华牌香烟，趴在船舷吹着冷风，你一根我一根分着抽。饭也合吃一份。

于美之对着江水，掸了掸烟灰，"你的油画《堤》，能参加全国首届油画展，真不简单，湖北省就没几个。"艾目道："全赖纸板好，城贵帮忙弄的。"于美之道："谦虚了，说实话，我最佩服你，不抄大自然、不抄街巷、不抄古人、不抄同行，每次画作总令人眼前一亮。"艾目道："我随意画的，没当回事。艺术的核心是创造，当然要避开这些，抄自己都无趣。"于美之抬身笑道："馆里的画家都说跟着你学了不少知识，懂得了绘画也得编。"艾目也笑道："艺术就是艺术化。"

艾目知道自己没远大志向，做什么都不曾刻意。尽管有时觉得憋屈，又不知委屈个啥。人生就那么回事，怎么都活一辈子。想画画，便去印刷厂弄两张印废的厚板纸当画板。城贵所在设计室，七八个人都是美术界同仁。每次去，城贵最热情，下车间帮他收集。有次，竟把整张崭新的进口芬兰铜版纸弄到手，送了他几张。艾目爱不释手，试着不做底直接在上面操作。《堤》便是用那整张铜版纸画的，大片的天空，暗而透明。源于纸的特殊性，效果十分好。

他先是上层色，待半干，用刮刀刮掉颜料。再用棉纱擦干净，只留卡纸吸进去的色，显得天空神秘舒朗，似水彩色般透明，很有暴风雨的味道。堤上的草用厚厚的色层铺上，再用刮刀刮出在暴风雨中的模样，雕刻一般。滚滚洪流，亦厚涂，动荡而汹涌。大雨排山倒海冲刷着半边天，大堤岌岌可危，却硬似铜墙铁壁。整幅画以气势、格调取胜。画幅虽不大，却咄咄逼人。

从益阳回来后，古城连下几天暴雪，道路被车辙轧得翻着银浪。踩实的部分滑溜溜，其他部分又凹凸不平。艾目像往常一样走进办公室，零零零，有电话通过总机接进来。他拿起听筒，瞅着对面矮屋屋顶厚厚的积雪。对方问："艾目老师在吗？"艾目答："我就是。"对方道："您参加全国首届电影宣传画展的《白蛇传》招贴画获了奖，外国友人非常喜欢。"艾目方知是北京打来的。即便今日，他依旧认为没多大意思，自己也总是与荣誉擦身，但无妨，骨子里随意也就不曾在意。艺术的本质是自慰，至于慰没慰到别人，那是造化问题。

屋里人来人往，年轻同事发了柴炭，几人围着陶土钵子烤火，谈论着馆里要画一百名将军的事。又各自涂了几笔方散去。下午窗外传来铁锹"哐哐"砍雪的声音，以及刮雪的剌啦声。艾目下去铲雪，几寸厚的冰，又是捶又是敲。下班后，他整理衣装匆忙下楼，见摄影师老翟抱着纸箱正欲上楼。箱上标着日文，夹杂着中国字。遂停脚问道："相纸啊？"老翟气喘吁吁点头道："累死个人，不通车，从邮局一路走回来。"艾目接过纸箱，噔噔噔抱上三楼，拐进走廊停在暗室门口。老翟蹒跚着赶来，边道谢边从腰间扯出一挂钥匙，哗啦啦找出其中一把开了门。

馆里用的几乎都是日本相纸，黑白反差大，洗出的照片层次丰富，那叫一个漂亮。老翟，矮个头，工作认真，将暗室收拾得干净。馆里展览、纪念日、拍照、放大照片全凭他一人，也保准完成任务。艾目喜欢摄影，每每趁机要点边角废料放他的私家风景照。老翟很抠门，顶多给一两张，还得亲自操作。艾目几次欲上手，他都不放心。有次被艾目说动，按自己心愿构图、放大、裁剪，很是过瘾。那是一种乐趣，也是其专长，在兰州没少干。老翟见了十分惊讶。

这次老翟锁好相纸，回头见艾目还没走，便意味深长地笑道："又想干私活？"艾目没作声，只是笑，稍后道："我这几天拍了一些雪景，便河、沙石、码头、范家渊。"老翟心知肚明，稍作犹豫，从腰间扯出那挂哗啦啦的钥匙，从中卸掉一把拍在艾目手中，嘱咐他锁好门便下了楼。艾目头一次单独待在暗室，不免兴奋，怎奈发现柜门锁了，又顿感失落。走到办公桌边，见相纸盒黑袋里只留有一张相纸，还有一些裁剪后的边角废料，不禁暗笑，真是"老狐狸"。如获至宝，异常开心。

艾目随身背着相机，本打算回程再拍几张。他移开老翟拍的那些浓妆艳抹的舞台照以及工作宣传照后，便手脚麻利、驾轻就熟地操作起来。显影、定影、水洗、干燥，待弄完方想起来未和家中说，肚子已饿得空瘪。

回家后，半夜醒来，忽想起烘箱的插头未拔。那还了得！不锈钢板受热才能把照片烤干，干后上一层光叫上光。上面还有层厚帆布压着，失火咋办？他忽地起身，穿上棉衣抄起自行车便往馆里奔。冻雨后的大雪化了一整天，马路上全是脚印结的冰，步行都困难，何况自行车。

他全然不顾，在冰尖上舞蹈，冷风刮着脸也全无感觉。可算到了馆里，奔上楼，拔掉插头，方吁了口气。一摸烘箱冷冰冰，方想起自己拉了总闸，遂快快而回。

第二日，艾目赶早还了钥匙。老翟看了他冲洗出来的照片赞不绝口。没日光，只有天光与白雪的反射光。雪影的色是那么单纯素雅。近乎黑白照，微微有点蓝调与芦苇的熟褐色。艾目也十分满意，那相纸顶呱呱，特别白。艾目深知照片的形式感全在取景。新颖别致，耳目一新，方是好作品。他拍了范家渊的芦苇、雪的回流、河流的形状、黑黑的枯树、倒影、远远的栅栏，还有乱木丛。清洁野趣，天然图意。拍时，他把自行车扔在雪地，一个人深一脚、浅一脚跋涉在淹没小腿的茫茫雪野中，大有"独钓寒江雪"的意味。也让艾目感叹："雪是上苍最干净、浩大的恩泽。四季来了走，花开了落，属常态。无常的是人。"

待拍完，找自行车，却怎么也找不见。他慌了，四处扒雪方捞出。

春天来时，上班前艾目穿上西装对镜照了照，自我感觉良好。汉斯跟进跟出，比他还忙。临出门，叼来他弄得满是油画颜料的帆布包。

沉

烟

200

不记得，哪个春天，艾目带着绿儿与紫儿坐轮渡到江南。

孩子们还小，想着她们接触大自然该何等欢愉，便决定走上一遭。这个城市以长江为界，这边江北，那边江南。所谓江南，也只一江之隔。紫儿比绿儿小三岁，也随母姓。似乎紫儿是专来陪姐姐的。

和风薄日，绿色的江南任尔放飞。

艾目推着自行车，携着两姊妹站在渡船上。云水荡漾，天空湛蓝，黄沙滚滚的江水拍打着船舷。同船之人几乎都是灰蓝装或者烟草绿，只绿儿、紫儿的小毛衣是抹亮色。过了江便是农舍和绿茵茵的草地。艾目手痒，把画箱放在自行车后座，打开箱盖支好画架画将起来。明亮的光线透过瞳孔直往心里钻。空气平和清凉，沐着亲切的阳光，享受着从寒冷刚刚转身的温暖。

姐妹俩在草地上翻飞，像两只快乐的蝴蝶。河岸的野花开得细密热情，紫儿揪下一朵，举着道："姐姐！花。"绿儿笑着接过。五岁的紫儿指了指自己的嘴巴，姐姐！花。绿儿看着她的嘴形，还是摇了摇头。紫儿总试图教姐姐说话。绿儿蹲在地上，用小棍写下草字头，又写了下面的"化"，想教妹妹认"花"字。艾目见了，放下笔，走上前，蹲身说道："花，草化的。会开花的草便是花，但本质上还是草。"他不知道他说的孩子们能否听懂，只是想告诉她俩事物的本质。

绿儿管艾目要了笔和纸。

紫儿问："那幼儿园老师唱'芳草碧连天'，为何不唱'花儿碧连天呢'？"艾目道："草更能代表乡愁。"紫儿又问："那爸爸，什么是故乡？我和姐姐的故乡又在哪儿？"艾目道："楚凤呀。"转而又道："大自然是你们最好的故乡。"又道："只有离开时，你才明白什么叫故乡。"紫儿听后不语，低头咪咪笑着。

艾目自小独自外出写生，享受着大自然的馈赠，心情格外舒朗。忘记躯壳，化身自然，何等美妙？若孩子们能如此就好了。他甚至认为自己和她们差不多，强不到哪儿去。

怎奈城市拥挤，中山公园越来越人工化，能接触真正的自然实乃奢侈。

中午，他把带来的糯米饺和油香分给两姐妹吃，又从帆布包里掏出一壶水。想着春天真是一个美好的季节，具有超前素质。枝叶流香，细柳斜斜，草地上的紫云英、婆婆纳竞相开放。满枝杏花，一片桃红，热闹的季节属于温度与视觉。林木安静，长势是力量，也是音响。春是闹的，万物皆不守本分，又归于本分，一个劲儿争夺着阳光。

他把画起名《绿色的燃烧》。暗忖最热的季节并非夏，而是春，内在的热度胜于一切。

绿儿的一双眼睛像两只小铜锣，一闪一闪敲着音。她画了河流，她的河流是绿色的。一名小女孩长长的发丝一直蜿蜒飘洒着，那是河流的身体。小小浪花是女孩的弯眉细眼。紫儿道："姐姐画的绿河流呢。"绿儿又添了一个圆，涂上绿色。紫儿欢呼："姐姐画的绿太阳呢！"

他们仨在太阳落山前，尽兴而归。

渡船靠岸，依旧是三码头。铁门打开，眼前几栋民居参差不齐。岸边泊着几艘破旧的绿壳铁船。小贩喊着："枯——豌——豆哎！果——子——糖！枯——豌——豆哎！果——子——糖！"腔调一顿一挫，一扬一抑，循环往复着。艾目背着画箱，前驮紫儿、后驮绿儿，推过大慈街南门的圆门洞，歪歪扭扭骑了一段，搬上长长台阶，方一路飞踏而去。至楼下，一股脑儿扛了上去，两姐妹纹丝不动。四十岁的他浑身是劲，平时下班亦如此。

六一儿童节那天，艾目去丈母娘家接两姐妹。回程时，车龙头挂着两暖瓶热水，依旧前紫儿、后绿儿，骑得飞快。至便河，路灯昏暗，一头撞过去，脖子卡在电杆旁斜拉的钢丝上。那个疼，他摇晃着单腿点地，幸好两姐妹和暖瓶安然无事。

又是一个星期天，小房桌上满是细而长的线，两姐妹看着艾目缝制风筝。

篾条、薄的纸片、线绳、剪刀、糨糊，半天工夫，"马褂"已成形。"马褂"还需长出长长的尾，安上斗线才能放飞。

中午时分，他拿着糊好的风筝，带着绿儿、紫儿往三门五楼上爬。那儿有个天门，可通楼顶平台。先举绿儿，再举紫儿，最后是汉斯。抵达停当，才递上"马褂"与线卷，自己爬将上去。

平台很大，四周围墙不到一米，有了保护，孩子们便安全了，汉斯也高兴地一圈圈撒欢。

他系上风筝，平台上无一丝风，"马褂"很难飞上天。南面没树尖，也没电线，艾目试着把风筝丢出去，怎奈飘不上去。姐妹俩握着小拳头，失望极了。

艾目画过一幅《无风的春天》，那彩色纸鸢与风车贴在窗上一动不动，仿佛两姐妹的眼睛，失望中含着希望。

无风，只好等待，他和绿儿在平台上画了成山棋棋盘，找来小

五十五

203

石子来下。时间悄悄滑过，风来了，那是孔明借来的东风。即刻放飞，"马褂"左右摇摆，徐徐离开，不一会儿便直上云霄。他手中线圈不停转动，直至放完。"马褂"在天上一动不动，只有长长的尾摆动着。

好漂亮！紫儿喊着。那砖红色"马褂"，是艾目绘的马王堆出土的帛画。绘时，对站在桌边的两姐妹讲解着："这是天上，这是人间，这是地下。"两姐妹争着指着太阳、月亮、玉兔、人、龙、扶桑树等符号。

而此时，梳着蘑菇头、额前留着齐密刘海的绿儿，拍着手，张着嘴，眼神热切明亮。扎着两个鬆鬆的紫儿嚷着："真自由啊！"

四月的春天，大街小巷，哪有放风筝的地方？

他希望她俩能生出翅膀。

沉

烟

五十六

艾目总梦见新买的自行车不见了，在梦里那个找。丢车对他来说属常事，又不敢回家说，谎称被搞写作的同事借了去。老不还，孙同学自然去兑实。过几天，艾目推回一辆新车，说同事弄丢了赔辆新的。孙同学方无话可说。岂不知他用私房钱外加借债购得。再用几个月的零用钱去堵窟窿，有时连早饭都省了。后来直接买二手车，被偷的概率小，丢了也不可惜。有一次，去拿自行车，发现没锁，一夜竟安然无恙。那个感激，那个万幸，那个后怕，简直一言难尽。

艾目下班回家，绿儿正在小靠背椅上写作业。头发紧贴着饱满的小脸，泡泡袖裙子的图案是古代凤鸟，那时连印刷都讲究起来。姐妹俩看见他，一块儿跑出来迎接，后面跟着孙同学弟弟孙东家和妹妹家的孩子。艾目摸摸这个的头，又摸摸那个的头，有时从裤袋变出几颗糖。紫儿入学后，丈母娘住了过来。孙同学道："我妈带过紫儿，那两个孩子得在咱这儿带。"艾目道："好的。"两室半一厅，吃住全在这儿，艾目一点都不烦。最早跑出来的是汉斯，它最灵敏，摇着尾巴，绕着他裤脚兜来转去。艾目俯身摸了摸，汉斯蹦跳着舔着他的手指。

绿儿把自己的画举给艾目看。艾目腾出手,见一棵柳树映在水里漾着细细的柳丝,便赞好视角。旁边歪歪扭扭写着《水中的发丝》,艾目越发觉得好。晚上冲凉后,他带着绿儿、紫儿坐在门前看夜空。他敢说没太多人注意平常的夜空,只有热爱生活、专注自己之人才能如此消闲。他虽柔弱,却是审美强者,要的是生活而非生存。

黑暗中,他一手牵绿儿、一手拉紫儿,站在没有一盏灯的林子里。两个孩子不解何意,他说闭上眼,她俩便闭上眼。绿儿聪慧,看他示范便心领神会。他问:"听到了什么?"绿儿回去在纸上写道:"乳色的河,天上一堆堆月亮。"艾目没作声。热月亮,绿儿加上,艾目还是没吱声。绿儿又写道:"黑夜是有声音的,树木会说话。"其实,她什么也听不到,连声音是什么都不知道。紫儿却可以感知耳朵带来的馈赠,她说大自然很忙,有飞鸟声、果子与树叶的坠落声、土地的松软开裂声。

艾目感动又难过,绿儿的想象力太好了。她清凉的眸子似游着许多鱼。总认为红是热,红鞋子写成热鞋子,红布写成热布。并不知晓红乃冷色调。儿时的自己也曾以为月亮能吃,有着桂花糕的香气。

艾目喜欢"热月亮"一词。想让她俩知道,黑夜是有生命的,暗的一部分往往是内心的黄金。不要被太灿烂的事物过分吸引。人活着便是抵制欲望的过程,而理想是极简单之事,去做便好,而热月亮便是自己发出的光。

过后,绿儿画了《热月亮》。止咳糖浆般浓稠深厚的夜挂着一轮深红明月。比夜色更深的是两个小孩的身影,一个飞着鬈鬈拉着一根红线。那热月亮是她俩的风筝,更是理想。

艾目与紫儿说话时,绿儿总是默默瞅着,眼神里掠过一丝焦虑。他走过去轻轻箍住她,在本子上写道:你的耳朵是被天使借了去,

沉
烟

为的是让你的大脑和眼睛，能比别人感知更多更美好的事物。绿儿看后笑了，若遇到不认得的字，赶紧搬出字典来查。

魏归捎信来说：百废待兴，正是艺术工作者的黄金期，是否考虑调到美院工作？世鸿已留校，他也在校。艾目犹豫着，调当然好，囿于小城，文化氛围稀薄，发展有限。两人见了面，魏归说要给某某送礼。艾目道："太麻烦了，要调就调，不调拉倒。"魏归知道他一贯如此，升迁的同学多次抱怨："这艾目来了就来了，走了就走了，连个招呼都没打。"魏归道："别以为人求你，你求人好不好。关键时刻不能掉链子。"艾目道："两地分居，绿儿紫儿咋办？"魏归道："也只有先两地分居，以后想办法把孙同学调到武汉，再弄房子、孩子转学事宜。"

艾目道："这不行，我一人在汉，疏于陪伴两个孩子，划不来，自己的那点前途算什么！"他是懒得费神，孩子也是要考虑的因素。魏归无奈地拍着他的肩道："出息了，哥们，会算账了。"走时，还回头说道："艾目，记着，你会后悔的。"

五十七

轮船上，绿儿去了远方。

出发前，孙同学在纸上嘱咐：到那儿好好学。绿儿点头。甲板上，浪花一朵朵冲过来。她偎在艾目身旁，美丽的大眼睛充满好奇。十五岁已是大姑娘。为她能上学，孙同学没少费劲。上海这所艺专是全国唯一一家聋哑美术中专，地方政府出资办的，只招本地生。架不住他们执着，校长破例收下绿儿。

但专业与文化考试须十分优秀方可，绿儿一一做到。

艾目在那儿陪读月余，旨在让绿儿度过孤独期。一次去迎绿儿，碰到她的班主任，两人寒暄数语，说起彼此专业。对方问："湖北美术学院的欧阳秋老师认识不？"艾目笑答："我恩师呀！"那人道："也是我恩师。"两人遂重新握了握手。艾目问："知不知道欧阳秋老师现今住哪儿？"对方答："静安区那块儿。"说着，抽出一张纸写了地址。

艾目摸去，一条石库门巷子，烟灰色小二楼。敲开一楼，一名穿戴整洁、烫着短发、七十多岁的妇人立在门口。她用上海话迟疑问道："阿拉找谁？"艾目答："欧阳秋老师在不？"她扬声朝后喊道："来客喽！"随后把他让进屋。房不大，老旧灰暗，只阳台洒满白苍苍的光。这种房子像极了张爱玲写的顾曼桢的家，似藏着无限隐秘。

阳台种了几盆花，欧阳秋老师端坐花下，抽着雪茄戴着眼镜，似乎在研究什么。他面相清癯，蓄着厚胡须，只是须发皆白，依旧穿着一尘不染的白衬衣。听到声回转头，艾目叫声"老师"。他认出后，拍着艾目道："没想到，真没想到。"寒暄落座后，艾目一一作答。已十多年没见老师，自然说起世鸿、周送等同学。

屋内整洁精致，窗前垂着细纱窗帘，摆着钢琴以及各种艺术品。上海人的日子很像日子。艾目留心墙上照片，大多礼帽西服旗袍的旧照。有张海外留学照，并排几人当中有徐悲鸿。

这时，从另一扇门走出一名妇人，见艾目微微颔首。说话间，抱怨欧阳秋老师总是笃悠悠的。艾目有点纳闷，这名妇人与迎他进门的女主人似乎长得十分相像，只是老式打扮，脑后挽着一个髻。欧阳秋老师看出他的疑惑，淡淡说道："双胞胎姐妹，都是我夫人。"艾目这才回过味来，叫声师母。暗忖老师年轻时所处时代，与现今果真不同。欧阳秋老师1912年生人，晚清最后一年。

欧阳秋老师道："正好你来了，我正想给学院写封信，烦你带回去如何？"艾目满口答应，第二次专门取了信回武汉。至学院找到世鸿交与他。世鸿已是副院长，欧阳秋老师信中所谈之事乃职称问题。艾目这才知道，这么多年欧阳秋老师连个教授还没评上，简直出人意料。

再去上海，绿儿已读中专三年级。艾目星期天到的，路过门房朝里望了望。一个熟悉的身影正在弯腰缝被。艾目进去，站在绿儿身后。绿儿猛回头，见是艾目，用手捂着张大的嘴，两眼放光又瞬间噙满泪水。艾目多希望她喊一声"爸"，但不可能。这世上，有许多美妙的声音是发不出的。她比画着告诉艾目：在帮门房大爷缝被子。艾目点头赞许。

绿儿挎着他，把头歪他肩上，两人在校区穿行。她一一指给艾目看，新扩建的教学大楼、室内体育馆、宿舍操场、展厅花园等。绿儿已相当熟悉上海的布局与节奏，又领他逛了外滩诸景。

绿儿的班主任说："班上有个叫黄轩的男生，上海小伙，人长得帅，又聪明，与绿儿都是优秀生。两人要好，但学校不允许谈恋爱。"艾目问了绿儿。绿儿打着手语，连连摆手，又连忙写道：互相帮助，少不了的友谊。艾目便没言语。

回来后，艾目伏灯下给绿儿写信。汉斯跳入怀中，他抚着汉斯的小脑袋，想着汉斯来家已有些年头，算条老狗了。每次写信，汉斯似乎都知道是写给绿儿的，巴巴望着。绿儿来信，也会提到汉斯，艾目也会读几句给汉斯听。

他用红笔把绿儿信中的错别字、病句改好。第二天上班前，把两封信装进信封，投进家附近的邮筒。自绿儿上中专，他每星期均如此，算下来也有百余封。

五十八

20 世纪 80 年代，艾目接触了国画。他还画过一段时间的写意，因不便抒情，不好深入，无法按自己心愿施展而放弃。

20 世纪 90 年代初，他对宋画山水才有了真正兴趣。不只简与静，那种超凡达逸的境界，今人大概没几人能做到。世外之空，空则宁。那空白，那山水，无一丝声响。即便萧索出的琴声与偶尔叮咚出的几声鸟鸣，也是静出来的。如书法，小楷安静文气，行书飘逸洒脱，若微风拂柳，水开舟行，全凭自然之功，又融文人之气。

怀抱自然，置身空灵，不染尘埃，静得平稳。此种状态方有自我。不像今人山水，躁而烦，看一眼便够了，全无新意可言。

艾目不禁为年轻时对国画的偏见与怠慢惭愧。

时值改革开放初期，政策倾向知识分子。市里指定市领导一对一与知识分子交朋友，指给他的是第一副书记。他一次也没去会过，自己就一老百姓，操心好绿儿紫儿，过点安逸日子比啥都强。别人寻他，他觉得不可能成为朋友，宏图大略，自己不关心；他人往事，亦无兴趣。自己就一"煤火炭"。虽被选举为人大常委，出席会议却从不发言。

他骑着自行车从市里开会回来，大门口贴着招收美术、文学、舞蹈、音乐等收费培训班的广告。

　　艾目进馆，举步上楼。他的一名学生自楼梯踢踏而下，于转弯处停脚笑问："是不是人家都坐着小车子去的，就您一个人摇着烂单车？"艾目呵呵笑道："环保不好吗！"说着，上楼进了办公室。有年轻人拿着报告让他签字办"两不找"，即停薪留职，你不找我，我不找你。也有潇洒的，职都不辞就没了踪影。艾目欣然同意。馆里要死不活，想走就走，八仙过海、各显神通才是。那人走时，笑着道谢，又说在湖北美术学院上学时，赵世鸿先生是他导师，对他说："回去要像尊重我一样尊重艾目老师，他是我的铁哥们。"艾目听罢，呵呵一笑。接着有人推门进来商谈开创第三产业，棍子舞厅、放映厅、旅店的事。

　　艾目道："试着办吧。馆里吹拉弹唱、跳舞的都是现成的，有先决条件且都是专业水平。"那人道："是的，物价上涨，工资只发70%，少得可怜，馆里职工多半上有老、下有小，正值家累重时。上面提倡文化经营，以文养文，各行各业都得自食其力。"

　　艾目道："你着手去办，能发工资就是好事。"

　　舞厅开业前几晚，艾目也跑去转一转。先是放录音机，后组建了乐队。舞厅里灯光昏暗，嚓嚓嚓，尽管衣鬓生香，空气却似炸了油糕的油锅，怎么都不清爽。吧台摆着一排排饮料，吊着一盏盏高脚杯。服务生冲着托盘里细瘦透明杯中的奶粉。领班道："多兑点水，太浓了赚鬼的钱。"一名男士的胳膊架在吧台，把一瓶金黄色麦饭石举到一名女同事唇边，调侃道："嗯哈！今天穿得可真妖娆。"那女人盛装艳服，穿着红色高垫肩套裙，很是时髦，用手一挡，"去去去，少直勾勾的。"几人站那儿东拉西扯，几束光变幻着射来。一个说："谁让你长得这么漂亮？"另一个道："人家这是魅力。"那女同事面有愠色，眼神却是欢喜的。手里转着吧台上一个金色的招财猫，那招财猫的手"嘎达嘎达"摇着。她慢条斯理，用忧伤的口吻道："这男人接近女人，就没安什么好心。"说着，睐了一眼舞场旋转的人群。那仰脖喝饮料的男士，慌忙放下手中玻璃瓶，连连摆手道："没有，没有！"女人瞟见艾目走来，便道："馆长你说是不是？"艾目呵呵笑道："是什么？关键是你给这个世界提供了什么，若只是外貌便如此，迎合了部分男人的胃口。若有超乎外貌的东西，审美、思想什么的，那男人自然会被你其他的东西所打动，并且敬你。"

其实这话艾目不是对她说的，而是想对绿儿、紫儿也是对自己的作品说的。

若舞厅一晚收入超两百，两百纳入财务。多余的交给工会，积累一周后，作为福利下发每个馆员。

艾目忙得晕头转向，除第三产业，尚须完成上面布置的任务，筹建街道文化站等。馆里专门设置了街道文化科。楚凤那么多街道，刷白墙、画壁画得一个个来。他嘱咐工作人员偏重文化。有时半夜还在设计楚文化图案，黑红赭石，古色古香。没承想干成了全国最优秀城市街道，一拨又一拨北上广的同仁前来参观。外加举办深圳、广州在内的十七城市歌手赛，邀约评委等，又是一番迎来送往。有次带人参观至沧桑门，不免触景生情，心头一震，想起嘎爷爷一家竟也寥落了。

那两年，他全部浸淫其中，无暇画画，弄得苦不堪言。

每至夜深人静，叹息生不逢时。年轻时是倡导"螺丝钉"的年代，误了岁月，自个儿不是做学问的料，读书不求甚解。小地方局限眼界，好在未忘文艺。专心过求知，终不成气候，虽有见地想撰《层次论》，又因各种原因放弃。心中有数却道不得，只庆幸未曾离谱。

文化馆被改成群艺馆。剧团瘫痪，人作鸟兽散，艾目把朱天一从剧团调来，好歹以技养人，只是再无作品。馆里联欢，朱天一喝得烂醉，竟呜呜咽咽哭将起来，说对不起艾目，念叨着小纸条、初中老师等语，继而耷拉着脑袋睡去。弄得艾目百思不得其解，让两名同事搀扶着送其回了家。

之后，艾目组织大家去桂林旅游。走时细雨霏霏，先搭公交去码头，再坐船。艾目举着一把烂伞，骨子折了，一边耷拉着。灵巧的他折了路边树叶的梗卡住，勉强撑着。大家笑他像济公，说："能不能买把新的？"他笑了笑，并不搭言，心想那济公哪有这气质，又暗笑自己自恋。下次还那样，不是买不起，是记不得。

沉
烟

五十九

艾目也想钱，想绿儿以后咋办。但如此下去，肯定废了。那时文艺低迷，杂志停刊、演员走穴，各得其所，随波逐流。

艾目暗想，自己本疏于应酬，从事群众文化工作已勉为其难。过去接触的多为美术同好，尚有共同语言，行政工作却要与不相干之人打交道，这让他苦不堪言。他哪会点头哈腰？省馆的人说他不理人。说就说吧，不是不理，是无话可说。

好歹两届后退出人大常委，若稍用心，做积极状，乘着东风，也会顺风顺水，但又如何。

全市大型文艺演出，每次排座位，组织指挥，他忙得焦头烂额。主席台上大小官员坐满，让他疲惫不堪。心里似一直有事，被怠慢许久，空洞迷茫，有着犯罪感。自己的专业呢？

于此纠结中，他发现毛笔能使人静下来。国画并不注重描绘某一客观具体人物，不同于西画的真实，是画者本人的审美与理想载体，非常契合他此时心境，遂操练起来。趋心，也算一种出路、求静的手段。

遂暗忖，国画比油画含蓄。国画离不开墨，见墨就雅。墨使色柔和，不再鲜亮，物、色更易融于画中。那份恬静淡远，深古苍幽，非油画可比，又具文人操守。

且两者对自然界的生命态度不同。西洋画中的花，大多人工剪下，插入瓶中用作欣赏。凡·高的向日葵、常玉瓷瓶中的莲蕾均如此。国画中的花却是大自然中的一枝，在宋画中叫栽枝法。处自然之态，花在呼吸，风一吹摇落着。其情溢于纸，溢于空气，赏者不忍触摸，更别提摘取了。花含笑待你，你亦怜它，此种状态方平等。这让艾目激赏。而那瓶中化和卖化姑娘篮中的花皆苦涩，即使包上锡纸，打上蝴蝶结，也是躺着的一席衰落的生命。无论深巷，还是酒楼，即便再好听的叫卖声都藏着悲凉。

在他看来，花是无须买与卖的。

动植物最好的状态，是按自己的生命轨迹发展，不经意间互惠，而非人为地为某一方服务。

在艾目的体验中，花之美，一是校园草坪中的点点蓝，小巧艳丽，盛大一片。另是在黄土坡，春的气息，君临高坡。整片梨园团团簇簇，衬着焦渴的黄土，一天雪白。那时他便知道，美也是药，能医治贫穷、孤独与衰老。

那年艾目已五十多岁，再不退出，怕误了终身。心下明白，只有真实的艺术才是永恒的自己，方可消化。他喜欢"消化"一词，消化了方能吸收，才有营养。太多的物与名无法消化，只能膨胀。

改革初始，市面上出现了擦皮鞋的小贩，艾目也想不通。张乐平的《三毛流浪记》里的情节，怎么又回来了？想伸脚擦鞋，都怕折损人家。后来用商品社会的思维衡量，方觉合理。劳动所获无高低，你伸脚，人家收费服务，那是商机。有些事不得不转变观念。

遂画了《回归》，一只鹤降落在有门环的大门前，那是自己的心门。回归自我，方是要走之路。苦撑六年后，艾目主动把馆长连带一切职务都辞了。

有人劝他："你这个苕，搞几年弄个文化局局长当当不好？"他

沉

烟

216

说:"当个局长又么样(么样,湖北话里"怎么样"的意思)?真让人瞧不起。"那人不解,便问:"那你最喜欢干的事是什么?"艾目正自悔失言,好像自己多清高似的,遂道:"最喜欢的事是干自己喜欢的事。"这话等于没说,但分明是心里话。问话之人是艾目的高中同学,就职于某部门,每次去市里开会,都会碰见。艾目问:"那你呢?什么是你最喜欢的事?"那人极认真地想了想,说道:"最喜欢的事是领导作报告,念我的稿子,念笑了。"艾目瞅着他一本正经、陷入沉思的回答,想笑,又摇了摇头。心想:真悲哀,活着有什么劲?

多年后,他认为自己的选择是正确的。踏实,艺术的灵感并没从体内流走。

六十

    城贵找到艾目说:"你退下来无事,加入我们'壁画雕塑研究所'怎么样?"所谓"我们"也只是两个人,除城贵,还有个在国内小有名气的雕塑家。那时艾目的收入已明显增多,邀约画作、找他设计的不断。他也干,极认真地去做,尽管不太喜欢命题作文,但也得给两个孩子赚学费。

    "壁画雕塑研究所"即接活。办了执照,城贵道:"你不操心,只负责设计,我对外运营。"艾目喜欢城贵,相处舒服。1988年,他办个展印画签时,城贵任由他设计排版,利用空余时间帮他印刷且分文不取。城贵也不过是名普通职员,全凭人缘好,没谁不给他帮忙。

    艾目当选为古城美协主席时,城贵为理事。艾目无为,没当回事,只带头画,鼓励大家创作,作品说了算。城贵开会从不发言,说来听会,只参与不争议,人人都说他好脾气,也说艾目好脾气。两届后,有人要当主席,艾目便让了出去。

    城贵道:"我接了个大活。"艾目道:"好啊!"城贵沉吟片刻,那个最大商场津奥落户北京路你知道不?艾目道:"不知道。"城贵道:"大厅欲做一圈浮雕,我报价六万,对方答应了。"

艾目稍作构思，连夜把初稿设计出来。席间，那老板皮鞋锃亮，披了件挺括的深灰色雅戈尔羊毛风衣，内里系了条藏青色撒黑点的金利来领带。小分头抹着硬硬的摩丝，小巧的鼻梁架副金丝边眼镜。一张瘦而薄的脸，十分惨白。坐定后，竹筷样的手指从大衣口袋摸出大哥大放至桌边。几人寒暄落座，排上菜来。城贵拿出设计稿，对方点头，十分满意。城贵问："什么时候签正式合同？"那老板道："明日即可。"又推了推眼镜道："当时没说清，如今财务紧张，只能出两万，以后加补。"又假意责怪旁边办事的不力。旁边之人唯唯诺诺，点头哈腰。艾目觉得扯淡加流氓，遂拂袖而去。城贵和雕塑家也跟了出来。后来城贵又去屈就，想着能弄俩钱是俩钱，人工材料费折腾下来落到手中少得可怜，但总比工资强。

给丽莎饭店做紫铜浮雕，艾目设计的献寿图，糅入现代元素，灵动清整，依旧有动态运行美。规避了《敦煌壁画》和《洛神赋》的飘逸，否则便俗了。虽初次接触铜雕，但难不倒艾目。他心想，铜雕得做加法，目之所及，丰富方显仪态。而大写意需做减法，以一当十。工笔讲整合、讲意境，各有千秋。凡有创造力的创作者几乎都是借鉴的高手。音乐的节奏、舞蹈的律动、文学的梦幻均为养分。在兄弟艺术中遨游，平面化，装饰化。

城贵又苍白着脸寻来，他的脸也似乎永远苍白着。知道不？工商银行欲做紫铜浮雕，广州美院开价十六万，咱报多少？艾目道："真不少！"随即又道："哎呀，我哪管这些，你们看着办。"城贵道："八万如何？咱不能和别人比，小打小闹的。"艾目道："随你。"城贵决定先把生意抢到手。最后六万成交。艾目在灯下几易其稿，长长一卷，以天、地、人为理念，运用抽象元素符号化，手法新颖，对方十分满意。除去两万元材料费，一万加工、安装费等，一人能落个七八千。不算少，等同两年工资。为方便业务，每家花三千八装台座机，又一人弄台传呼机挂腰间。传呼机刚时兴，座机也没几家安，三个人走在街上那个飘。

　　城贵接了不少业务，春秋阁塑浮雕、八岭山公墓绘壁画，一画就是半月。浑浑噩噩，与大时代同步，随潮流。三人戏称"打虾子"，有事就做，没事便钓鱼、打麻将。

　　艾目就是那时学会的打麻将。艾目先是不打，架不住人劝："输了是我们的，又不真来，怕个鬼。"艾目玩了起来。打得不大，没瘾，只与几个合作伙伴搓两把，艾目还常翘尾巴。因心不在焉故每每输，和不了便偷牌。人说："才下去三个三条，手里还卡一个，你怎么又有一个？"艾目道："和不了，咋办？"遂推倒牌，"算了，算了，不玩了。"装作起身。几人呵呵笑道："别走，别走。"艾目又坐下搓几盘。不能总偷牌。有时输了没钱开，见城贵赢的十元、二十元的票子堆在凳上。那凳在两人中间，艾目便拿着开。那堆钱越来越少，眼看见了底。城贵一边码着麻将牌，一边不断回头瞅着，纳闷道："我赢了不少，怎么这么快就没了？"艾目道："有什么好说的，有赢就有输，又不是你的钱？"大家哄堂大笑，艾目说："不开了，不开了。"人再说，艾目便跷着二郎腿不作声。大家说："哎呀！随你，想怎样就怎样。"大家也都知道：艾目只是陪他们混，心不在此。其实，艾目牌风极好，不是兜里输得精光，绝不会偷牌。久而久之，群艺馆的人都知道他偷牌，但都喜欢缠他玩。别人偷，不行，那要急眼；轮到艾目，那是趣味。

　　城贵喜欢钓鱼，三人结伴。城贵骑着烂单车，赤脚趿拉着一双丫巴子泡沫拖鞋，风雨无阻。那双丫巴子，天热便上了城贵的脚。他瘦，长胳膊长腿，像螳螂。到水边选好址，穿鱼饵，甩鱼竿，是那么在行。一坐便是半日，从不换位置，不似艾目东找西寻。收竿时，城贵的收获总是满满的。回程时，他卷着裤脚露出长长坚实的小腿，夕阳下飞快蹬车的背影，也让艾目赞叹。哪怕自行车踏板只剩一根轴，丫巴子照踏，轮子照飞；哪怕拖鞋剩半截，依旧不离他的脚。

　　三人赚了一些钱，孩子上学宽裕。但艾目总觉得不对味。是的，空虚，整个混江龙一条。尽管也画点小画，写点毛笔字，人却似吊在半空。即便绞尽脑汁熬灯守夜地设计，也只是商业行为，并非自我情感与思想的抒发。艾目想了想，离开体制混入商界，除多赚点钱本质上没啥区别。

　　思考再三，他去找城贵。城贵正屈着长腿，膝盖拱老高蹲在地上，嵌着一小块一小块瘦长的木板条。他动手能力强，啥都在行，塑雕塑艾目得给他打下手。艾目摆手，让他勿起，递过一根烟蹲他身旁，表达了来意："想静一静，许久没正经画画了。壁画雕塑研究所，你们先办着，我退出一段时间。"城贵道："好，随时欢迎回来。"

　　至此艾目远离了商业，也远离了麻将。

　　馆里申报津贴找到艾目，他说："别费劲了，职称、房子也作罢。孙同学单位分了房，有住的就行。津贴几人抢一个，没意思，也确实不感兴趣。职称要考试，范进中举，作品干什么的？"对他的不上进，孙同学自然有意见，每次唠叨，他都装没听见。

　　孙同学道："你不要，我要。"艾目道："争那干什么？一年两万多块钱。"孙同学揶揄道："好像你多有钱似的，况且那是荣誉！"艾目道："什么荣誉，给别人去。"他喜欢安逸，不操心，不动脑。爸怎么死的？不就是操心操死的。所以他不关心。这也是艾目喜欢国画的原因，得即失，得了外物，失了内心平衡。搅在里面，难免不甘，难免攀比。即便是得，欢喜了，也带有小人得志的意味。躲得远远的才好。

　　转眼绿儿和紫儿放寒假回了楚凤，又随孙同学去对岸舅舅家拜年。对岸舅舅很有本事，为此孙同学话里话外便透出几分骄傲。艾目不用抬眼便知道她站在衣柜前，边穿大衣照镜子边斜睨着流露出的不屑。心里不免也是一哂。

　　家里无人，他清闲下来。正准备下楼，几个老友摸来——一个作协主席、一个剧作家、一个报业老总。几人原在同单位，齐声说想艾目了。艾目忙迎进屋，几人高谈阔论一番，又搓了几圈麻将。一个说不走了，今天就在这儿吃午饭。拉开冰箱一看，扣肉、圆子、鱼糕、汤圆什么都有，便风卷残云，一顿吃喝。孙同学回来后，发现冰箱空了，免不了一顿嗔怪。

沉
烟

六十一

早八点，艾目走出楼栋，正想去馆里画室。迎头碰到大弟骑着自行车，蹿腿下来扶着龙头道："妈的头疼病又犯了。"艾目道："你上班去吧，我去看一下。"

妈已搬到大弟那儿住。白妈的房子拆了后，妈处飘摇状态。她喜独居，艾目把她弄到文化馆后院的小平房住过。每天上下班，都去她那儿坐一会儿，中途也去。妈乐呵了一年。他常陪妈坐在门口晒太阳，四月的李树，纷纷扰扰，一树粉紫繁花，雪一样飘落在妈坐的小靠背椅上，那叫一个惬意。

妈喜抽烟，他每次腋下夹两条。妈是个秀气人，至于啥时学会的，他不知道。或许爸走了后，或许更早。擦火点烟，摇着火柴，一整套动作行云流水。兴火机后，他给妈买过一个细长的不锈钢打火机。妈"咔吧咔吧"来回摆弄。每次去，他给妈递上一根烟近身点燃，自己再抽上一根，两人吞云吐雾，便有许多话讲。

他说："妈，我们儿时最怕您发火、摔东西。"妈不好意思地低下头，笑了笑道："是不是很恶？"艾目呵呵笑道："没有，养了绿儿后，才理解您的压力。"妈说："没啥，你们都大了，成了家，我才安逸。"艾目忽地愣住，妈的安逸竟是建立在她没家之后，这让艾目顿时生出几分苦涩与凄凉。那年他五十四岁，还没退休，妈七十三岁。姊妹们给妈庆了生日，艾目道："妈，您过了七十三就得八十四了，得替爸多活几年。"妈笑答："好。"又说："那你爸得等得多着急呀！"

艾目幼时喜欢爸，觉得爸温柔，自己像爸。怎奈爸走得早，三十出头的自己又太年轻，没能像陪妈这样好好陪陪爸。

后来撤院，妈只得搬走。

到哪儿去了？艾目想了半天，才记起给妈租的小房临街，在解放路那儿。妈说："一个做香烟生意的人要租。"艾目道："本来地方就小。"妈说："人家只摆一个烟柜，每月给两百元钱呢。"艾目笑道："划得来，是每个子女给您的两倍，还落个说话的。"妈嗔道："什么划得来，我还帮着守摊呢！"艾目又笑道："那您亏大了。"妈笑而不语，心里总归是欢喜的。

人家"满意烟柜"寻到更好的门面搬走了，妈又独守着十来平方米的小屋。艾目常去，也给妈约麻将。小老太太叼着烟搓几圈，甚是得意。艾目下班路过，带一两本小说，妈戴着老花镜一看就是一上午。

妈轻笑，"昨天隔壁韩妈说，我年轻时一定很漂亮。"艾目道："您现在也不错呀！"妈仿佛不信，摸着脸笑问："是吗？"又对着门口木板壁上挂着的圆形红塑料镜，照了照，笑吟吟道："丑死了。"妈清瘦，五官精致，面相柔和，身子骨轻盈，老了依旧干干净净，屋子里的东西虽简陋却十分整洁。

后来撤巷把小小的窝也给端了，没办法才搬到大弟那儿。绿儿失聪后，妈和孙同学就没见过面。

路上，艾目端了一碗大连面到了大弟那儿，支好车架进了屋。见妈坐在矮木架的黑釉火钵子旁，手拿火剪拨弄着黑红两色木炭。

艾目问："您不是头疼吗？"

昨天躺了一天一夜，今早好了些，起来坐坐。妈说着，起身让他坐。艾目自己拉把小靠背椅坐下。妈头上包着毛巾，火盆旁的矮凳上放着老花镜和书。他和妈都怕冷，妈喜欢把黑木炭放下面，烧红的木炭架上面，不一会儿，满盆皆红。火大了，再用细软的炭灰掩上，让木炭多燃一会儿。

艾目烤着手，催妈快点吃面。妈只吃了一半，连说："这大连面分量足，余下的中饭吃。"艾目道："那就不好吃了。"妈说："不怕，软乎点好。"

他又掏出几张钞票递给妈，说："烧炭不要太节约。"妈说："不是才给了吗？如今吃不动、喝不动的，要钱做什么？你自己留着踏实，她克得紧，哪个男人手上没点零花钱？"艾目道："您拿着，想吃点什么自己买。"艾目那时手头宽裕，常有人找他买画，即便大部分上交孙同学，自己也多少留点。

妈接过钱，打开一个黄地白花手绢，清了清里面的钱，摇了摇头，又一遍遍数着，疑惑道："你说我这什么记性，是不是脑筋坏了？明明放屉子里的钱，昨天还清过，今天又短了一百。"艾目道："记错了吧。""好几次了。"妈连忙说道。艾目没作声，怪不得上次来，妈正拿着一卷钱到处塞。艾目道："没了就没了，莫作声。""你以为我傻呀，还能怎么的？你弟媳爱打个小牌，管我要我不给，只有拿了。撞见过只当没看见。"妈说着，包好手帕塞入枕下，又低头去摆弄那钵中炭火。想了想又道："这次你表哥带着媳妇回来，过好了。"艾目"嗯"着，想着表哥终归是有福之人，有同学帮忙，这些年一直在广州一所大学任教。随即道："人也年轻，派头十足。"妈点头道："亲戚们都寥落了，你惠妹妹去了武汉，剩下的几家，各过各的。"艾目道："不各过各的还能怎么样？"妈又道："我住你大弟这儿，好则好，尤其他搬的这一楼让人喜欢，出门就是马路。你们也都孝顺，替我出生活费。只他开夜班的士让我悬心，每次望着落屋才能睡得安稳。我想着你三妹搬家后旧房腾出，我搬去，还是一个人过好。"

艾目听闻便说："您有什么不安心的？年轻人自会照顾自己。您该吃吃，该睡睡，保重好自己要紧。"其他的，艾目并未多言。

之后，妈果真搬到三妹那空屋去住。艾目去看妈，路过张家三巷见一家弹棉絮的，便把自行车靠在门口摸了进去。他称了八斤新疆棉花，又轧又弹，准备给妈弄床大被子。上次去见妈的被子又短又小，还是前些年家里一米五的旧被子。弹好后近了中午，一想去不成了，又不能拿回家，便把棉絮捆到自行车后座，赶着放到办公室。

第二日是周日，他谎称加班，赶早取了棉絮，又到春来小商品批发市场买了一床被罩直奔妈那儿。刚用钥匙打开门，浓烟便扑了过来。艾目用手扇着冲进去。妈发炉子，低头时把围巾燎燃，火苗直往脸上蹿，正"咳咳咳"吓得两手在胸前胡乱拍着。艾目抢上前帮着抽打，火总算灭了。妈惊魂未定，笑道："亏你来了。我真老得没用了，万一失了火，我倒没啥，带累你三妹不说，再带累邻居那就该死了。"

艾目是来背妈去针灸的。妈有筋骨痛，趴他背上笑着说："老了，修不好了，只要不痛就行，那封闭针还能管个三五日。"艾目道："您八十多了一个人住，由不得人悬心，回到大弟或小弟那儿怎么样？不如意再搬出来。"妈叹了口气道："本想着只要能爬就一个人过。你这么说，依你就是。"

沉
烟

226

六十二

艾目不曾近身死去的人，妈是个例外。

妈躺在严实的被里，艾目默坐床头，摸着妈的额头，石头般冰凉。

大弟下夜班回来休息。妈照常七点起床，收拾干净到大弟房中望了望。见大弟已睡，便近前道："冬日天尚早，我再去焐会儿，还是被子里暖和。"遂百无聊赖回至自己房中。大弟心想，躺着就躺着呗。哪知近九点，大弟唤妈妈不应，待他看时，妈闭着眼睡得很安详，便放心忙自己的去了。待早饭弄好再去唤妈，妈依旧不理。大弟用手触妈的鼻，已没了呼吸。妈走了，走得无声无息。

艾目在画室，接到大弟电话匆忙赶去。安置好后回了家。汉斯跑出来迎他，他急急地往里去。孙同学站在客厅，身后凹槽挂着岳母的遗像。香炉里积满香灰，几支燃过的半截香林立着。一支长香闪着红头，散着袅袅青烟。看样子，她才给她妈上了一支平安香。这些天孙同学很忙，几姊妹为她妈留下的九十埠的老屋打官司。那个最有钱的局长把其他姊妹告了。艾目不闻也不问。

艾目道："有个会在对岸公安县举行，那边催得紧，这就得走，三天后方回。"说着便转身往外去。她没说什么，想了想道："不带件换洗衣服吗？"他说："大冬天的，将就点过。"

汉斯摇着尾巴，跟着下了楼。他吼道："回去！"汉斯摆了摆尾巴，蹲坐在街角的小卖部门口，傻呆呆看着他的背影渐渐远去。

艾目坐在灵前，望着妈的照片五味杂陈。那相片是他陪妈去中山路的显容照相馆照的，妈一会儿拢拢头发，一会儿拉拉衣襟，问怎么样？他原想自己给妈照。妈说："还是去显容吧，和你爸的结婚照就是在那儿照的。"艾目便不言语。妈说："见你爸时用，那时就没我了，烧成灰也就照不成了。"艾目双手插入裤袋，低头道："知道。"

那是妈最后一张照片，给她丈夫照的。

他想起妈的孤独，五十岁便没了老伴，漫漫长夜不知怎么熬过来的。妈一生读了那么多书，不会不懂爱情，只是把爱全给了子女。妈晓得他夹脚，总夸他婆娘好、顾家。想到这儿艾目哽咽起来，自己对不住妈，儿时妈最疼他，妈老了自己却无能为力。

大弟道："妈最后的日子时常产生幻觉。对我说：'天儿，你爸在门口怎么不进来？'"妈是想爸了，难怪不告诉儿女一声便去找爸了。

夜里十二点，艾目对弟妹们道："你们都回去睡会儿，明早还有事，不用全在这儿熬。"

外面黑洞洞，白纸风灯在风里摇曳，冷风直往灵堂里灌。妈躺在棺中，四周围满鲜花。供桌上的火苗一闪一闪。

艾目抱着膀子，迷迷糊糊，恍若夏天还在那潮湿老屋时。皮肤被蚊虫叮咬后起了红疙瘩。手挠，口水涂，手拍，皆无济于事。无可奈何难眠时，妈探进身用蒲扇在蚊帐里呼啦啦赶着。面相似乎很年轻，又很老。

他想叫妈，却迷糊着醒不来，又想着妈不是不在了吗？自己这么小就没了妈，真是可怜。妈把帐子封好，消失不见了。他这个急。

一会儿妈又举着煤油灯探进身，用那长长鼓肚子的玻璃罩口靠近蚊子。蚊子趴在帐上一动不动，吸足了血抑或遇见了光，熏烤后掉落灯罩里。妈似乎舒了口气，来回寻着，直至没有一只蚊虫方退出。他喊妈，却发不出声，在梦里擎着一使劲，歪在椅上，忽悠醒来。

　　艾目揉揉眼，感觉脚边毛绒绒、热乎乎一团。伸手摸去恍若汉斯，低头一看果真是汉斯。汉斯偎着他，蜷着身，盘着脑袋，本来一动不动，这时昂起头直直地望向他，又把一只前爪搭他膝上，似有安慰之意。他摸着汉斯温软的皮毛，想着它不知怎么跑来了，真重情。又想着梦中之景，那煤油灯曾是全家的希望。少年时老是被那捕捉声弄醒。灯光中妈的脸印在脑海里睡得安稳。

　　妈顶爱那煤油灯，当宝一样。燃烧时飘出的一缕缕黑烟，一晚便把灯罩熏黑。每天睁眼，妈不是对着煤油灯的玻璃圆筒哈气，便是用手绢轻轻擦拭，抑或走到窗前对着亮光照着，直到罩体光滑透亮无一丝痕迹。嘴里还催着他上学。他背起书包，应声道："不急，只一拃巴路。"

　　妈唤着："目儿，打洋油去。"递给他零钞。他"啪哒啪哒"跑去，回来放在屋外方桌上，一声不吭玩自己的去。

　　那个年代一般家庭用不起电灯，能用上煤油灯已算殷实人家。

　　艾目起身围着冰棺转了一圈。妈面色如生，齐齐的短发掖在耳后，干净爽洁，恍若深潭里开出的花。只是自己再也唤不醒妈。

　　火化后，一具白骨推出。艾目带着众人跪下，想着人生真无趣，活着无非一堆血肉。火化师傅说："妈的骨灰中有绿色粉末。"艾目知道是麻醉药，妈头痛粉不离身。

　　清衣服去烧时，有件蓝花棉袄十分眼熟，艾目上高中以至大学时常见妈冬天穿。褪了色，却洗得干干净净，十分柔软。他抱着去烧，用棍子扒拉着，袄子突然炸开，薄薄的一层棉絮里竟铺着毛蜡烛的花。他的心一下子收紧，泪眼模糊，别转头去，借着滚滚烟尘

六十二

229

哗哗而下。这和稻草袄没啥区别，看着泡却并不暖和。

大弟拿起妈的枕头往火里丢时，幸亏捏了捏，翻出一张存折。大家停手，惊诧道："六万！"艾目没靠前，继续拨弄着未燃尽的灰烬。暗忖，不知妈怎么攒的，可见平日是怎么花钱的。六姊妹一人一万，又回到子女手中。艾目的那份没要，私给了大弟。这钱也几乎都是他给的。20世纪90年代末算笔不小的数目。钱又是什么？竟不是用来花的，而是定心丸。妈也怕，担心万一，又万一什么呢？他们儿时倒是啥也不怕，似乎有了爸妈，便有了一切，从没担心被爸妈抛弃。

汉斯在殡仪馆陪了艾目三天，直至办完丧事。他回家后，绿儿凑巧从武汉回来，焦急地比画着：汉斯丢了。艾目摆了摆手，意思是会回来的。果真不大一会儿，汉斯就回来了。孙同学道："这狗也奇了怪了，你走了，它就丢了；你回来，它也回来了。"

后来，汉斯果真丢了，他急得六神无主，到处张贴告示。

半年后在狗市场，艾目发现汉斯被关在笼子里，标价四百。他认定那就是汉斯，汉斯却无甚反应。艾目还是买了回去。四百元，相当于他半个月的工资。

冬日夜里，他怕汉斯冷，把它移到有火炉的房里。汉斯半夜叫了起来，艾目忙起身，见那房中有火光，慌忙扑灭，免了一场灾祸。

他买牛肝喂它，它不知怎么中了毒，不吃不喝几天，求医无果。有天挨到他从画室回来，方闭了眼。

第二天早晨天蒙蒙亮，艾目用床单裹着汉斯，放在自行车篓子里顶着雾骑至郊外。他向农户借了一把锄头埋在靠水的树旁。但愿多年后汉斯能化作树上新芽，见到光亮的大自然，这便是生命的轮回。

自此艾目没再养过狗。

孙同学知道妈去世已是五年后，紫儿告诉她的。她问艾目，艾目道："都过去了，那只是我妈。"

沉烟

六十三

　　母亲节那天他画了《母亲》，江南妇人打扮，晚清服饰。背景是妈娘家黑水塘住所的中堂。大家闺秀模样，他理想中的母亲，也是妈的本色。

　　他替妈不值，个个媳妇都比妈厉害，妈得看脸色、听敲打。这人间哪说得好，妈有貌、有文化、有修养又如何？

　　艾目去了月亮街，只可惜这世上再无月亮街。白妈的院落、晴川书院、豫章会馆，连同埋爸的那棵老泡桐树，统统被风刮走了。他也曾想过，不知世人在它的遗址上建造怎样的花样年华，没承想只是一栋栋密密麻麻整齐划一的楼房。

　　那雕梁、那画栋、那飞檐、那暮鼓晨钟都没了。

　　他回来后，绘了油画《寒窗》。为表达主观，摒弃了纯客观描绘，以窗格为背景，让其占据整幅画面。油画讲三维空间，毕加索开创了四维空间。艾目反其道行之，采用国画画法，平面构图，即二维空间。所有物件置格上，没远近，一目了然。各物件皆所需，虽独立却有着内在联系，正如戏剧，都是需要的角儿。

　　纸窗代表质朴的百姓家，也是自个儿时的家。窗上四物件，煤油灯、线装书、蛾子、蝈蝈。旧线装书上面标着"春秋"，既是书，也是日子，从春至秋。那小小的飞蛾代表小人物的生存状态，有光便扑，有热便靠。那蝈蝈便是自己，读书读老了，奈何不了学问又回不到大自然。

儿时的自己每每灯下夜读。一盏灯不够用，用装蓝墨水的小瓶做盏小台灯，光亮与烛光差不多。冬日放头顶木板上。他老犯困，不像白妈想的那么用功，捧着书，拥着被，靠着墙，那叫一个熬。心里巴不得熄灯睡下，怎奈功课催人，心想长大了就不需用功了。怎奈长大了，童年的家也没了。

他还绘了《黄昏》《圭臬》一系列怀旧题材的油画。那是他的故乡，故乡并不见得是距离上的，也是时间上的。失去的事物同样是故乡。高高的天幕，一群蝙蝠盘旋着，落日浓稠，听得到画布后面的回声。

艾目明白，有限性与无限性虽属哲学范畴，套入艺术，有限性即目的性；无限性乃随心所欲，即人性。有限的艺术，艺术成为工具，为有限的目的服务：名利、潮流……艺术过程结束，有限的目的达到，再无存在的价值可言。无限的艺术，目的乃艺术本身，作为过程，无所谓终结，永求至善至美。

心可以无限大，而有些所谓的大是空。空若想制造点东西，必然假。昂贵的艺术，保持其独立性。社会只是背景，人性贯穿任何时代。所以他的画只为情服务。

世鸿打电话来时，艾目才绘完《过街门》。冰一样的色调，透着蓝，有流泻不安的光闪动着，颇具梦幻气质，兼具安宁。这些年，艾目从未联系过世鸿，也从未忘记。他的重情厚道，艾目比谁都清楚。感谢他年轻时对自己的坦诚情意，那甘美的岁月一刻都不曾忘。

担任几年湖北美院院长后，世鸿读了博士，又去北京深造。

这次妈走，魏归回来吊唁，说世鸿才从伦敦奥林匹克中心办展回京。

两人在电话里，寒暄数句。世鸿便直奔主题："艾目，我有事找你。"艾目道："但说无妨。"他说："有幅小油画，曾以三千价格卖出，辗转至今，想买回来，对方要二十五万才肯卖。"艾目道："画在哪儿呢？"他说："就在楚凤。"随即报了姓名。艾目道："认得，这样吧，待我去落落价。"

此习作藏在楚凤电影公司职员的儿子手中。当年世鸿也就随意一画，谈不上多好，最大的意义是它的纪念性，入校第一堂课绘的。那时要一张同学的习作，分分秒秒，现在却价值不菲。世鸿手头紧时卖了，这会儿又心疼起来。

见到收藏者，艾目说明来意。对方道："哎呀呀，艾老师，您来了，这让我们咋说，真是为难。他现在一幅画在香港已拍到一千七百多万元，价格摆在那儿，这幅要二十五万元，真的不多。其实二十五万元在这个小城画界已顶了天，只周家鼎老师的粉彩卖到过六十万元。"艾目摘下手套，笑道："只是一幅习作，静物写生讲质量，作者后面的作品都比这幅成熟。要不这样，用一幅比这幅好的来换如何？"对方连连点头。艾目打电话给世鸿，很快达成协议。

艾目知道，大部分藏者并非知道一幅画的真正艺术价值，也并非多么喜欢。而是慕名，岂不知名声会衰落，市场会变化。喜欢也是一种贪念。像弘一法师，破衫烂履，一床一窗，身无一物，只有床前明月，才叫放下。艺术便是放下，画完即放下。真正的艺术在心里，在不断探索中。

艺术是无法用金钱衡量的。说它有价值，便有价值。看在谁手里、谁眼里。最大的意义是时间，是回忆，是情。这也是世鸿舍不下这幅习作的原因。

六十四

魏归打来电话，说如今许多大学设立艺术学科，极缺专业老师，问艾目想不想去教书？艾目已快退休，考虑到绿儿紫儿在汉，遂欣然应允。

下课后，回到绿儿家。代课轻松，一个星期四节课。大部分时间在寓所创作，创作的作品也是授课内容。

绿儿已结婚，正伏案绘着一幅水彩。画中有只盘，盘中放尾鱼，盘下垫张报纸，报纸上印着密密麻麻的铅字，颇有现代气息和艺术味。报纸上的字，或许便是鱼儿的自述。他发现绿儿喜欢画鱼，也许羡慕鱼儿可入海，自己却无法融入正常人群吧。

艾目叹了一口气。绿儿从上海艺专毕业那年，曾独自跑到江边坐在一艘废船上。他寻去，白森森的月恍若吃剩的月饼。江风猎猎，从远处呼啸而来，拂着绿儿的短发。那尖角的船头在风里隐约着，艾目爬上去，坐她身边，默默陪着。又瞅了她一眼，一笑。她抬眼望向艾目，眼眶忽挂满泪水。艾目摸了摸她的头，不用问，他啥都知道。绿儿和黄轩那孩子一直在恋爱，那些捆着浅粉丝带的小信越来越厚，还有绿儿期盼的眼神都让他心碎。怎奈上海人的眼睛长到了天上，人家父母不同意。艾目摆了摆手，意思是不要想。绿儿用柔软纤细的胳膊靠挽着他。艾目拍了拍她，又拿起她的手，在她手心写道：去读书。绿儿疑惑地望向他。艾目点了点头，又写道：去湖北美术学院。绿儿没说什么，只是望着江面。艾目也没说什么，亦望着漆黑的江面。唯有浑浊而又清醒的涛声一波波涌来。

那之后，绿儿与常人一样参加高考，进入了艾目的母校湖北美术学院。整个校园只她一名聋哑生。上下课与大家分毫不差，老师不可能为她单开手语，绿儿全凭自学。上天保佑，她走了过来且专业考试名列前茅。毕业后留汉，在一所聋哑高中任教。

代课那段时间，艾目绘了一系列同题材作品。《浅水湾》《向往》《归来》等。

下课后，他夹着讲义，回到教研室。对座的老师道："刚才有个哲学系的老师来找您。"艾目道："是吗？"对方说了姓名，艾目想了想，似乎不认识。

行至大门处，一名衣冠楚楚四十来岁的男子问道："是艾老师吧！今天无意间听别人说起您的课。好熟悉的名字，似乎家母常提起，您也去过我们家。"艾目笑道："是吗？"迟疑着问："令堂何人？""李珠玉呀。"他搓着手。"哎呀呀！"艾目上前拍着他，又握手道，"是珠玉姐的儿子呀！"

艾目问明地址，当晚拜访了珠玉姐。男子开的门，热情地把他让进屋。三十多年未见，珠玉姐老了也胖了。七十多岁的人满头银发，没了年轻时的精神头。艾目双手伸过去，珠玉姐摇着他的手道："当年的文弱小伙也老了。"又聊起孩子他爸离世、儿子读博等事。

翌日，艾目一家在东湖宾馆宴请了珠玉姐全家。

六十五

艾目带学生去徽州写生，看到青瓦老舍，不免勾起儿时回忆，想起白妈家的院落亦幽暗潮湿。白妈去哪儿了，他不知道，小德子去哪儿了，还有胖儿、禹儿，他都不知道。自己活得千疮百孔，守着绿儿，与外界疏联。

徽州让他忆起故园，愈发沉沦其中，不能不说是一种文化熏陶。他画了一些"隔窗"与"静妇"，怜她们，更惜自己，一扇窗把自己与现实隔开。

他喜欢含蓄，含蓄方静。他的画都静，静乃少，多则乱，是个取舍问题。也只有静，才能延伸思考，在意蕴上达到高度。当然尚需功力与审美，方是绘画语言。说不清道不明，淡淡哀愁又温情着，于心底千回百转，一唱三叹，艺术便是这般不可捉摸。

含蓄的另一种魅力是雅，艾目说的雅，非风雅、高雅、优雅。他不热衷于一些人说的"雅"：品茶、插花、旗袍秀。没思考的雅皆非雅，雅若只限于姿态、仪式，仍属"俗"。他喜欢怀斯的画，大多表达孤独，坐在门槛吹风的金发女，那渔网，那破屋。

艾目进入了绘画意义上的第二阶段。绘了《家书》《四月》《故园》等青衣系列，以及《金丝雀》《团扇》等无人物出现的闺阁图。

尝试着把国画语言带入油画，进而形成自我风格。故那些工笔也只是他创作油画的色稿。艺术乃有话要说，不惜手段方法。所以他的画，不写实，不抽象，讲味讲魂。若在超写实和超现实之间选择，他选择后者。

同学们跟着他，叽叽喳喳，十分开心，拿着自己的画作给艾目点评。他把不足处一一指出，比如色太淡，画面太单调或太杂，随便动几笔便换了样。大家七嘴八舌喊着："老师，您医生呀！"

教工笔时，艾目拿出自己的画展示，"你看这雁，背光处为暖色，左边的风火墙隐隐泛红。瓦的灰黑并非一块板，色不可涂死。墙面却要均匀，掌握好火候，宁淡勿浓，留有余地。别怕费功夫，这样既平整又润。"大家连连点头。艾目又道："这秋韵，雁是主体，嘎嘎有声，缓缓而行。远处屋顶的天空呈淡灰色，一个温暖湿润的阴霾天，烟火中的平静。加上黑与白，朴实的江南跃然纸上。语言不多，逸在其间。"

他又老生常谈，交代大家："美术是种视觉艺术，给人看的，故以形式为主。但必须得有人的因素，否则易流于空泛，依旧是个空壳。就像一名美女再漂亮，也只是吸引人，并非打动人。打动人靠的是内瓤子，更深层次情感的传递。绘画只有作为主观表达时，人味含于其间，才是作品。人物写生或参照图片，久了会束缚手脚，无创造乐趣可言。来这儿实地临摹，只为参考积累，寻找灵感氛围。艺术重抒怀，抒什么都可以，但得是自己的怀。情所至，心所识，才画，有感而发方不平庸。"

有同学问："老师，怎么不把眼睛画清楚点？"艾目道："美人，精神上的玉。五官只是符号，耳、鼻、眼、嘴，稍作变化，重形体与神态。对物只是一种概括，把更多的趣味投入到意境的塑造与传神上，方为上策。在艾目眼中，人只是个概念，深究起来，无非一个鼻子、两只眼睛、一张嘴巴，所不同的是身上散发出来的气质。"

他从不画具体之人，那些人物也并非真实存在，只是不断变换的自己。不研究人物长啥样，而是传递了什么，靠姿态手势、头部俯仰、正侧斜偏、坐立行走达意。

他告诉学生要有通篇领导力，重整体，细微多余处皆可忽略。

有同学问："老师，什么叫意境？"他呵呵笑道："人物给人的整体感受，生活其间的氛围，方是'意境'。即调调，好比吃饭更重要的是吃味，不光是食物。"

"为什么画女人，不画男人？"有学生问。"女人更易达意呀，"艾目笑答，"总不能弄个五大三粗的男人代言吧。"

学生又问："老师，那什么是技巧？"艾目道："我们玩的色彩、笔触包括超写实都是技巧。"

正说着，瞥见一名女生绘的人物指甲月白，一清二楚，便指着道："绘画不是解剖图，不要在这上面浪费时间。只为技，没意思。也不要跟风，那不是前卫，而是无主见。画外意才是主旨，只画符号，不问符号意思，是没出路的。"

艾目又告诉学生："绘画分三个阶段，你们现在所处阶段是初始阶段，即写生阶段，化有为有。而艺术是创造，那才是高门槛，要有凭空设计的本事，化无为有。直至随心所欲，化有为无，方达到一定境界。空，才会产生灵魂，空灵不是白纸，重在灵，方有回声。一辈子写生并非艺术，只能算一种生活方式。"艾目知道，他说的他们不见得能够领会，但也得说，他们慢慢会悟到。

艾目从徽州回来后，时逢二妹因口腔牙床癌，需要做手术换人造下腭。他急忙赶去。魏归站在走廊，低头旋着步，见他跑来，迎上前道："手术得八个小时呢。"艾目安慰道："没事。"二妹被推进去前，他不由自主流着泪吻着二妹的前额，告诉她他会一直等她出来。

临近期末考试，学生们开始紧张。知道大部分学生对专业重视，忽视中国美术史这些知识性学科，艾目的原则是只要能来，便给及格，不来那是没法子的事。有学生考前抄些小纸条到处乱塞，他见了，也只轻轻一笑。考试当天，教室里鸦雀无声，他一本正经站在讲台上，环视着大家，又漫不经心宣布道："今天开卷考试。"同学们"啊！"了声，继而欢呼起来："艾老师万岁，艾老师万岁！"

他从不死抠教学大纲，双手往下压着道："放假后，照我开的文学及绘画理论书单，翻一翻就好。"他又提醒大家："文学是绘画的意蕴之母，没文学修养，画家成不了艺术家。"

六十六

暑期，艾目回到楚凤，依旧每日去画室画画。怎奈道路崎岖，从江渎宫到九十埠街口，再到便河垴，以至老拖船埠，被挖得稀巴烂，一些古色古香的明清建筑尽毁。公交绕路，艾目骑着自行车七弯八拐才能到达群艺馆画室。

一日城贵摸来，进门便道："我就知道你回来了。"又问在武汉待得如何等语。不待说完，又从黑包里掏出一样纸包纸裹的东西，递给艾目："你看，我给你带啥宝贝来了？"艾目放下画笔，两人于紫红金丝绒沙发坐定，学生沏上茶来。城贵道："那东西用练过毛笔字的黄草纸包的。"艾目道："那我就来鉴定鉴定。"说着层层打开，竟是两块挺大的瓷片。艾目拿在手，看了看，釉水十足，似是一个罐子的前身。瓷上绘一女子，额角开得很高，修眉窄眼，小口，唇上两坨樱桃朱砂。女子风姿绰约，倚着一株古柳，望着一面水绿色调的池塘。塘里浮动两只鸭子，画意朦胧，有春江水暖鸭先知的意味。便说："这是浅绛啊。"城贵道："是啊！"

艾目道："这浅绛绘得疏淡，依旧承袭黄公望、董其昌以及'四王'笔墨，尤受黄公望与王蒙的影响。"城贵道："是的是的，比粉彩素雅，比青花灵动，想着你会喜欢，便带了来。"又道："你现在不是绘仕女吗？"艾目道："好则好矣，还是老套了，依旧是古代仕女的模式，于历史有意义，于当今绘画无甚作用。"转而问城贵："哪来的？"城贵道："满心欢喜地拿来，你竟如此说。"艾目哈哈笑道："和你无须转弯抹角。"城贵呷了口茶笑道："捡的呗。"艾目道："净瞎扯。"城贵道："你看你还不信了，连王家鼎老师都去捡过。你没见拖船埠至老便河埒那儿，轰轰烈烈的，吊车、挖掘机、翻斗车，从早忙到晚轰隆隆。"艾目道："是见城市在革新。"城贵道："破坏了不少。"艾目心下惋惜，岔开话题道："敢情是挖出来的？""那当然，打基脚，挖至四米深，那黑泥中便有这个，荧光夺目的，那才多。挖出来后又被运走。"城贵说起来头头是道。

"运哪儿去了？"

"草市、西干渠、雷家垱、玉和坪，十多处呢。"

"都是古瓷？"

"当然，越窑、汝窑、哥窑、龙泉窑、宜兴窑、景德镇窑都有。还落有底款，大明宣德、成化、永乐，大清康熙、雍正、乾隆等，或篆或楷，大多是明清瓷器，也有晋的。图案多了去了，童叟僧侣寿星、花鸟虫鱼柳水等。好多人在那儿扒，有的一天能扒两三袋呢，那个搞书法的董某某捡了十来袋，被一个外地人花了近万元收走了。"

艾目闻言，看了看另一块，人物风神萧散，酣畅淋漓，便赞绘得好。想了想又道："看样子，从便河翻过大堤便是瓷码头了。"儿时随父亲到码头送纸，父亲说过有六个物码头，其中便有瓷码头。

城贵道："何止六个，应该叫窑码头。我儿时住的和平街街坊，右边做烟丝铺生意，左边便是瓷器街"春雨斋"老板的后裔。他家祖上在瓷器街做生意，那条街都是卖瓷器的。从拖船埠翻过大堤就是，据说乾隆时被淹了。那些瓷器从窑码头运来运去，碎在路上也未必可知。"

六十六

241

艾目道："嗯，估计是历朝历代积下的。我们儿时楚凤大街小巷也满是瓷器店。"

城贵道："那时他家和平街家中后院还堆有不少，杯碗盘碟、盂瓶盆罐，外带香炉砚台。小伙伴躲在里面藏猫猫，一撂撂草绳捆着的碗碟就是掩体。"

艾目摆弄着手中残片，忽觉古人真有意境，只这"春雨斋"的名号就起得妙。淡淡春雨不就是这淡淡青瓷吗？遂在心里谋划何不绘四幅春雨后的浅绿卷轴。

两人说着，不觉中午。艾目道："你把这瓷片收着，送予他人或自己换钱。"城贵也熟知艾目性格，懒散，啥都不稀罕。艾目暗忖，于瓷器自己就是一个门外汉，古董也只是古董，没啥意思。城贵包了东西，两人一同走出画室下了楼。艾目道："去中山路秧馆子随便吃点再回去。"城贵应说好，两人都不喝酒，点了两个菜，以茶代酒，慢慢闲聊。其间，艾目问了问研究所的生意。城贵道："啥生意，早没了，一窝蜂的事。"又说，"你走了就对了。"艾目想了想，自己已在武汉待了几年。这做生意的事真不是他们干的，操心，还得嗅觉灵敏，要不迟早完蛋。

两人又闲扯到彼此儿女。艾目回来前，紫儿刚离了婚又结了婚。这没啥可奇怪的。紫儿找到艾目说想离婚，不敢去找她妈，怕挨吵。艾目问了缘由，紫儿道："没啥，就是他不讲卫生，不洗脚，不洗澡，到处扔东西，每天收不完地收，两人总吵架就不想过了。"艾目想了想道："那就离吧。""可他不离，死活不肯。"紫儿道。艾目便去了一趟，找到那男孩。无非说好聚好散彼此放手的话，现在又没孩子，只当谈恋爱，以后还有得找。又说财产的事，他们这边没啥说的。男孩果真应下，很快离了。

艾目才不信"宁拆十座庙，不毁一桩婚"的话。吵吵闹闹的真烦人。一点小事就吵个不停，有了孩子更没得过。

艾目讲完，两人又说了两嘴摄影师老翟去世的事，不免又是一番叹息。饭毕，艾目结账，分了手。归途遇见流浪画家，支着画架盘腿坐在路边，画着被挖的工地。艾目瞅了眼，颠簸而过。至家自是说吃过了，城贵请的客。

六十七

　　在北京办画展那次，是绿儿陪艾目去的。她穿着长及脚踝的黑色羽绒服，戴顶鸭舌帽，搭条纯驼色围巾，显得雅致有范。收拾行李、订票之类杂七杂八的事，全由她操办。论适应能力，她比艾目强。

　　出发前，绿儿还在"哒哒哒"，用缝纫机帮家里轧着一套亚麻色沙发套。她继承了孙同学的能干，又秉持了艾目的温柔，性格沉静，画起画来，笔触有力，潇洒大派，艺术感极好。艾目一辈子不喜励志故事，自己本是一片浮云，但于绿儿的成长依旧感慨万千。那是没办法的事，人得活着，不能躲进野丛林。

　　绿儿挽着他，其实他并不老，那年也就七十岁，无论思维还是身体都是灵活的。

　　对此次画展，他犹豫过，有点勉为其难，最后还是答应了朋友的相邀，也许骨子里尚有一丝虚妄之心；也许一个画家最大的梦想，便是给自己举办一次大型画展。

　　那些画大多只是薄薄的一张纸，寄到北京后，主办方一张张拓片、装框、上墙，很费了一番力。艾目得过且过，即便知道什么画配什么色的绫子、什么框，都懒得操心。展出的除五十张国画，还有三十幅油画。

主办方接的站，下榻酒店后，陪同人员问："是否先去展厅看看？一切就绪，只待明早开幕。"艾目回说："好。"

门打开，对方做着请的手势。艾目背着手，独自走在空荡荡的展厅。灯光幽暗，恍若行于深谷，能听到自己轻巧如猫的脚步声。他一幅幅看着，那些美人、花鸟安静地悬在壁上，不用再躲在角落里蒙尘或卷在一起。一名劳动者的时间碎片以及思维连缀，终于有了点仪式感。那种感觉颇微妙，有无以言说的感动，亦酸楚惆怅。养大绿儿的同时也养大了它们，艺术也是他的命。

色调温润遥远，神态娇俏秀丽，他给自己建了一个纸上的大观园。

三分画七分裱，上了墙方完整。那便是自己心掏出的部分。那些蝈蝈、蜻蜓也是自己。

他绘的国画介于工笔与写意之间。他不喜工笔的拘谨，亦不喜写意的随意。作画对他来说，有玩乐之态，亦专注肃穆。主办方曾对他画中的铅笔印有微词。艾目呵呵一笑，心想这算什么，没有便不是我。快速圈点，熟练地勾勒出大致轮廓，那种率性是他喜欢的。最初诞生的生命痕迹为何要擦掉。许多人以为画家是天才，起笔便风起云涌，那是误区。画画不仅是个思考过程，更是精益求精的演绎推进。那些一蹴而就之作多半是应景式的。列维坦一幅画绘一年，未尝不是一种享受。越成熟越否定。就像一个作家的草稿是不忍卒读的，需千锤百炼。

开幕式，嘉宾不断，主办方弄得极热闹。艾目不是那盘菜，对此等热闹内心迟钝。应酬，年轻时勉为其难，老了避之不及。画展怕门可罗雀，热闹又会带来莫名其妙的空虚。

嘉宾大多是主办方邀请的。他邀了世鸿，世鸿已从京城的一所985大学退休。毛料衣服，灰格子围巾，那气度一望便知是艺术家。

几人站在角落里寒暄，世鸿过来拉他，走走走，看谁来了。艾目问："谁呀？"世鸿笑而不语。艾目跟着他穿过人群，一位气宇不凡的小老头拄着拐杖，背对他们，仰脸看着墙上的《家书》。艾目先是认不得，近前才恍然大悟竟是鲁维嘉老师。大学时，他只教过他们半个学期。先是听说出国了，后又报道归国，已是一名在国际上颇有影响的画家。艾目伸手握住老师的手。他们仁站在画前，时光暗影悄悄流过。鲁维嘉老师不会想到，学油画出身的他，展出的大部分作品竟是国画。

鲁维嘉老师道："不干瘪，不空洞，不哗众取宠，看了还想看方是魅力。就像一部书，不靠故事情节，不靠技巧，有味，有魂，有魔，方为境界。碧水长流，这些仕女多好啊，可以与观者对话，是活的、静的，胜似千言万语。一棵草能把心事传递出去，一个人不画眼睛却有眼神，便是成功。不俗不媚，含蓄朦胧，兼具率性，难得啊！"又指着道："尤其这色调，浑厚清凉又简净魔幻。天天说艺术，艺术是什么？情、思想、艺术性，这才是绘者语言。只可惜有些评论家并不懂，要不钻牛角尖，要不出钱就吹捧，市面上热闹的多半是庸俗之作。什么思潮来，思潮去，无非画画。评论只起解说作用，或探究作者潜意识里的东西，弄复杂了反而喧宾夺主。"

世鸿笑道："老师说得极是，尤其1985年之后的一段时间，不少新锐评论家喜欢这套，晦涩难懂，味同嚼蜡，包括一些所谓的大师也不好好说话。这类文章，看得多，貌似高深，以哲学、心理学词汇忽悠读者。把简单的道理复杂化、神秘化。什么消解、解构、图像、波普一大堆现代词语装饰门面。看似玄妙有时代感，实则伪深刻。自己都没弄懂，使人陷入沼泽，才算深奥。文化人当中，此类人大有人在，不懂画，不绘画，竟比绘者本人还了如指掌，岂不是笑话？"

鲁维嘉老师和世鸿说的这些甚合艾目心意。遂接口道："绘画不人云亦云即好，理论是文本经验的总结提纯。理论本质不是玄虚，而是文本实践的产物，自己不动手，尽搞理论，无非空中楼阁。艺术是自我开发、无法求其真转而求其美的游戏。享受哀伤，方见美。”

鲁维嘉老师点头称是。艾目又道：“西方美学我读过不少，几乎全是弄虚的哲学范畴，倒不如现代的‘实践美学’，像阿恩海姆的《艺术与视知觉》、贡布里希的《秩序感》、潘诺夫斯基的《视觉艺术中的意义》，来得现实。”

开幕式上，四人画展的作者坐台下。主持人口若悬河。一个气场很强、身着米色格子西装的男士忽地走上台。他长得像狮子，硕头浓发，身材魁梧，有股硬汉气，兼具艺术气质。他高声道：“我说两句。”主持人连忙递上话筒。

“我提议，让艺术家坐台上。他们是这次展会的主人，是他们给我们提供了精神食粮。”

他一字一顿说完，全场顿时鸦雀无声。他伸手热情地邀请艺术家上台。

对于抛头露面这事，艾目并不在意，也无兴味。台上也好，台下也罢，什么都不会改变，只是一种尊重。

艾目上前主动握住他的手，赞他讲得好。事后，他携着文雅的妻，与艾目环展厅边走边聊，说：“咱是老乡，又是同学，都属艺术院校。”他指着艾目画的《八大山人》赞不绝口，说寥寥几笔便勾勒出了一个闲适而内心极为苦痛的八大山人。

他叫盛中国，一个顶天立地的男人。早年，艾目听过他拉的小提琴《牧歌》，那游走钢丝的天籁深情让人落泪，比其代表作《梁祝》在意蕴上更为宽广。

二○一八年九月八日凌晨，艾目起夜，冲走了瞌睡。扒拉手机看到盛中国去世的讣告，好久没回过神来。垂下的帘幕后是黑黢黢的夜。脑海中，挥不去他全裸拉小提琴的雕塑模样，真乃铮铮铁骨，随性洒脱。

答央视记者问，是世鸿代答的。人都说艾目是狗肉包子——上不了正席。他竟发现自己对这个世界无话可讲，力量极有限，全耗在作画上了。画作完工便表达完，再说简直多余。

世鸿介绍了艾目的艺术之路，从列维坦式油画到国画的转折探索，再把国画元素运用到油画中，绘了花鸟、青衣、怀旧等系列。两者自由切换，融会贯通，是位极有特色的双栖画家。他放下话筒，问艾目是否准确。艾目"呵呵"一笑，其实希望一个人完全懂另一个人并非易事。

沉
烟

六十八

　　当晚，世鸿邀请艾目和绿儿去他车间改造的大画室参观。夜色深浓，蔚蓝的苍穹似一件宽大的斗篷，一弯眉月缀于其间。绿儿眼波流转很是兴奋。晶莹的眸子流淌着星河。

　　两层楼，粗钢管楼梯。空荡荡的大厅，世鸿哈哈笑着，满是回音。地中间横着十几米长的粗木台案，案上摆满各种笔插、毛笔、朴拙的瓶瓶罐罐。艾目想起世鸿的绰号"古董"，不禁笑了。

　　画室异常整洁，墙壁上挂着那幅从楚凤换回来的世鸿大学时第一堂课绘的静物写生。土罐、干鱼、蔬菜历经半个世纪，保存完好。幽暗的色调，静谧的氛围。

　　世鸿道："知道欧阳秋老师走了吗？"艾目把头转向他，又低下。其实没啥奇怪的，自己都七十岁了，欧阳秋老师活着也一百多岁了。怎奈心里还是揪了一下。

　　"一个人病逝在那石库门房子里，晚景凄凉。"世鸿道。

　　艾目无言，死是每个人都躲不过的归宿吧。

　　再往前，世鸿指着一小幅油画道："你看！记得谁画的吗？"其实，艾目早已看见，那熟悉的色调是自己身上流出的血，何曾忘记？可又真的记不得，怎奈一眼又唤了回来，这便是记忆。当年世鸿、周送，他们仨一起出外写生绘的。那时周送高高挑挑，世鸿幽默机智，自己斯文，魏归忙着他的版画，多么意气风发的年代。

还有两幅，世鸿指着道。艾目笑道："现在看着依旧养眼。"世鸿接口道："藏不住的帅气才气。"《新堤》《工地的早晨》《麦田》，笔意飞扬，一泻千里，那时的艾目有着极强的表达欲。

墙上还有一幅周送绘的小画。艾目感慨万千，多少往事齐涌而来。世鸿是个过细之人，想想自己两手空空，对以往记忆没有一张物证可证明。

他懒散，一生不曾收藏他人一幅字、一张画，包括自己年轻时以及中年的创作，随画随送。只喜欢作画时的自己，专注、肃穆、投入、忘我。放下画笔才回至人间。随和、安逸、自在，怎么都好。

他只收藏车票、商标、纸片、烟盒这些不值钱之物。夹在书里，翻到便忆起一段往事。

他藏情。

步入一间大房，艾目见到世鸿正在创作的巨幅画作《残山水》，色调单纯，占满整个壁面。世鸿毕竟是世鸿，依旧沿袭自身风格，在材料上创新。折叠的实物牛仔裤，各种符号，纯主观表达。他的画都大，都有气魄。

在世鸿画中，艾目能看到深深的苦闷。一个画家往往是割裂的。世鸿虽活跃善言，画作前卫，骨子里却异常保守。他的苦闷是他们那代年轻人对现实失落的表现，企图退学又找不到出路。这与世鸿后来拖着沉重画箱与野外生存的必需品，出现在黄土地上的背影，形成鲜明对照。在黄河黄土地，他画了《黄河谣》以及一系列有关黄土地的《大山水》。

是的，他没消沉，也不想被埋没。被兴趣牵引着，再苦再累也用自己的画笔表达着心中向往的一切，以及对这个世界的认知。他的兴趣在黄土地上普通的《祖孙》，直至后来超越自我，画出《黄公望系列》，呈现出对自然山河的眷恋，一步步走上人文高地。这一切独立见解的起点，源于学生时代的失落感，没那些便没思索，而思索才是艺术的动力。

世鸿现象在于观念更新，毕加索探索的他都能做到。但世鸿就是世鸿自己，手法独特新颖，脱离客观桎梏。

艾目道："艺术创造只属于拥有自由和有修为之人。没自由便没创造。独立的个体离不开社会，但心灵的自由是可以争取的，孤独的人才会获得自由。"

世鸿道："专注内心，而内心犹如封闭的火山，炽热的岩浆总有一天会喷发。艺术的最高境界是自由，未喷发的岩浆是艺术家修为的能量。只有修为，没自由，不能成为艺术家。所以有人说美即自由。"

艾目笑道："当然任何'他由'产生不了美！"

世鸿道："油画和国画完全两回事。"

艾目道："那是，人家玩命，绘的是激情，命与血的喷洒。忧郁、奔放、哀伤，重情绪释放。绘者的生命便是其画作，有口面包活着就能画。"

世鸿道："是呀！生活的残缺由画笔弥补；又因绘画让现实生活更不完整。凡·高、列维坦、席勒均有牺牲之美。他们极少按常理出牌，拼命抗拒着世俗，不婚不育，有的三十多岁就离世了。"

艾目叹道："他们过的不是生活，是命。除天才因素，还有不竭的创作热情。肉身往往不重要，画作多半是滚烫的，即便忧郁，也有一双炙热的眸子在画后窥视，故能产生震撼人心的力量。"

世鸿道："年轻时，喜欢罗马尼亚巴巴的画，气势压人，浑厚稳重，大多作品表现人类心理的深层苦难。无奈的叹息，渺茫的眼神，忍耐的极限，哲学上的不可知，其境界少有，是真正的大师级人物。画作充分概括了人的精神气质，笔下人物不真实、不清楚，只是一

六十八

251

种意象。是另一种活着的生命，一看便晓得是艺术，非相机所能摄取。没情感便没真实的东西，没真实的东西必假，是毫无意义的空壳。"

"是的，"艾目道，"文艺家关注的是个人在全局中的遭遇。珂勒惠支的战争图景，母亲、孩子，对人物的深刻同情，内心的挣扎均表现得淋漓尽致。艺术的功能大体为两种：一、娱乐；二、传世。大多数创作者停留在第一层面，而后者需时间验定。"

世鸿道："时间、感悟、内心都能体现创作者的维度。有了深度自然就有大我，突破人的肉身才有深刻性。"

两人见面，对艺术有谈不完的话，也是半个世纪的实践心得。

艾目想过，自己喜欢油画的忧伤，也喜欢国画的空宁。油画崇尚情感，国画凸显哲学。空则宁，好的东西、坏的东西皆需清空。人说内心丰富，艾目觉得那也只是初始阶段，空才是最佳状态。艺术干的便是这事。万古长夜本就是空宁而忧伤的，他最想做的便是统一它们。

世鸿对绿儿倍加爱惜，送给绿儿一幅他大学时在校外绘的小幅写生，作为临别赠物。

第二天一早，艾目悄无声息返回了楚凤。回城路上，缄默的绿儿依旧安静地瞅着窗外。艾目想着，只有作画时自己才属于自己。置身此等热闹还不如晒晒太阳、翻翻书自在。场面也只是场面，知音难觅，有几人能真正读懂你的画？画即心，又有谁能触摸你的内心？在蚌壳里躲闪，又想光芒外漏，这种事以后不会做。言不由衷的品评、不切实际盲目的盛赞都让他倍感孤独。

那批画后来到英国展出，再后来去杭州展览，他都没去。最后被展方卷走，就没再回来。扯皮拉筋、打官司的事，他不想介入，没了就没了。

六十九

回来后，学生给他买了几本书。他翻了翻，有本紫红封皮的《金蔷薇》，李时译的，一九五二年版，还有《生活的故事》。这让他感慨万千，《金蔷薇》他参加工作后又买过，借出去再也不曾回。

重温，不免写了几句话：

"今天是元月四日。严寒，零下二摄氏度，小雪，道路结冰。我在这不足二十平方米的房里，开着取暖器读完了《生活的故事》，再无从更多地了解巴氏晚年是怎样度过的。深信无论严寒酷暑，他都能品出诗意，因为他热爱生活、热爱大自然。

"他并不富裕，却是一个贵族。巴氏灵魂深处充溢着人性美，对平凡事物投入太多的情感。在这无凭的人世，给予普通人更多的关怀且揭示了其中之美。他是自由的，一生追求诗意的生活。崇敬他却效仿不来。

"今天是元月五日，上午，天气如此阴冷，破旧的窗外滴着小雨。今天没去工作室，在又旧又小的台灯下读着《生活的故事》。随着巴氏的讲述，游历在俄罗斯中部，了解他的成家过程，结识他身边的作家。随着他的情绪起伏感叹他对外界的情谊。以感同身受的寒冷体会着莫斯科的冬季，随他在疗养所度过消闲时光。这是多么有趣的一件事，我在慢慢用餐，感到温饱且安稳。犹如窗外凄风苦雨，室内炉火正旺。此等景况自然令人满足，对待现实，精神的力量不可低估。

"今天是元月六日，我习惯性搭上公交，走向工作室，似乎这便是我存在的意义。天是那么阴沉，马路上行人稀少，只有几辆车经过。

"下午阅读《生活的故事》，中午翻了翻《金蔷薇》。午睡后，就在用心听老巴讲故事。他整整离开我三十六年，七十六岁辞别这个他留恋的人世。可他还活着，只要静下心，便能听见他在讲话。

"我现在才意识到什么叫一生，硬是一个花甲。他似移居异国的亲人，感谢他又来到我身边，虽没什么招待的，他的书却摆在案。案子虽旧，书却是新的。此刻，我生活在遥远的基辅乡下，过着他平静的少年时光。

"元月七日：捧着一九五九年版的《金蔷薇》，那么亲切，我的初恋读物。纸质那样差，我们国家较困难时期大部分读物都如此。能出版此书实乃万幸。情窦初开的年龄，有了它的乳汁就能培育出别样的自己，那是不受概念与观念束缚的灵魂。

"我与老巴相遇近五十年，常在书中会，梦中见。他那高的额，宽的脸，善的眼；他那阔的肩，厚的掌，总给人以温暖。平凡人、平凡事在老巴笔下生动有趣，披上金色光影给人间带来体贴。"

沉

烟

之后，学生又给他买了《玫瑰和雪》，他很快读完上卷。
写道：

> "似乎写的战前的平静时光，几个人物的一小段日常，
> 不以故事悦人，而是生活本身。清晨、落日、冬雪、森林、
> 车厢、汽笛，平凡的一切。空气和水在其笔下深情流溢。
>
> "译者笔力准确流畅，我读得津津有味。无宏大场面，
> 安静的小镇与乡村，好书总得省着点读。"

艾目嗜书，书成了他的枕边情、案头客。

他一生只臣服于书，尤爱老沙梅这一角色。老沙梅死后，唯一的财产便是枕下的《金蔷薇》。那不是金子，而是比金子更为贵重的祝福。那雕工也并非单纯的技艺，再次印证了艺术是情感的产物这一深刻主题。

艾目觉得自己便是老沙梅——一个淘金的清洁工。最不喜别人说艺术家、大师之类的话，听着便起鸡皮疙瘩。在这个艺术家、大师泛滥的年代简直是耻辱。

他合上书，有画林朋友邀约饭局，因相熟便去了。几人坐定，闲谈间布上菜。桌上有位教外国文学的大学校长，那天很激动，包了场。先是谦虚地说吃过两万一只的熊掌，有人附和着说吃过孔雀。艾目很沉默也很愧疚，自己竟没吃过此等稀奇物。其后，那个校长又大谈俄罗斯文学。艾目初感兴趣，越听越不对味，坐也不是走也不是。

托尔斯泰——黑夜里的灯塔，那人宣誓般道。艾目没觉得他说的不对，只是对书中定义过的常识不太感兴趣。也并非托翁所有书，他都爱读。艾目也不知啥叫黑暗，似乎没有比吃熊掌、吃孔雀更黑暗的，更别谈那价钱和拿出来炫耀的勇气。

六十九

他认为作家或艺术家不管处哪一流，都离不开对善的渴望、爱的表达。基于此点，他更爱那些末流作家。他们更接地气，更近普通人，更富有同情心。而末流作家并非乌合之众，而是像老巴这种被边缘化、被低估的作家。

那人说，巴乌斯托夫斯基太唯美，不切实际的忧伤与浪漫。艾目不知啥叫不切实际，也不知道美有没有罪。文学——精神上的填充物，做梦而已，天下都知道的事，何必去写？他宁可重读《白夜》，心疼托翁《复活》中的女主人公，也不去读他那些砖头样、看似忧国忧民的巨制。

沉
烟

七十

周送联系上艾目，在电话里喊着："艾目，咋样了？"艾目道："能咋样？老了呗，混日子。"他说："你上电脑，让我看看你。"艾目道："看个鬼，哪有什么看相？活着就不错了。"

周送道："我一直和魏归说，学生时代，最欣赏你虚怀洒脱、来去自如、任人评说的个性。那由内到外的气韵是学不来的。"艾目呵呵笑道："苟活而已。"

周送又道："去长沙见过几次福五，福五依旧衣着朴素，率真热情，只是头发全白了。"艾目想不出福五白发苍苍的样子，便道："只记得他小平头，厚瓶底眼镜，眨巴着眼，整个大学都在写情书。"周送道："哎呀！你这一形容还真神了，他大学时就那样。"艾目道："他是有福之人，爱情修成正果，哪像咱们？"周送道："修什么？早离了，又组建了新家。"这倒颠覆了艾目的三观，谁离婚他也不会呀！多好的基础。艾目惊讶道："那得多勇敢，那些情书岂不成了废纸？"周送道："可不是？这也是他一生中少有的勇敢，不逼到墙角绝不会如此。"

艾目默然不语，依稀记得，福五当年恋着的女孩叫满。周送又道："20世纪80年代，我去长沙看《左恩油画展》，顺道去过福五在太平街的老宅。深院平房，那时还跟他前妻亲切地照过面。一切恍若昨日，可惜如今竟阴阳两隔了。"艾目问："谁阴阳两隔了？"周送道："福五呀！"艾目终于听明白，福五走了。可自己还活着，五味杂陈间不知是庆幸，还是悲凉。

他问周送："现在还画吗？""画什么，早不画了，看看书，写点毛笔字。有啥画的？人家外国人画油画比咱好，画来画去，拾人牙慧。"周送道。艾目呵呵笑道："说的是呀，国画绘不过古人，西画绘不过洋人，只能玩。"

周送笑道："我自小喜欢绘画，一腔热情，也只是喜欢。到了一定台阶爬不上去，汽车没油了咋跑！艺术这玩意需要灵感与天赋，不像你和世鸿天资高旷，当年就是'绝代双骄'。"

艾目道："得得得，骄个屁。没事干，总得找点乐子。"

周送随即叹道："我说的是事实，很多事是逐渐消耗掉的。"艾目明白，这才是问题所在。周送年轻时从剧团调入武汉一所211大学任教，从政后也就断送了艺术生命。非危言耸听，但确实如此。不过周送爱好广，文字功底不逊于正儿八经的作家，不似艾目心里只有绘画。

艾目曾对绿儿道："艺术是对自己做的善事。"说这话时绿儿还小，才摸画笔，不知她听懂没有。艾目还对她说，语言并不一定从喉管发出，世间万物皆是语言。而真正的听者只一个，那就是自己。

他们上大学时，对艺术的理解也偏颇。学美术，就业，靠它吃饭。而艺术恰恰是闲情与孤独的产物。拥有这一纯粹理念方能绘出好画，任何比试皆肤浅。一旦有比的心态，便会失落，便会骄傲。

艾目道："没有一把尺子能衡量艺术。每个人的审美趣味、审美取向不同。个性是艺术的魂，个性相似才有可比性。凡·高能与古典大师学院派的安格尔比吗？一个粗犷，一个典雅，两人都达到了一定高度。一个重表现，一个重体验，谁高？"

周送道："是的，站在学院派的立场，凡·高只是一个业余画家；可站在艺术表达的角度，安格尔的画就是描出来的。于一定前提才能品鉴。如今评什么金银铜，完全数字化。艺术作品怎能机械划分？一个画展只一幅是金牌，何德何能独尊？"

艾目接口道："技可以比，艺乃内心产物，只有认同感。古已有格，即格调。"又感叹："当代哪来艺术？纵观历史，西方也只16世纪、19世纪，进入百花齐放、百家争鸣的艺术繁荣期、创造期。而中国也只诸子百家与唐宋两座高峰。经济繁荣方有艺术，可惜人类被战争浪费了太多的时间。而战争往往是思想家的摇篮。中国至唐宋后已趋萧条，有，也只是零星的火花。至今人们嘴里念叨的，无论中西方依旧那几位大师，后世几乎无人超越。"

周送道："是呀！这一两百年更为寂寞，停留在对原有技术与风格的复习上。没有创造便谈不上推动。"

这点，他俩的观点倒是一致。

艾目曾对学生说："画风即人，像米勒虽是一个地道的农民，但他温良有信仰。塞尚则执着古板，马奈风流放浪，安格尔完美古典，凡·高热烈狂放。绘成个性面貌者，必有成就，那是各自一批作品的表现。"

两人心无芥蒂谈着。有件事周送不提，艾目自然不会说。紫儿毕业那年赶上就业难，艾目无法，又不想求人，想到周送在某211高校高层任职，便写了信让紫儿送去。没回音，只言片语都没有。艾目心里多少有点失落，不是因紫儿的工作，也不会想不到对方有难处，而是如此熟悉的人，竟两隔了。最后还是紫儿自己顺利找到工作留汉。

几天后，艾目去画室，接到周送邮来的回忆录。封面照片让他大吃一惊，胖胖的脸，魁梧的身，找不到年轻时一星半点的模样。那个当初想上电影学院的帅小伙哪去了？从他身上艾目也看到了自己，老真是一件不可回避之事。

　　翻了翻，发现周送挺勤快，去了不少地方，会同学，周游列国。手机响时，他正翻着回忆录，"喂"了一句。对方道："艾目吗？"艾目答："什么事？"对方道："这声音怎么这么老了？"艾目道："什么老不老的，你哪位？"对方答："老哥们，我刘玄呀！"艾目呵呵笑道："想起我来了。""天天想啊！"刘玄道。艾目说："净瞎扯。"他说："真的，觉得特没意思，只大学时开心。"

　　就这样，刘玄通过周送联系上艾目，来过一次楚风。艾目让学生驱车接的站。刘玄中过风，拄着拐棍，一条腿不方便。人长成了球，整张脸似太阳。若在大街上碰见，只怕认不得。近前细看，眉眼神态还有几分当年的虎相。

　　刘玄笑道："你愈发瘦了，怎么修的？轻飘飘，神仙似的，两个体重也不抵我一个。"艾目呵呵笑道："正想添个一二十斤呢。"

　　刘玄看了艾目近些年创作的两三百幅油画，以及若干国画，长叹一声，赞道："亦刚亦秀，深沉淡远，浑如璞玉又潇洒任性，真乃老来红啊！"艾目喜欢"任性"二字。在艺术里可以任性，按自己心意出牌，生活中能行吗？

　　刘玄除夸艾目勤奋，更赞他作品的独特性。又说艺术属于深情之人，这些画即便是静，也有看不见的风和水在里面流动。艾目道："那是纯静物，一潭死水，有什么画头？整体环境流动起来方通达。"刘玄点头道："鸟鸣山更幽，便是这道理。"其实，艾目蛮在乎那股气，不能教也学不来。

　　刘玄又道："这调调好，忧郁。"艾目道："忧郁的本质是善。善是家庭教育与文化素养产生爱的结合，本身无所谓忧郁不忧郁。"刘玄道："是的，灵魂分有无；精神品行，却是善恶多少。坏人是不忧郁的。"艾目道："忧郁是看透后的无可奈何。善的人，生性敏感，故常挂怀。"

刘玄又说自己早不画了，没了兴味。从武汉一所 985 大学退休后，忙着休养生息，喝茶看书。"来来来，你看！"他扒拉手机，给艾目看他在宽大阳台用破了的盆子栽的大白菜和绿葱。

第二日，艾目陪他去了熊家冢。两人坐在石台上，刘玄道："从兰州回来后蹲了两年监狱。点儿背，画裸画，被人揭发。"艾目问："吃苦没？"他说："还好，都过去了，在里面写论文，发表在权威刊物《美术》上。拿了稿酬，被监狱树立成典型才减了刑。"艾目笑道："越挫越勇，真有你的。"他道："改革开放后，大力提倡艺术多样性，我的那点事也就不算事了。"

艾目抬手，从粗布褂中摸出一根烟递给刘玄，自己也点上一根，说道："群艺馆有段时间为了紧跟形势，开放美术工作，也曾大胆洗印多幅人体画，以推动群众活动，进行启蒙。"

刘玄又道："平了反，调进大学，混到如今。"艾目看他一本正经的样子，遂收住笑容，一丝悲凉掠过心头。

所谓时间也只不过是流水，不断变化。

七十一

送走刘玄后，艾目远远望见两个小孩蹲在地上玩着什么，便信步走去。近前一看，是在挖蚯蚓喂沟里的两只小龟。他自然加入其中，凭经验断定花盆下一定有，遂指点着，果真收获满满。

半个足球场的桂园，绿树成荫，安静清凉，周遭一转小路。艾目常坐在长椅上晒太阳，大石头上刻的"桂园"两字是他写的。尤其这初夏雨后，正是冬青花盛开的季节。

湿润的空气里飘着冬青花香，明晃晃的淡紫光线从云缝洒落。香气中的青味，很难用言语形容。青的香，清爽神经，体感微寒，充满凉意。因青涩，故不浓郁、不甜腻。在艾目看来，五月是轻薄的，不用太使劲，比四月天美妙。植物的香气也是有生命的，在花的一呼一吸间发散开来，是种活力。无形却充满力道，那水里的波亦如此。

小雨后，景物添了深色，多了清新。艾目深知，只有注意细节，园子才会不断扩大。

桂园的房是近几年买的，他和孙同学付了三分之一，紫儿付了三分之一，余下的绿儿按揭，写绿儿名。一楼出入方便，自家有个小院，流水淙淙。园中亦有渠，小桥横卧，浮萍点点，小鱼悠然自得。

艾目喜欢无风的桂园，夏有蛙声，秋有虫鸣，晨有鸟啾。龟歇石上晒着太阳，扑通一声，方弄出声响。

过去的屋十分老旧，大铁门锈迹斑斑。楼梯窄而灰扑扑，又是五楼，很难爬。他倒不要紧，孙同学上下一次才叫难。搬家时，他只带了爷的樟木箱、书与被褥衣物，其他的都留在老房子里。自己在武汉带课十余年的收入，全帮贴绿儿紫儿在汉购了屋。他一直两头跑，紫儿生了女儿津儿，他边教学边帮着带了几年。七十多岁才真正回到楚凤休养生息。

他踩了俩脚印，让两名小朋友猜。一名小朋友说是鹭鸶。艾目呵呵笑道："跟我学画画吧。"又蹲下一起讨论起小院的蜓与蝶从哪儿来，是飞过高山、重重障碍吗？另一名小朋友指着石缝中的小草说："你看你看，它活了。"艾目的目光在草丛与树叶间旅行，根部的水抵达叶尖，别样的绿。这一枝一叶，便是大千世界。艾目遂点头道："有点水，便能活。"不免感叹又有多少种子没开始生长，便已夭折。那落在蛛网上的蝶，被螳螂捕到的蜓，也只有半条命。人亦如此，无法选择出生与旦夕祸福。

一只蚂蚁爬到一名小朋友的手背上，他正想甩。艾目拦道："慢着，你那么高大，对它来说是庞然大物，小蚂蚁在你手背上，你的手背是什么呀？"另一名小朋友心领神会，答道："高山峡谷呗。"艾目点头："对喽！你把它带到百步之遥，它又怎能找回族群？"小朋友闻言，忙把蚂蚁小心翼翼放回原处。

几人玩得正酣，手机响了。艾目在草上抹了把手，又在衣服上擦了一把，方掏出手机。馆里的女馆长说，有人打电话来馆找他，说是老朋友。

艾目记下号码，打过去，竟是珠玉姐。苍老的声音，说到痛处泣不成声。她在楚凤的一家精神病院照顾儿子。她的儿子因婚姻不幸导致精神失常，媳妇不知去向。正巧紫儿回来，艾目遂让她驱车带着自己去看珠玉姐。

珠玉姐的儿子坐在床中间，一个劲傻笑，又偷瞄着他们。珠玉姐变矮了，神情木然，立在床头，又蹒跚着迎上前。艾目见此情形难免泪下。自己近二十年没见大姐，算了算，大姐已近九十岁。想起大姐的知遇之恩，不免怅然。一场婚姻竟让一个人如此脆弱，前些年彬彬有礼的哲学博士说疯就疯了。这人生哪有道理可讲？珠玉姐的一生又哪是自己的一生？为他人作嫁衣裳而已。

没过几天，绿儿因房贷之事回了家。拿出给艾目买的新衣，让他试。艾目拍着她表示感谢，又指了指身上衣服，意思是有穿的就行了。绿儿指着艾目的裤子快速比画着，还是妈妈穿瘦了的，两边裤袋还绣着花；又比画道，红毡鞋也是妈妈买大了的，继而指头往上挑着，又连连摆手。艾目夸她乖姑娘，又觉得新衣服"撅人"（撅人，湖北方言，"扎人"的意思），没旧的舒服。即便艾目穿着那红毡鞋，配身黑袄裤，也恍若从深山走来。

晚间，绿儿因她妈太胖，床铺又堆满东西，转至他房中。黑暗中，睡得沉酣香熟，艾目听着均匀的呼吸声，不免悲从心起。想着绿儿丈夫不在后，绿儿一个人带着音子在汉，若他和孙同学走了，她该怎么办？遂起身步入画室，燃起一根烟抽起来。

那长长的白色烟灰足有一寸长，就那么挂着。他一只胳膊支在案，眼睛瞅着房顶，还在抽。愣了半晌，又低头寻思着，直至烟灰轰然倒塌方回过神，连连拍打着衣服和画纸。

老了的艾目常做梦。七八岁的绿儿独自坐在课桌旁，双臂耷拉胸前，两手放在膝盖上的书上。侧着脸望着他，双目茫然充满疑惑。嘴唇紧闭，坚毅抿着。分明在问，生命是这样的吗？窗玻璃映着室内热气，窗外的景物异常模糊。天空贴着半边长了毛的月亮，一只老鼠歇在课桌上。这是个太安静太孤独的世界，他想按此梦画幅

《无声》，却难以下笔。说不出心里那股劲，像块石头重重压着。

夜幕降临，风雨交加，电闪雷鸣，绿儿怎么还没回？穿得又少，又无法交流。艾目带着她的小花衣，打着伞四处寻找，心里呼喊着却发不出声。大雨模糊了双眼，他崩溃地蹲在地，绿儿，你在哪儿！

待他哭醒，愣在那儿，瞅着黑洞洞的房间，觉得亏欠绿儿，满脑子都是绿儿。

绿儿离开时是下午三点。默默的风，默默的雨，她紧了紧身上的毛呢大衣。不用回头，便知道身后有道目光正看着她。每次离家都如此，轻盈的父亲站在桂园大门的标牌下注视着她的背影。好像她的一生不是长大的，而是在这目光注视下大的，就像当年父亲读书爷爷每每码头相送。

她甚至怀疑父亲的瘦与自己有关，并非家族基因。

艾目看着绿儿没了踪影，撑伞而归，却想着，若不是画画和绿儿，这世界真没啥可留恋的。孤独的孩子，也是他自己。

进屋，看了看画架上没绘完的《墓画》，死去的繁荣，轻飘飘的楚衣，那风筝是春天。心真的想飞，找寻安放处，这便是绘画的目的吧。

七十一

七十二

　　落了一场薄雨，便没了前几天的溽热，光线暗而柔和。虽有点闷，但舒服多了。馆里的画室已许久没去，几十只大大小小的粗碟糙碗摊在案。盛放着干了的颜料，还有烟灰、烟头。油画颜料也东一管西一管扔着。两个巨大的画案蒙着墨绿绒呢，老式沙发的紫红金丝绒套子灰扑扑的。20 世纪 80 年代的陈设，能延续至今的并不多。

　　艾目试了试空调，似乎坏了，估计老鼠嗑断了线。案上散落着不少老鼠屎。

　　这一年，他不大来。过去的家局促，摆不下大一点的案，遂每天上下班样来来去去。新家离这远，需倒车，故一般在家中作画。因要帮一名流浪画家办画展方来。

　　许多人第一次来画室，惊讶一个大画家的画室竟如此简陋，小心翼翼坐下，生怕弄脏衣服。久了，逐生亲切，觉得画室理应如此，越简陋越有艺术感。有了艺术便是天堂，艾目最喜欢听这句话。画室也很难干净，干净的只能是画。每幅画完工后，剩下的便是这凌乱的战场。

　　那些堆满红木的讲究画室，反少了清气，也就没了艺术真气。

沉
烟

266

艾目对此马虎，只要能施展开便好。于画作却十分严苛，只几笔风貌毕现。若哪个能窥见内里名堂、布局构思、所持人生态度、主人在与不在场等，他会很开心。

那些画在别人眼里，也许只是视觉上的美好。但无所谓，珍贵的东西需要藏，绘画为表达，更为藏，结尾任人安排。艾目喜欢这种不确定性，每个人看到的无非是自己。有评论家评论他的仕女图旨在怀旧，表达对美好事物的失落感。他不置一词，观者观的是自心，并不晓得那些仕女是没性别的。活动范围，无非窗口、栏杆、后花园。走不出去是那时女性的命运。有钱人家的女子尽管闲适，精神上依旧空虚，多高贵都是生育工具；青楼的女子只是商品；寒门女子除生育，还得纺织耕种，充当劳动力。艾目绘黛玉、李清照，多为习字或持书状，有劝学之意。看书识字方能开创另一番世界。向内探也是一种辽阔，故他常画书。

没书，自己便是个愚人，即便接触艺术也触不到精髓。那些仕女图也大多20世纪90年代所作，属社会浮躁期的一剂安慰剂或一种躲避。把绘画对象理想化是他要做的，画的也并非画而是自静。

人们观那些画，只看到女人。她们是圣洁的。自己的画也只两大主题：孤独与自由，晚年涉及死亡。艾目深知人类的思想史、文学史，本就是人类的孤独史。

他一边想着，一边翻出绘的四幅红楼条屏，觉得人物太跳，没含在背景里，遂铺在地板上，打算用淡墨盖一道。正拿着刷子趴在地板上操作。流浪画家推门而入，站他背后喊了声"艾老师"。艾目回头道："稍等。"爬起身后，两人寒暄数语，流浪画家从行李箱倒腾出近千幅作品。一张张五颜六色的硬壳纸交叠着铺了一地。艾目蹲身一张张过目，又直起腰坐回沙发。帮他选了五百张，怕单调，又选了五十幅简笔。绘的九十埠迎宾旅店、觉楼街、黑水塘、杜工巷、青莲巷、青龙观等各类消失的场景。粉彩，开幅不大，有几张画得不错，小忧伤或绚烂。他的画对城市是种记录，艾目遂给画展起名"城市的记忆"。

流浪画家道："谢谢您艾老师！我这辈子最大的愿望就是能办场画展，死也瞑目，死也瞑目！"艾目没说什么，只拍了拍他。流浪画家又道："我有心脏病，不知哪天就死了。"艾目又拍了拍他厚厚的肩，"知道，知道！"随即又瞅着他认真道："你会长命百岁的。"反把流浪画家逗乐了。

艾目喊来学生，安排印画签、简单上墙等事宜。办展的资金也是他筹的，是艾目唯一一次管闲事。初春时馆里会计数着钱，艾目靠着桌支着下巴问："多少？"会计报了数。艾目戴着棕褐色半指手套，从荷包里掏出身上的钱放桌上。会计举着几张红票子，想说"您这么大年龄了……"话未出口，见艾目穿着黑色长袄的背影已翩然而去。

之后艾目偶感风寒病了几日，加之孙同学住院，也就耽误下来。

这次安排完毕，正欲走，便二小的秦手老师夹着几张画寻来。进门拱手道："艾公！给老夫提点意见。"他画国画，尤好丰子恺。艾目还礼，请坐，沏茶。画铺在案，他喜上手，毛笔濡了墨，一压一涂，或用橡皮擦轻轻一擦便活了。旁观者会"哎呀"出声，感叹化腐朽为神奇。

艾目有这本事，对秦手亦心存感激。最初接触的文化营养几乎全从他那儿得来，包括《金蔷薇》。

沉
烟

七十三

艾目辗转一夜，醒了两三次。要上课了，他匆忙上了台阶。教室里乱哄哄，世鸿与别人争论着什么。人很多，学生告诉他，今天上大课，凡开美术课班级的学生都来了。由于没备课，他心慌意乱，只好硬着头皮上。

同学们好，无人应。啊！大家不习惯，那就免了吧。今天不讲课，我提问，大家讨论。

美，是什么？主观的，还是客观的？审美，怎么审？他问着。

讨论成了世鸿主讲，讲着讲着，竟跟艾目楚凤的一名学生争论起来。世鸿道："美要有大格局、大视野、大气度。"那个学生道："美是向内的，把广袤的大自然化为内心风景方是艺术。审美即审心，客观被主观所用，大我被小我所用，方具有无限性。"

听课的只剩下艾目一人。做个旁观者落得安逸，他在微笑中醒来。

洗漱，吃早饭，搭公交，艾目去了画室。年轻的女馆长寻来，语调轻快地说："艾老师，流浪画家的画展办得极成功，馆里好久没如此了，准备再办一期免费油画培训班，想请您作指导。"艾目停笔抬头应着："好的好的。""授课费不多"，女馆长又道。"没得事，没得事。"艾目又低头继续绘着案上的画。心下明白，这些年馆里一直把这间画室留给他，也多亏这画室，自己每天来来去去上班一样才有点寄托。即便如今不需要了，也让他十分留恋。也有这个坊、那个园的给他提供画室，但他念旧，觉得那些都没家的感觉，再气派，都白扯。他也喜欢带学生，能为馆里做点事自是极好。

报名那天现场火爆，一楼大厅挤满了人。艾目枕着自己的帆布包，躺在两个矮箱拼就的长凳上，悠闲地架着二郎腿摇晃着。手里翻着一本学生才替他买的美学书籍，叹了口气，扔旁边，起身道："全无新意，净糊弄人。"伏案勾线的学生道："对您说了，不要买，您不听。"艾目背上挎包，准备回家。另一名学生进来道："真是妇女解放了，报名的几乎都是女士。"艾目道："好啊，社会进步了。"对方答："现在出不去了，不信您看看去。"

艾目站在二楼往下一望，果真人头攒动，连楼梯上都挤满了人。馆里工作人员正在维持秩序，招二十人，竟来了两百多。艾目不禁摇头，自己画了七十年，也只不过这德行。油画从古典主义到印象派后，被更强调主观、强调"创造"的现代主义美术的后印象派、野兽派、表现主义、立体主义等取代。可谓流派纷呈，更迭频繁，也不过是于形式上探索，过眼烟云。有的剑走偏锋，竟画成了花胡子，不但丧失了绘画趣味，更远离了审美范畴。有甚者发疯抽筋，忘记"深沉"二字。艺术发展到一定高度，举步维艰，想独步天下更是难上加难。人家凡·高画的形态蕴含着自己强烈的情感、独特的构思。你也弄一个，抄个形式，哪有人家的想法、人家的魂？即便学也不过是皮毛，自娱而已。又想想自娱恰恰也是一种精神生活，遂欣慰起来。

他回身对学生道："你下去，把那个脸上有疤的穿黄衣服的白胖妇人，请上来。"

不一会儿，学生引着那妇人走了进来。艾目故意不作声，用报纸遮住脸。那妇人七十来岁，收拾得干净得体，气质不俗。圆圆的面相和白妈一模一样，何况脸侧有条疤，这也是艾目能一眼认出是三儿的原因。他对人之外貌，不说火眼金睛也差不离。

她进来，喊了声："目哥哥！"艾目架着二郎腿道："咋不来找我？"三儿道："我是不愿麻烦人的。"艾目又道："这把年纪了，怎么还想起学画油画？"三儿道："退休后一直瞎捣鼓，在网上自学。这不在微信里看到报名简章里，说指导老师是您，便来了。"

艾目问白妈还在不在，又自悔失言，白妈活着也一百多岁了。三儿道："早走了，妈是自杀。"艾目没言语。三儿顿了顿，方说："爸回来过，在台湾一直未娶，那年走时本是回来接全家的，怎奈妈舍不得老宅。爸准备有机会再回来接，没承想一别竟是四五十载。爸20世纪80年代末回来过，老屋已不在。他想带我和姐去台湾，我俩拖家带口的不方便，也舍不得楚风。后来爸老了回大陆安度晚年，我和芷儿轮流照顾。"

艾目点头"嗯"着。三儿继续道："爸天天在台湾吹嘘楚凤的中山大马路，多宽阔，多洋派。回来一看竟如此潦落。只发现一个民国三十三年的窨井盖，激动得拄着拐杖惊呼不已。"

艾目听得津津有味。正说着，忽听凌乱的脚步声停在隔壁，"咣咣"撬着锁。遂探头问道："怎么了？"教钢琴的女孩说，钥匙忘里面了，只一把，等着上课。艾目道："慢着！"抬眼望了望画室的窗户，踩上椅子又踩上画案，敏捷地跳下窗户。大家凭窗望去，见他从长阳台走过去，轻巧地翻进隔壁房间，打开门，再走回来坐回沙发，继续刚才的话题，整个过程不到三分钟。

三儿理所当然成了油画班学员。结业那天，艾目送给她一小幅油画。三儿看着看着就哭了。艾目想起幼时临丰子恺编的《绘画入门》时答应三儿的事。画的是一名六七岁的小女孩，三儿儿时模样，背景为白妈家四水归一的天井，唯一的区别是三儿脸上的疤不见了。

落款为 2019 年 7 月。

　　培训班里的学员，大多是年轻漂亮开着车的白领或公务员，天天围着艾目转。画室里摆挂着他绘的大大小小的油画，也有一些国画扇面摊在案。有的说："画得好好啊，老神仙给我一张吧。"有的说："老帅哥，给我一幅吧。"有搂脖子、揪耳朵的；有拉胳膊、揉头发的。大家把他扯来扯去。艾目拿着油画笔呵呵笑着，并不接腔。画得忘形，随手拿起手边的纸便擦笔。学生喊着："某某名家的字！"艾目依旧呵呵一笑，并不停手。

　　近八十岁的艾目须发皆白，身轻如燕，尽管穿戴朴素，人都说有仙气，像朵云在马路上飘来飘去；不对不对，像只鹤在俗世里逛来逛去，大家争论着。艾目呵呵笑道："糟老头子了。"也许人畜无害，这帮女孩与之相处甚欢，也不把他当异性。他授起课来，自是威严，她们也循规蹈矩认真听。来去，大家抢着接送。老了的艾目，便是这般和蔼可亲，好玩又不可犯。软弱时谁都能欺，专注时千军万马都不可近。

　　正说得热闹，流浪画家高大的身影系着腰包背着蛇皮袋又晃了进来，嘴里高声说着："艾老师，我刚从平遥古城回来。"话毕放下袋子便在里面掏摸。艾目道："请坐。"问他是否在那儿写生等语。流浪画家道："在那儿画人像。"艾目问："多少钱一幅？""一百。"对方答。又说没钱就画，有钱就画自己的。艾目呵呵笑道："不错。"流浪画家从蛇皮袋中掏出一件用麻绳捆的物件，打开道："看您平日喜欢穿粗布衣，那儿满大街都是，就买了，不知合适否？"说着打开，就要给艾目试。艾目一看，深蓝色，小立领，不错。随手接过，道了谢，又问多少钱。对方道："不贵，一百。"又说："不打扰了，还没回自己的窝棚呢。"他的窝棚在梅台巷一栋宿舍的一楼楼梯处，用板子围的两三平方米的地。

　　艾目在手机上打了几个字。学生上前，手中抱着几沓纸、一箱颜料外带几支画笔道："老师送你的。"流浪画家结舌道："别别别！这叫啥事，我是真心的。"学生道："老师也是真心的。"他走后，艾目拿衣回了家。

电视台来采访，艾目推掉。麻烦，多一事不如少一事。学生说人走了，他方去画室。下午那些人又长枪大炮地摸来，学生进来报信，他跳入阳台躲起来，人走后方悠闲踱出。大家都知道他的秉性，喜欢自在，跷着二郎腿吐烟圈，或聚精会神作画，与艺术无关的事不关心。不是不体恤，是实在不想面对镜头。

艾目退休后，尽管教了十几年学，却认为艺术是教不了的，只能引导。哪个要说弟子如何，他便笑。他有许多学生，也几乎没学生。孙同学道："人家带学生都收费，你呢？简直是个苕，还贴笔墨钱。"艾目道："哎呀！想学就学，不想学拉倒，来去自由，好大回事！"艾目甚至认为，技可以传，可以练，魂却学不来。形式可以变可以学，可以借鉴可以创造，意蕴却不可学，爱、人性、时间、静止、流变、情调、意境等，这些难以捉摸，兼具个人独特气质与认知的，都无法传授。

有名五十岁的男学生跟了他二十来年，也只是填色，自己无一幅作品。作品是创造，是智慧，只有技术是不行的。艾目的画谁想临谁就临，临好后拿去换钱他也不管。

艾目深知意蕴是件难事，纯主观，来自存在又高于存在。对爱的表达源自作者的体验和理解后的再现，进而选择提炼所偏爱的形式，蕴藉含蓄或强烈呈现。凡·高的骚动，东山魁夷的宁静，同样的山水画，倪瓒的空灵有别于展子虔的青绿，钱松喦有别于李可染，各有腔调样貌。

总之艺术太难了，需要经验加气质。一笔下去，有虚实变化，大派方好。填就小气了，像画奴。

七十四

艾目在路边捡了一兜别人扔掉的植物，只余柱与根。试着栽在窗外，两月后竟发出新叶。那叶是有生命的，这令他欢喜，遂成了他的宠物，起名"复活"，是名副其实的复活。

半个世纪前，他曾绘过一幅截断的法桐。除对浅黄树皮的褶皱、壳的机理感兴趣外，主要是感叹它的再生。画幅不大，艾目却很满意。装框后被一名玩音乐的朋友索走。后又听说他夫人觉得不吉利转赠了他人。艾目十分懊悔，明明是再生，何言不吉，如今想来，人对待生命之态度真是截然不同。这种人估计就喜欢花开富贵，连艺术的边都沾不上。

窗前有棵长了二十余年的香樟愈发蓬勃。即便挡住阳光，他也舍不得剪掉一片叶子。没承想，第二天便有人提着锯子在树的四分之一处拦腰锯断。艾目隔着纱窗理论。对方答，小区主任让锯的，二楼业主怕强盗翻进去。

艾目不知道强盗有多狠，院里大小监控装着，这业主又有多值钱之物，他这一楼岂不是更危险？遂闭口不言，呆呆看着一树油亮的枝叶歪倒在渠上，不免心疼。想着余下的根若能发新芽该多好。现今自己也已老朽，虽不曾断臂残腿却也到了身心俱疲之年。在他看来，束缚都是罪，弄个形出来无非悦人，完全不顾植物本意。种子的偶然落地也让他感动。被人养与大自然生态都是活。适应了阴湿地表，即便在大树下也自足。

临近中午，小区主任在渠边嚷嚷："谁干的，啊！谁干的，不知道市里马上来检查吗！"

桂园是市里的模范小区，隔三岔五便有工作组来检查。艾目拿着画笔点着画布，暗自得意。从他的画案望得见窗下小渠，他时常把馒头撕成一小块、一小块投到水中。那些彩色鲤鱼一群群游来争夺，一波波的圈，水也搅得一波波咕咕响。夏天时，鱼儿喜欢躲在桥下乘凉，冬天也在那儿避寒，平日更喜欢在水中畅游。今年，小区主任为检查组能看到鱼多，便把鱼集中到进门的池中，用细铁丝网把桥洞拦死。艾目散步时，见鱼在网前逡巡就是进不去，那个揪心。遂偷拉开一条口子，被困的鱼少了，主任却急了。

看着主任扯脖子喊的着急样，艾目好笑又好气。

二十年前，他用西式画法画过一幅油画《家书》，讲究用光，画起来按油画方法先暗再慢慢提亮。讲究远近、冷暖，典型的苏式风格。后来改为工笔，平面造型，稍加烘染，着色不多，倾向雅致。又试着以工笔作油画，仍保留油画的体积、光感等特征。尝试过程，费力费时，效果不佳。现在再画成油画，全身心用工笔手法，死心塌地地追求平面化，效果非常好。

夜里他躺在床上，忽想起为何不绘一下"豫章会馆"，那是自己魂牵梦萦的童年。他极少关心地方文化，认为大多只起资料作用，不属主观创造。怎奈那石台、楼梯在他脑中挥之不去，即便少了艺术性也应当保存下来，免得后人凭空杜撰。

那空旷幽深的会馆仿佛只属于他一个人。闭着眼便能望见小小的自己在楼梯上爬上爬下，或独自趴在课桌上睡觉。

他全凭记忆复原了会馆80%的建筑图。因太熟，画时建筑样式、质地、细节，譬如哪里该转弯、有多少级台阶，历历在目。儿时，他常从楼上朝下看，故绘的俯视图。

四幅图画完，艾目舒了口气。

这之后，艾目一鼓作气又绘了童年的家。一米阳光深情地吻着老宅，条桌上放着煤油灯和妈的梳妆用具。他曾在抽屉上刻过画，想着是刻版画的好材料，妈并没责怪他。

左面的门是爸妈的屋，门口摆着小竹床和蜂窝煤炉，人形是大妹。四十多平方米的木板房，临街那面墙嵌着一米见方的窗。黄黑板壁糊着一层层报纸。房门用薄薄的木板拼就，也糊了报纸，时间久了接缝处透着光。每至冬天，爸再糊一层免得寒风灌入。双人床靠墙那儿，厚厚的报纸老往下脱。砖缝中的石灰沙沙作响，爸只好用钉子插入砖缝，勉强固定。地板踩断处，爸填上细土。撑着的阁窗，换上一层薄纸便明亮许多。

小木房虽破旧却温馨。自己在梦里老估算着它的大小，除一张没扶手的双人床，还有一张两头有架子的单人床。对着写字台放的小竹床是他的卧榻。后来搭了小阁楼，两个弟弟睡。

七八个人拥抱似的住在这破旧的木板房里，度过寒冬。夏天就宽敞多了，门板、大小竹床，那过道、街面、天井都能安放。

这世界只留给家人这样小的地方，穷困并没影响彼此相处，他们似乎更亲密。绘时，艾目的泪水似一层报纸糊住眼球。那是他回不去的家，不免骂了自己一句"焌火炭"。

月亮街远处的茅舍，是胖儿家，还有禹儿家。他慢慢绘着，想着他们可好，若活着也八十多岁了。

过去的老宅独具抒情气质。他喜欢玩"响王"，两根细竹拴着一根线。线上卷空竹，拉起来嗡嗡嗡、啪啪啪抛老高，再用线接住继续玩，活脱脱一个小少爷。这是当时的时髦游戏，上海人叫空竹。

艾目时常想，什么是生命的闲暇状态与自由状态。闲暇需要物资保障，才能活得自在。自由状态是无目的性的，为名为利，还是自我精神需求？只有后者才能保障自由状态，产生纯粹的艺术品。

纯粹的艺术才能完善人格。有了精神需求再苦也甜。艺术达到玩的境界才是至高境界。

如撞钟，一撞就是一辈子，那余波又能波及谁？一两人足矣。

而玩，便是出世，若入世太深，难免成为工具，成为名与利的手段。

正画得起劲，有陌生电话进来。他瞟了眼，心想：真烦，不知又有何事，姑且不管。可那声音挺固执，没完没了地响。他放下画笔，拿起手机。对方道："是艾老师吧？好容易要到您的号码，我们院有个老人临终交代，有遗物交给您。"艾目道："哪个院？""荣宁敬老院。"对方答。艾目心想：和敬老院素无瓜葛，来往的只是一些同好，不免纳闷。对方道："您有时间，来一下或派人把东西取走。孟大禹说，是您的幼时玩伴。"艾目"哦"了声，惊诧之余自是心绪难抑。

大弟正在后院帮忙莳花弄草，给池中小鱼换水。他喊了大弟，大弟骑着踏板车，风驰电掣带他到那儿。大门紧阖，一名穿白大褂的管理人员，戴着口罩，提着东西走来，隔着铁门道："东西是孟大禹留给您的。"艾目问："人呢？"对方答："早下葬了。他没后代，敬老院和他原搬运公司的同事商量着办的。"

大弟道："打开看看。"艾目道："回家再说。"进得画室，艾目展开包裹，见是那幅已发黄的《七仙女》，还有一只旧蝈蝈笼。画的背面有字，歪歪扭扭写着：目儿，谢谢你的《七仙女》陪了我一辈子，给了我一个纸上的家。我孤身一人，吃饱了全家不饿，如今物归原主。那蝈蝈笼是我儿时编的，犹记得你盯着它的眼神。后悔当初小气没送你。现在没用了，留个念想。我家祖上是开镖局的，所以会两下拳脚。日本人攻入南京时，家人外逃，父母死于流弹，只剩我和祖父流落到楚地，也就这样了此一生。

大意如此。艾目看后，立于案前久久未语。

七十五

艾目徘徊在江堤，走过一处缺口，正欲前行。浑浊的江水漫向堤坡，又向堤面涌来。他无路可去。

分明记得过几天就要高考，可数学、俄语忘得一干二净。他写着公式，一个也记不得，俄语词汇更是拼不出。犹豫着是否放弃，又怎能放弃？他用钥匙开着门，却怎么也打不开。侧头看见周家鼎老师从走廊深处走来，正好与老师叙谈一番。老师拄着拐杖，抿着嘴，没吭声，只用眼睛望着他。

"老师，我不想考美院了，专业没问题，可文化课全忘了。如今工作难找，再说什么工作适合我呢？我只想展开纸画画，那该多幸福。"他絮叨着，随老师去了他家。老师家破烂不堪，铺盖铺在厨房，过道里堆满杂物。他女儿解释道："搭住，暂时的。"

艾目还想和老师说说心事，老师却没了踪影。

办公室里摆着自己绘的一幅画，没钥匙进不去，只好踮着脚，从窗玻璃往里瞧。那画耷拉着，看不清。转身一名女子拿着那幅画立在他身后。艾目正惊诧画怎么在她手里，顿时又觉得是知音，定睛一看，似乎是苏州女，又遗憾着还没一起去田野支着画架画画呢。

他正欲说高考的事，苏州女也不见了……

艾目醒来，发现自己躺在汉口绿儿家，朝阳已透过麻灰色纱帘洒落枕畔。他醒了会儿神，想到也许是音子即将高考的缘故，方有此梦。

起床后，接到学生电话，说："周家鼎老师去世了。"他没惊讶，拿着手机，默坐了会儿，想着人都会走，可心里依旧空落落。遂起身走至阳台，瞅了一眼楼下的学校，想着活着多好，无须相见，知道在哪儿便安心，便有一丝温暖在。

周家鼎老师的女儿亦打来电话，邀请艾目回楚凤在葬礼上致辞。对老师他自是有话讲。认识老师六十余年，老师长寿，活到九十多岁。

他一人拉着行李箱，顶着酷暑返回楚凤。夜里在沙发上迷糊着了。滚下来时，"砰"的一声磕在玻璃茶几上。醒来时两眼漆黑，金星乱冒，一摸鼻子全是血，地板上也是一摊。给学生打了电话，夜里三点去医院进行处理。鼻子肿老高，回家已是凌晨四点多。学生问："还能致辞吗？"他答："能的。"

天蒙蒙亮，艾目出现在殡仪馆门口，正巧遇上城贵。他脸色煞白，喘得厉害。两人打过招呼，慢慢行去。灵堂里烛火摇曳，燃着香。看到老师平躺棺中，艾目不禁老泪纵横。想着："活着真无趣，一生不过一瞬，名声财富又是什么玩意？"

感谢老师，是老师引领他感受世界美的第一步，终其一生玩着美丽色彩。没它们，世界是灰暗的，心也是迷茫的。

老师那画家的专注常使他敬畏。老师的画散发着古典味道，色光沉稳，用笔准确。人正派，言必说艺术，是老派艺术家风范，与齐白石寿同，可命不同，受人尊敬便好。

年少时，他画室那英国象牌水彩纸，艾目多想有一张。老师常说，纸质不同画出效果不同。羡慕老师有旧时代的纸。那时，能有一张国产纸都似做梦。现在一张纸算什么？但创作激情似在减退，说静水流深亦可，总之越画越难。

他和城贵从殡仪馆出来，握手道别。两人都想说点什么，却什么也没说。

葬礼后，艾目有意识画了《沉烟》。在原《窗影》基础上，去了人物，做了改观。

静静的古色，无一丝渲染，老宅的色调。儿时章华寺的禅房，不过如此。响午的阳光，把格子窗影印在倪瓒的山水条幅上，也印在墙壁上。古旧条案的一端放着香炉，香炉上插着一炷香，青烟直上，继而化作淡淡曲线。

画面由墙上的窗影、卷轴、条案、香炉组成。他这辈子，内心只摆放这四样物件。山水是倪瓒简净的山水。夕照的窗影代表外界，显得室更幽。家人、朋友、师长、学生，友情，是那外界的光，也是过客。香炉，生命之香，慢慢燃尽，从容泰然。那直直的青烟，是唯一的动态。无悲无喜，任风吹草动，不受杂念所惑。岁月的条案老旧斑驳，供奉过自己的生命。

隔而不断，把天地山水融为狭小空间，这样的状态很好，虽暮静，却温暖。夕阳空照，禅房无音，是画者的文化内心。有人文痕迹的地方才叫侘。夕阳终会殆尽，光没了那刻，一切归于零。从无所求到无所望，纷杂的人间，留不下一丝回忆。从无到空，空空如也。

灵感来时，艾目凌晨四点，便爬起来作画。至五点，淡淡的灰白已染上天空，黑色悄然褪去，所有物件罩上色，周遭安静得只听见自己的心跳。待天空刷白窗口，才闻得到一两声鸟鸣。艾目专注绘着。画案上却心烦意乱，烟头戳了一盘，五颜六色的颜料堆满案台，外加横七竖八的毛笔，犹如客人走后的宴席，他从未收拾干净过。

去襄阳时，艾目见卧龙岗孔明榻榻米上，草帘漏下的光，进而

沉

烟

惋惜诸葛先生，为何偏要去叱咤风云，借那东风。那静静的人文环境，才是人生，思里藏着自信。

他曾对绿儿说过，侘寂属人文情怀，不然只是"清泉石上流"了。纯自然景观，不是侘。"侘"，人加宅，人文安静之意。只是被一些人用滥了，没了趣味。心中的自然才是文化自然。大自然转为文化自然才是艺术。艺术是血，它养人。

其实，古代庭院深深，皆侘寂。小时候的章华寺多静啊。

音子幼时，他曾牵着她的小手信步走去。只是那寺院恍若穿了戏服，没了幽深。艾目想起儿时背着画夹到那儿写生，太师渊还是郊区。小孩走起来，仍觉遥远。破旧的寺院坐落在荒草中，四周无人烟，僧侣亦少。高大的殿堂，四大天王顶天立地，矗到殿顶，让人敬畏，静到发抖。

"外公，你怕不怕？"音子奶声奶气问道。"怕，也不怕。"艾目呵呵笑道。

他画过寺院破败的门垛，灰灰的没一丝色彩。推开厚重的木门，"吱嘎嘎"，沿着高墙边的走廊行去，凉气自脚下袭来。地面铺着平整的灰方砖，院墙的藤蔓倒有几分浓浓画意。

他也曾与朱天一去过，朱天一问这问那，艾目只知菩萨样式，其他一概不懂。当时没有半点佛学知识，名胜典故知之甚少，也从无兴趣。

如今鬓霜，历世事，凡人只求心安。

七十六

　　国庆节，绿儿携音子，搭紫儿的车回家。音子已在湖美读书，算起来，家里也算三代湖美人。音子拿出自己设计的时装草图给艾目看。艾目道："很前卫呀！"遂逐一点评一番。音子又说某某品牌的时装很酷，一套高定数百万。艾目"啊"了声。音子道："外公，老土了吧！人家只穿一次，一个戛纳下来换十多套呢。"艾目无语，良久摇头道："拥有顶级财富，也是耻辱。""您道德绑架呀，艾公！"音子学着馆里人称呼他。艾目呵呵笑道："不关我事，但金钱是纯洁的，应似流水流动、流通。"这是艾目的心里话，说他道德绑架就绑架吧，进而感叹："人世间的出场费可真不同。"不惜物便是犯罪，走红毯那事在他眼里也一文不值，无非晒晒羽毛。那百万的礼服废了，也只是垃圾，除污染环境没啥用。音子笑道："外公怎么这么犀利了？"艾目也惊讶，自己怎么尚有火气，不是心如止水吗？

　　一同回来的还有紫儿的女儿津儿和大黄。津儿已上高一，艾目抽时间给津儿上了两节课。椅子半边铺上衬布，摆上陶罐、桃子、西红柿、勺子、奶杯。艾目手拿画笔，"唰唰唰"，边示范边讲解。

　　那大黄是条大狗，十分俊朗。艾目把自己的眼镜给大黄戴上，又搂着大黄歪倒在沙发。津儿半蹲着，给拍了照。

沉
烟

夜里，老作协主席发来一帖有关某画家的巨幅画作。问艾目有何看法。平日他便觉得艾目的画有待突破，缺乏雄阔的气势。

　　艾目看了看，空，没自己。用个体反映群体，才是真本事。形式而已，学的《流民图》和雅典学院巨大的宗教场面，也只是学学，属另种潮流附庸。尽管介绍里说，以超常尺幅，宏大视野，表达其精神世界。且冠以"著名"二字，作者被誉为什么思想者，又有画作在哪儿哪儿展出等语。

　　艾目见多了，评论不值钱，怎么说都行。一旦主题先行，成为工具，进入群体，也就没了个性。没了个性，也就没了艺术性。艾目深知，痛，很多时候是无声的、没沉思的喊叫，也只是空洞的喊叫。若自己画，也许只画一个寂寞的球体，以及废墟上，风过摇摆的一枝黄花。

　　无声胜有声，功夫在诗外，他喜欢画外意。高手几乎都退一步，绝不会扒光衣服裸露。这种画，只适合展览。

　　没想到世鸿也收到同样一幅画，同样被问有何高见。世鸿道："首先有情调情趣，后有谋略，再有格局规范，最后才能画出点好画。"

　　这与艾目的观点不谋而合。

　　作协主席回复道："大气磅礴与精美小巧都是需要的。宏大叙事与小摆设，与是否深刻没有逻辑关联。艺术可能以小见大，也可能大而无当。艺术发乎情，发于衷，自然会走入他人内心。"

　　艾目没再言语。

　　第二日，开画廊的学生接他去喝茶。墙上挂了几幅他的画。廊主边续茶，边道："有个男的，几乎每日来画廊，站在那幅《四月》前一站便是半日。"《四月》是幅青衣工笔，淡青色调，女子凭窗而望，只手中团扇绘有花卉、窗棂上歇着一只黄蝶。女子低眉顺眼，清秀婉约，表达的依旧是囿于深闺向往自然之景。同类题材中他画得最满意的是《团扇》，大门紧阖，一把团扇横于门前。扇子代表人，扇里绘有粉白牡丹，暗含女子的内心向往。省去人物，构图更为简约。他的画融汇新与旧、坚硬与柔软等对立、对比元素。看着单调，意蕴却十分丰富。

正说着，学生道："您看这不又来了？"果真一名男士踱进来，微微颔首立于画前。廊主道："你如此喜欢这幅画，这便是主人。"男子点头示意。艾目起身，悠闲地踱过去问他为何喜欢？他说："说不出来，看一看便格外满足。静而不伤，这世间哪来这么美的仪态？"艾目转头对廊主道："取下来送给这位先生。"廊主惊讶道："这怎么行？昨天有人出那么高的价都没卖。"艾目道："听我的，我再画一幅给你挂。"廊主取下来，准备卸掉画框。艾目道："框也一并送了，框钱我出。"其实青衣系列他早已不画，只是总有人翻腾出来。

有个踏三轮的，几十年替全市各画廊到客户家挂画，说只喜欢艾目老师的画。这话传进他耳朵，一次巧遇便顺手送了那人一小幅工笔。那人乐颠颠，惹得众人羡慕。他学生问："为何有时别人出高价订画，您不画，不相干的人倒白送？"

艾目道："生命有限，不喜欢的自然不画。在艺术面前没有不相干之人，艺术感觉是最好的身份。别以为蹬三轮车的不懂，几十年早看成了行家。美来自比较。画贵在大气而非大。那些漂亮女孩能轻易开口，骨子里早已跌了份。喜欢的因素太少，要了这个还想要那个的，欲望而已。凡轻易开口均不可取。一个人得忘记自己的性别容貌。就像这画，这个天天来看的陌生人倒是真心喜欢，也证明没钱买。雪中送炭是德，锦上添花是选择。"

寒衣节那天，学生送来一条黑红格子细点点提花羊毛围巾，很是柔软。时值绿儿返家，摸了摸，竖起拇指又指了指自己。艾目放

沉
烟

284

她怀中，知她要送人。大弟也买来鱼糕给艾目过散生。

卫生间盆子里泡着十几个干巴着颜料的碗碟，绿儿照例把画案收拾得一尘不染，烟灰缸也用钢丝球洗干净重新摆在案上。

入冬后，绿儿养了十几年的猫小米死了。她用塑料纸封严运回楚凤。艾目会意，用葬汉斯的方法给埋了。绿儿在微信里说："一个朋友家的猫也死了，联系的火葬场运到外地火化。全家哭得不行。至于后来是装骨灰盒埋了还是供奉家中，就不知道了。"

艾目没说什么，对死他有自己的想法。入土为安，土里方是逝者要去之地。安便是尊严，无论人或动物。古人造字，颇讲究。死者头上长出花草，方叫"葬"，葬了才能升天。他始终记得年轻时写下的"我是泥土，归于泥土"。

他给绿儿、紫儿留过话："若有一天老爸不在了，不要悲哀，人都是要走的。我是一个向内的弱者，一生孤独，到另外的世界悄无声息便好。不要任何仪式，祭祀、鲜花、香烛、纸钱，人类制造的这些都不要。若能忘记是最大的恩典，也是减少痛苦与负担的最好方式。骨灰盒也不要，找个干净之地埋了就好。哪怕洪水流过、建筑压住，都要和泥土在一起。相信土地柔软的力量，圣洁、宽博。"

艾目知道："人也是动物，被泥土吞噬然后变成泥土多么美妙。"

那些装在匣子里放在水泥疙瘩里不能入土的，才是囚徒。不能转化便谈不上新生。

鲜花、小草、粮食的成长，皆靠腐殖质。没它们便没植被萌生，而腐殖质来自动植物的尸骨。他想做那样的有机物，让自己的身体长出花草。艾目认为人也是物质，也是能量转换中的一环。同雨、雪、冰、雹是水的不同形式一样，每一次死都是新生，绝不会浪费。

他从不觉得爸的骨灰找不到是种遗憾，化了土便活着。

七十七

　　艾目近日十分孤独，一日复一日地单调。买菜，到超市取广告，独来独往。在桂园难得说上一两句话。若不是看书、画画、写字，直觉无趣。一幅画画完，没新的激情与思考诞生，便如此。着色也越来越素，也许与清心寡欲有关吧。

　　早六点，他被孙同学的电话叫醒，帮她解手喝水。又熬了小米绿豆粥、煎小鱼、拌咸菜、热包子、煮鸡蛋。又给她洗脸洗手、查血糖、打胰岛素，早点端至床头，方歇了会儿。

　　孙同学很会过日子，躺床上看完每期广告，勾上特价商品让艾目去买。这也是他每星期三去取广告的原因。下雨也得去，打着伞，坐两站公交再走一段路。心里不免抱怨真折腾人。没事尚可，手里正绘着画才叫难受。

　　昨夜，他又梦见孩子们等着上学。他找了半天才找到钱，给绿儿、紫儿各带四角钱课余买点零食。晚上回来绿儿把四角钱给了她妈，刚巧被他看见。那个心疼，不免又在梦中哭醒。

　　绿儿是晚饭时拉着行李箱进的门，凌晨两点还坐在沙发上抱着小打字机打字。孙同学把家里的存款弄去理财，绿儿、紫儿劝过，她不听。理财的跑了，孙同学急着整理资料报案，绿儿连夜从武汉赶回，还要搭凌晨六点多的动车回去上班。

孙同学平日就迷恋电视广告，不是买两千八的驼奶，便是千元一盒的膏药。她相信那驼奶能包治百病，也相信那膏药一贴她就能站起来。艾目不管她的事，无暇管也管不了。

绿儿一夜未睡，走时用微信给艾目留言：老爸，八十万打了水漂，哪要得回？报案是宽慰妈妈。天还没亮，艾目送她出去等滴滴，两人站在夜风的站台。他拍了拍绿儿、摆了摆手，又在微信里划拉道："不去想它，只当没有。"私下却算了算，那相当于自己不吃不喝十多年的工资。他一辈子不知工资卡长啥样，也没花钱的欲望。又想到爸病得那么厉害时水果都没得吃，如今被骗子一骗就是八十万。又想到给绿儿治病时的艰窘，不免怅然。

绿儿走后，孙同学目光呆滞、神情涣散，挣扎着坐起又要躺下。艾目安置好，掖了掖被。她连说："不行了，我不行了。"泪水顺着老脸直往下流。艾目看着心酸，窗外雪纷纷，他有点心慌意乱。说："上医院吧。"她不肯。

第二日早起，好不容易给她穿好衣服，移步时，她没站稳歪倒在地。艾目拖不动，只得打电话给学生，赶来两人，费了好大劲才把她弄到椅子上，随即将她送往医院。

孙同学夜里惊厥喊叫，加上尿道感染，一夜叫尿五六次。护工不耐烦，孙同学哭着要换人，不得已艾目临时顶上。同病房的心脏病患者吵到住院部，医生建议孙同学转神经康复科，没床位，又建议转精神病院。艾目坚决反对，知道她只是暂时受到刺激。踟蹰间，忽瞥见楼下一株李树开着一树粉白的花，不禁想起去江南看油菜花时的清甜阳光。又觉得这李花咋开得这么早，还没过年呢。又想着今天一定得解决孙同学的问题，要不然夜里会被赶出病房。

正无计可施时，猛想起医院的纪委主任也是画画的，有交情。

七十七

与之联系，当即解决。艾目一人推着孙同学从八楼转到十五楼神经康复科。蒙在鼓里的孙同学又哭又闹，抱怨没和她商量。他百般安慰方平息此事。

翌日重新请了护工，自己也得陪着。那段时间，艾目天不亮就提着保温桶送饭。晚上归来，月光已洒满马路。进屋倒床上，叹息一声："好累！"家里静到可怕，只剩他一人，他捶了两下酸胀的腰。

艾目想过婚姻这事，婚姻是什么？谁也说不清。他和孙同学也并非简单的夫妻关系，而是纯情与世俗的争夺。孙同学对他来说恍若一个坚硬的城堡，又不得不住进去。自己的婚姻多么像方鸿渐的婚姻，贪着那点暖又咬牙切齿地磨着。他想过那个苏州女，如今也是个小老太太了吧！或许早已不在人世。没娶她真好，至少在记忆里美好着。

艾目也想过孤独这事。孤独的形式是脱群，首要条件是自我思考，缺乏思考意识不到孤独。

孤独又是一种自我意识，没自我便没孤独。孤独也只有在与自我的对话中方能消解，故艺术是孤独的产物，孤独创造了艺术，没孤独的艺术也只是技术。

孤独又是另一种清醒，也只有在对自我的生死追问、生活意义的探寻中，才能产生。它又是人最本质恒常的状态，人类个体无法摆脱，尤其进入晚年尤为强烈。

而孤独的情绪中，又掺杂着孤寂与忧伤。列维坦的《雨后的普廖斯》《弗拉基米尔之路》都如此，尽管《索科尔尼克的秋天》里面的人物是文学家契诃夫的画家弟弟添加上去的，却恰到好处。那萧瑟的树、幽深的小路，都令其动容。巴氏的《匆匆的会见》亦如此。

艾目进而想到自己这一生，唯对大自然、对自己一往情深。婚姻的不如意又变成好事。因不如意带来的深层孤独，反促使自己全身心寄情艺术。改变不了现实，只有改变自己。妥协融入，保全着那一点点可怜的艺术细胞与尊严。继而感叹：因梦太美，缺了世俗营养，又委屈于现实。只因内心率性，超然世外，坐看云起。

七十八

　　孙同学瘫了多年，艾目实在做不动才请的阿姨。为请阿姨不知吵过多少回。怕花钱，怕花钱，都送给了骗子。这话，他只在心里说，从没当她面说过。没了就没了，无非一个数字。

　　出了院，孙同学又在说："新换的阿姨不耐烦，说话粗声粗气，不把她当人看。"总之这不好那不好，巴不得不请人。说时泪水涟涟。艾目估量着自己也是八十多岁的人，一日不如一日。她的大小便、按摩外带一日三餐并不轻松。白天还好说，夜里实在撑不起。每每精神压力大到不敢睡；醒来又难以入眠。

　　平日有孙东和大弟帮衬，外带阿姨，他方能专心画画。

　　这一想不免有点烦。弄毕早饭，见阿姨收拾的灶台十分马虎，油垢一层，又用钢丝球沾着洗洁精和温水擦了擦。清爽后，方退出。

　　阿姨在房里给孙同学穿衣洗脸、安置早饭。忙完了才正式辞工。

　　艾目收拾完洗了冷水脸，躺在沙发上准备休息一会儿。正巧孙东顶着一头灰白发丝进来。艾目与他商量。她老弟孙东道："别听她的，我来处理。"说着，约了大弟同去家政服务处请人。艾目在家等。

　　又请的阿姨姓肖，六十来岁，人爽朗勤谨，让艾目省了不少心。

大弟来了，也直叹屋子收拾得干净。绿儿、紫儿更是感谢，常快递一些小礼物回来给肖阿姨。临近过年，阿姨休假。即便阿姨在，太脏的活也得艾目来。孙同学便秘，每次帮她脱裤子、备开塞露，戴上一次性手套、口罩、钻进去，躺地上，用手抠。幸亏身子灵活，五分钟便大功告成。再帮她洗屁股、提裤。提裤麻烦，她身架大，力无处使。自己也这把年纪了，累得心"怦怦怦"直跳。倒便盆、洗刷，又是一番忙碌。

待弄完坐下，电暖器作陪，抽上一口烟算是享受。空闲时，偷着干点自己喜欢的事，年关就是这样混过来的。

节后家中进入正轨，艾目清闲许多。怎奈凌晨五点被电话唤醒，晚上孙同学通常起夜两次，两点那次阿姨来，五点这次艾目做。阿姨也是人，也得休息。

伺候完孙同学起夜，艾目望了望窗外那轮皎洁明月，似枚深红印章卡在深蓝的天幕上，忽有了新构思。裁纸、削笔、造型，大致满意。一个钟头过去再无睡意。艾目打算用冷灰色调画幅《马背上的月光曲》，又觉得自讨苦吃，但总归是兴奋的，自己尚有灵光闪现。

整个早晨他都沉浸在古代广袤的天幕上，想象着黄昏夕照在马背上的苍凉暖意，以及夜空中即将降临的一轮明月。晚风徐徐，埙音低沉，两匹马顺风而踏。女主角专心于埙，身穿兵马俑战服的士兵陪伴在侧。那情景多少有点烂漫，残酷的战争间隙，普通士兵依旧拥有情爱，类似于《法兰西组曲》的情景。

画中马一改宫廷范，鬃毛粗犷，充满野性。男子的铠甲亦坚硬，以此衬托人物内心的柔软。虽是油画，却有极强的水墨味。似那幅《千里送京娘》，咖色背景，白亮亮的光，那微风，掠过薄纱似的裙裾，他以为自己再也绘不出，没想到却有了突破。

他重勾了《马背上的月光曲》，粗放灵动，月夜更白。用蓝、

七十八

291

紫、灰调了底图，色调清冷，油画颜料很神奇，渗透融入，丰富地表达与变化。人物明度很高，有纯银质感。艾目对光的把握极自信，月亮融入空气中，突出人物，马鞍上铺了一块楚花纹织毯。风声鹤唳，要的便是这氛围。雁代表忧伤，有相见，便有别离。战争是残酷的，但彼此依旧平静着。艺术便是欲罢不能，隐忍不说。

十多天一晃而过。按常规作品已完成，他也很满意，只是朦胧感还不够。最后一道工序——整体罩色是他最初的设想。但油画颜料和水性颜料毕竟不同，拉不开刷子，透色度差。艾目怕前功尽弃，犹豫数日迟迟不敢下手。又一想，管他呢，艺术贵在创新，坏了就坏了，遂薄薄地罩了一层烟紫色。次日清晨爬起一看，试验成功。意与境，如梦如幻。油画从没此画法，硬画画不出此等柔和氛围。属其独创，用国画工笔手法完成，效果非常好，已臻佳境。

艾目明白，画者便是创造形式的人，艺术发展史是一部艺术形式的发展史，文学、唱歌、跳舞均如此。一名真正绘者，有审美方向后才能形成多样性表达。

沉
烟

七十九

艾目这几年，有意识转向对时间、空间的思考，摆脱了二十年前的青衣系列。现在想来，那些画避世也好，达意也好，内心求索也罢，多少带点自恋。无非言志，而志又何必要言，还是不够通透。随着朋辈成新鬼，生死成了大问题。他画了《空巢》《空镜》等一系列油画作品，旨在表达个人与生死的关系。

而后，他绘了《漆镜》。古今对话，历史的天空在这里死去或活着，均可自由解读。似一面镜子在楚漆里折射，映出两千五百年前先人的同时，也映照今人。这样方能形成呼应、对视与交流，才能成为一个连锁整体，画方活起来。

画作相当成功，于漆镜，古人是实像，今人是映在玻璃上的虚像。古人的实，又是虚；今人的虚，又是实。实即虚，虚即实，千古之谜。艺术的真实，并非真实。学生说："可拿金奖了。"艾目呵呵笑道："不赶那热场。"

艾目做事胸有成竹，不用起底，画仕女一扭一个嘴巴，一挑一个指甲。总说是那么回事就行了，余者留给相机解决。

魏归道："有个微信群为生命有无意义，吵得不可开交。有人说，精神生命是不死的；有人说，活着是为被人记住；也有人说，科技发达了，把大脑植入机器人，让它替自己活。"

周送道："疯了，想长生不老到如此地步，与过去的君王何异？机器人能有人的灵魂与情感变化吗？"

魏归道："生命并非人类专属，动物交配繁衍、展屏梳理羽毛、筑巢、互通友爱都是生命表现。羊跪乳、鸦反哺、雁阵携老扶幼、鸳鸯海枯石烂，不比人差。"

艾目道："它们做得再好，哪怕守护巢穴、团结一致对外，也只是本能。生命意义属精神范畴，同义词应是精神价值，这才是人与动物的区别。"

周送道："广义的生命是无意义的，即活着，从生到死一根线。所谓的意义是寻求。寻求到了便有意义，寻求不到哪来意义？仅是生命并无意义。"

几个人又谈到时间。

周送道："时间就是存在，不存在了，时间就停了。"

魏归道："时间是记忆，凡能记起的事，时间就存在；记不起的，时间就消亡了。"

艾目道："是的。时间虽客观存在，于主观而言，主观没了，时间就消失了。春夏秋冬只是轮回，时间是人类臆想出来的东西，人有时间，动物只有重复的空间。"

魏归道："太对了。还有人在说，时间是虚无的，如何对抗？"

艾目道："虚无个鬼，人才虚无。时间就是变化，我们的脸上都藏着时间。时间只能相对缓慢，人对抗的是自己。'寿'字怎么写的？丰加寸，丰富每一寸，而非空活百岁。"

世鸿道："凡想改变自然规律的，都蠢。现在对我而言，时间就是活着。"

艾目想过，人活着就得打发时间，打发是为了消除闲时烦恼。除了吃喝拉撒，便是这打发了。佛念经，人游戏，当属人的精神追

沉

烟

求。"游戏"没什么不好，孩童游戏追求单纯的快乐。所谓艺术的画画、弹琴、写作等，也只不过是成人的内心游戏。也只有在游戏时，人才能真正做到忘我。

艾目甚至认为，寻找意义做学问，不比打麻将高明到哪里去；旅游闲逛也和读书差不多。凡不伤及别人又讨好自己的都合理。似担水砍柴与念经对僧人同等重要一样，都属修炼。

死，只是时间的终结，对个体生命而言，时间便是一切。把生命归于尘土的过程，便是这时间了。

意识不存在了，时间也就没了。哪怕变成另一种存在，也并非"此在"。"此在"乃意识的产物，另一种存在只是形态转换，意识已不在。故李泽厚先生冷冻大脑的想法，他觉得无意义，当然也只是他觉得。

艾目相信当下，当下即无穷。一个人能忘掉时间，便已超脱。

八十

　　晚八点，他到马路上走了走。较之白天，行人稀少，寒气重。店面的招牌灯、霓虹灯、路灯、汽车驶过的车灯，貌似热闹，实则十分冷清。

　　护栏石缝里长出了一株鲜嫩的植物，艾目低头端详半天。

　　沿着湖滨路继续前行，一只死鸠伸着爪仰躺在马路中间，于苍白路灯下森然刺目。艾目蹲身，看了看，身体早已凉透。这个冬天，它没能活过。拾起想掩埋，苦于没工具，只得藏在路边红叶石楠的树丛中，想着下次带工具来再说。

　　往回走时，不免五味杂陈。回到家，坐床上，暖和的被，单独的房，温暖油然而生。露在暗夜荒郊的恐惧心理多少存在。回到窝里，动物的求生本能。树上壁上的鸟巢，地下的小动物的洞穴，虽黑暗却安全。

　　次日早晨，肖阿姨推门喊了声："艾老师！"见艾目在被子里应答。方放心道："每日您起得早，今日房里无动静，推门看看。"艾目道："没动静就好了，到那边享福去了。"

　　昨夜，艾目难以入眠，吃了一片安定。

　　一个星期后，他画了油画《云朵》。

沉
烟

巨大的球体在天边缓缓移动，神秘恐惧。死亡同归天地，回答着哲学的终极命题："人从哪来，到哪去。只不过天地间的一口气、一朵云。"

画面空灵震撼，有抽象意味。硕大的月亮变幻出无数连贯的球体，死去的鸠仰躺在托垫上，飞往神秘太空。

人常说心路历程，历程不就是经历吗？它所产生的情让你感动并悟到。虚的悟不能用言语表达，只好借助画笔，这便是《云朵》。

早在20世纪90年代，艾目绘青衣系列时便思考过，一定定下创作的审美取向与审美观照，此乃艺术创作的核心部分。画什么，对什么感兴趣，把自己纳入如何之境，应作如是哲学思考。

每个画者皆有自己的兴趣爱好，而兴趣爱好又局限其作品。作品呈出的个性风貌便是"审美取向"。

故每个艺术家都有局限性，而局限性造就了其题材与形式选择上的固定模式。俄国画家列宾有别于苏里科夫，后者只对历史题材感兴趣。罗马尼亚画家格里高莱斯库典雅抒情，巴巴则厚重压抑，各有取向。有的重表达，有的重叙事。表达以主观情绪加技巧为主；叙事则尊重客观，把主观融于客观。

而这局限性又是个性或独创性。没个性便没艺术，故成也萧何败也萧何，局限性又是一个极好的东西。

你认为重要的别人或许不屑，别人主张的你未必赞同。魏归曾认为只要养眼就好，艾目却觉得还不够，那只是审美的基本要素。审美的本质是理解，理解后的表达才有价值，才是艺术中不可缺少的理性部分，即审美取向。

而审美定势的形成是长期积淀的结果。

艾目对空与无的判断，源于人的本质。艺术是孤独唯一的安放地，无论中外，凡关注自身的艺术者大多如此。一个绘者，决定自我的审美取向后方有定位。而对艺术本质的理解，由价值观决定。

八十

297

有同好打来作品让其提意见。满纸乌云，既没画调又无画格。艾目鼓励了两句，又道："绘画乃形象思维，流派只是风貌。所谓的抽象，仍是具体的，无非形的流变。没有绝对的抽象，纯抽象是空无一物。好的抽象是骨子里的东西；千篇一律的抽象是表演，是自欺。故艺术是具体个人创造的'形式'，新的只能是思维。"又道："常人的羽毛取悦他人，艺术的羽毛取悦自己。"

艾目深知，不管抽象、写实，还是超现实、超写实，怎么方便怎么来。超写实，重形变；超现实，重思变。有的为纯我服务，有的为社会服务。为我者，道也；为社会，儒也。跟潮流死，保守亦死，有特色才能活。技巧，皮毛也。

他倾向内质生动的作品，真，平和，随心所欲。

沉
烟

八十一

孙同学被骗后，为安慰她，艾目便说自己还有点钱。具体多少他真不知。因不会微信转账，故都是现金。他把钱夹在一本本大而厚的书中，放在书架最高层，久而久之也就忘了。

夜深人静，习完字，他一本本清下来，数了数竟有十七万。红红的一堆，全是画酬余额。

艾目一辈子没这么认真摆弄过钱。他一个人坐在台灯下，跺整齐，再用橡皮筋一沓沓扎好。起身叹了口气，一起抱至孙同学床头。第二日孙同学醒来，自是惊讶，当即让她弟孙东推着去银行存了起来。

艾目把弄下来的横七竖八的书，搭凳举上去，一本本重新码好。觉得这些书没了负担是件轻松事。有本俄文版的《列维坦画册》，是他出差去北京从外文书店买的。当时花了大价钱，为此节约了很久。他打开看了看，很亲切，似乎又回到了年轻时的昙华林。依旧喜欢《湖》，还有列氏三十九岁绘的"朦胧秋景"等几幅图。多么美妙的灰色调，色彩、笔触、空间、黑白灰，恰到好处且富有韵味。不得不感叹俄罗斯油画美的独特性。

他又顺手扫了扫书架上的灰，抽出下面一格靠右边的《三十年代作家作品论集》翻了翻，竟发现夹着两张发黄的纸。看样子是从本子上扯下来的。半截信，有涂抹，像份草稿。也许自己喜欢写错别字的缘故，方如此小心。

　　如昼的夜，空旷寂寥的岸。漆黑的江面上，那闪闪的航标灯，单纯而又单调。船行驶在淡蓝色的夜幕中，甲板上，床舱里，众生安息。

看内容，似乎在船上写的。艾目算了算已四十余年。那些年他无数次往返于航船上。那灯火，那岸，那魏归家。

　　魏归，我才从繁杂的家务中解脱出来，乘上东方红2号客轮。独自坐在顶舱甲板上，才能捕捉到这平常而又神秘的夜的景象。意识于此方能行进。而这样的条件是我一直期盼而不得的。无法超脱现实，也就无法入境，哪怕具备如此的艺术才能。没客观条件，想潜心艺术，何其难！

艾目想了想，也许是自己最劳累的一段时间。幸好晚年终得心缘。是的，超现实，也只有超现实，才能让自己跳出来。那些画都是超现实的结果，纯精神营养，而非抄现实。

　　一周来，我竟产生了类似幸福的感觉，在你那儿，竟当成了自家，比家更近一层。思想畅通，单调却不寂寞，平常而不俗气，辛苦而不劳累。你别急，再等两年，孩子大点，我有两幅有影响力的作品后，就调到你那儿。你知道的，不为别的，只想离你近一点，精神上能够得到满足。

沉
烟

艾目忽感难过，那时的自己多么可怜，想去投奔魏归——他精神上的亲人。或许自己尚没走出大学的影子，或许在楚风倍感孤独，不似现在这般平静自足。

《萧红传》我已给你买了一本，上面有关萧红的资料较详细。《鲁迅和萧红》原载一九七五年《新文学史料》第四辑。有时间你可读。同年《新文学史料》第二、三、四。

信戛然而止，到第二页尾端便没了，或许还有第三页、第四页，但不知去向。艾目那时刚被调到文化馆工作，20 世纪 80 年代，订过《新文学史料》，双月刊，与《新华月刊》一样厚，史料加评论。而写此信时，是去魏归家还是离开，抑或去外地，他实在记不得。内里所谈，自己都觉得混乱。

夜里，他做了梦。先是梦见魏归病了，他跑去找医生。又梦见一滩清水湾，清澈见底，年少的绿儿穿着凤鸟连衣裙，在水中漂来漂去。艾目紧跟着，也漂来漂去，喊她又听不见，忽没了踪影。再看那湾里有个极大的透明吸管，绿儿被吸了进去。他叫天天不应，叫地地不灵。正急着，漆黑一片，自己也被吸了进去。

醒来，一身冷汗。暗想梦是什么玩意？恐惧加迷茫。

他顺手摸起被窝边的手机，翻了翻，对话框里，津儿半夜发来她的速写视频。艾目表扬了两句，发了一个小红包，以示鼓励。写道：速写，贵在速，一气呵成，戛然而止。痛快方有速之味，才美，才潇洒。艺高胆大，才有大家风范，方显艺术气质。无诀窍，唯有练，练才熟，熟乃快，快乃流畅，稳准狠！

朋友圈里，凌晨十二点二妹发了说说：爸！我永远记得您。您生在河南乡下，过年时才能吃上面条，平日吃红薯干，还是霉的。十三岁赤脚走到楚风，身上只您姐给的一块银圆。她望着您的背影，哭倒在山岗，自此您再也没见过她。上私塾，当学徒，学算盘，几年工夫您全部拿下，与同仁开了大盛纸号。您穿着时尚，成为有钱人，人称"艾先生"。您早逝，我悲伤至极。如今我也老了，每天吃面时都会想到您。我要为爸爸您多吃面，有生之年天天吃，一直吃到死！

艾目看着这近乎赌气的说说，忽愣住，二妹说的这些自己竟不知。猛想起今天是爸的生日。爸是河南人，自然喜欢吃面食，可楚凤这样的鱼米之乡，是揶揄面条的。那时楚凤因开埠满是商机，爸先是做面粉生意，后做纸作坊。爸把他弟与外甥也弄到楚凤。外甥是爸的姐的儿子。奶生爸时便走了，爸是他姐带大的。他姐年纪轻轻就没了。

想到这儿，艾目忽想起好久没大妹的消息了。

沉
烟

八十二

艾目又梦见自己问世鸿："你和那个童童到底怎么回事？"

醒来，看了眼手机，竟是半夜。想了想，之所以有此梦，是昨晚魏归在"目送归鸿"群里转了童童的文，还调侃世鸿终于抱得美人归。世鸿并没现身。

艾目不解何意，私下问魏归，才知道童童患癌，已去世好些年。老了的世鸿，日夜在医院守护。她不是他的妻，他也不是她的夫。童童一直独身，世鸿每天煲汤送饭，衣不解带，看着她皮包骨，面目全非，万般痛苦。直到握着她的手，把她送走。

世鸿当年暗恋的童童，后来成了大作家。书已炒至几百元一本，艾目遂网购了一本。

群是周送建的，成员只当年的四剑客。艾目画了《序幕》，发到群里。人生只不过是一场戏，两块半掩的朱褐色色块，便是序幕。序幕拉开，呈出月亮街街景的圆门洞。半边门洞印着自己儿时的虚幻头像，远处为淡淡新月，以及朦胧的青石板。世鸿脱口道，月亮街44号。艾目叹他好记性，半个多世纪，竟还记得，自己反忘了。遂记起世鸿年轻时，曾来过楚凤白妈家大院，孙同学替他介绍女朋友。

四人聊了会儿。艾目没事，也写上几句怀旧的话。

世鸿在对话框中留言：艾目，六十年了，好久！岁月有些磨损，但因是一生中最难忘的日子，故魂牵梦萦，又似发生在不久前。前些日子，看着你、周送、咱们仨那些年绘的小画，也是我学业的仅存，其他的都毁了。想起一起度过的艰难又温馨的时光，一起去九女墩、去沙湖，在校园里、宿舍里画画，一起读老巴的书，彻夜长谈。正因为你、我、周送、魏归的友谊，对人性、对自由的追求，才没被塑造成废品。在那样的阅读交流中，互为影响，砥砺前行。六十年前的老朋友，如今仍如往昔，三观清澈，不改初衷。虽不能在一处，却心气相通。这是人生中最难得的幸事！对此深深感动。

周送也道激动难抑，躲进空调房看了两遍。

班上同学，已走了几个，余下的，还在画的只艾目与世鸿。世鸿有才，即便疫情期间，北京保利拍卖行拍出的其新作，怎么也都上千万元。没法，谁让他火，是大画家呢。

世鸿把自己的铅笔手稿贴，发到群里，还配有评论家专评。有的草稿，可追溯至大学时期，仅凭这点，艾目就不如他。

艾目了解世鸿，遂快人快语道：世鸿是我辈艺术现象中的个案。他特有的思维方式已展现在草稿中。看似漫不经心的线条和符号，也将展示在他的整幅作品的色调中——世鸿黄、烟灰以及琥珀的深邃中。

线条童稚，色却沉稳。独特的审美取向藏在批判的画面上。扭曲的人与环境看似随意，却是作者无奈的心理符号化。作者似乎并非用画笔，而是用心事在创作。巨幅画作前，观者止步，作者想告诉我们什么？"知我者，谓我心忧，不知我者，谓我何求"是画面主题。作者曾说，唯独特的视觉与形式语言才是绘者应追求的，若一直在这条路上实践，多少会史页留痕。这黑白抽象的草稿，已展现其初衷。

沉

烟

周送赞艾目的点评，没高深理论，没装腔作势、不懂装懂的玄学，比评论家更直接。

魏归三四十年前，就躺平了，作为知名版画家的他，热衷家务，喝茶看书，烧火做饭，尽享人间之乐。至于幸不幸福，无人知晓。二妹性格倔强，魏归对她无微不至。即便是好友，艾目也无从感知其内心。

艾目和世鸿走的也是两条路，一个退，一个进。世鸿试图站在高处，纵观历史，如《大山水》、《听诊器》、"黄公望系列"。艾目站在原处，俯视细小之物和对"空"的解读。

世鸿展示被毁坏的部分，艾目展示救赎的一面。世鸿远行，艾目守候。

世鸿的画，属观念艺术，主题先行，医疗题材，环保题材。艾目的画，属情感艺术，怎么抒情怎么来，不管派别、东西方。两人都在躲避一种东西，世鸿内心喜欢小画，却越画越大，气势磅礴。创新、探索、前卫，站在潮流前沿。他喜欢表现力量，变化中却墨守规矩；艾目喜欢风景画，却极力回避。所涉及的，看似题材小，却率性而为，充满变数。世鸿钟情油画，却受传统文化影响颇深，尤喜《女史箴图》；艾目虽后期心仪国画，却有着外国文学自由浪漫的底子。

世鸿从早期的"世鸿黄"到"沉思与材料时期"，又至"符号与象征时期"，历经三个阶段。艾目从"列维坦式风景画"到"青衣、花鸟系列"，再至"对时空、生死的解读"，也历经三个阶段。世鸿越来越向外，艾目越来越向内。

进取之人，向往大都市，那是他的作为之地。世鸿是不惧翅膀被打湿的勇者，志向加才情加执着，必如愿。退缩之人，随遇而安，营养自己，不拘现实，我行我素。

时代、志向、个性造就了他们各自的世界观、价值观。

有人可惜艾目，说屈才了，艾目觉得那是不了解他。才是自己的，何曾屈过，每天都在挥洒。屈的名而已。

精神的饭，还得自己吃。活着，精神追求，向外、向内都一样，各得其乐。艺术不拒绝手段，正如人本主义的爱，自己喜欢就行，其他的皆可忽略。爱乃寻求自我之境，对人、对天然具备如此情怀，方是善。

似《瓦尔登湖》，美，纯粹，宁静。梭罗不会因为热爱环境，为环保，去湖边建个小屋。本意离群索居，过段清静日子，而大自然成了最好的慰体。大自然也不会管你住哪儿，人多情，标签都是后贴的。艾目一直相信，心可以无限大，但得建立在小的基础上。

他所绘之物，也只为悦己，与潮流无关，更不会被他人目光左右。且这么多年保持着对艺术的警觉。他的勤奋是不自觉的，有着难以抑制的创作冲动。艺术对他来说，是可以陪伴至死的亲人。

他对绿儿道，绘画的人虽孤独，却不寂寞。闹得风生水起，是一辈子；默默无闻，也是一生。风生水起才累，无闻才秋水。他喜欢静的秋水，映着天上的云，一丝不变。画里的月亮照样发着光，谁真谁假，心说了算。客观的真实不代表心的真实，心真才是艺术的真。《红楼梦》是个虚构的世界，《聊斋志异》也是。什么是真假？精神快乐才是真。"凡所有相，皆虚妄"，包括自心。放下一切执念，方能融入对大自然的体悟中。对错只是心的分别，故不屑辩。识破一切的错，方能抓住真实相。而真实相，便是精神生活。心中无贪，方能真行；心中无嗔，方能忍辱。自己的一生多少有点忍辱，动物性在人身上，不可回避。荣誉带来的快乐，也只是津津乐道的假快乐，根在外部，繁茂不了自身。

魏归停笔，是刻够了，版画需力气。他的严谨精神，于科学是长处，而艺术恰恰需要的是灵气与随心所欲，甚至野蛮生长。

无所谓成功与失败，道不同而已。成功的界定是外界，是俗世，是主流。追求成功依旧有不甘心、想得到外界认可的成分，而向内是自足、自在的。

八十三

　　楼是空的。记不得星期几，也许是周末，单位无一人，正好安心在办公室看会儿书。

　　展开书，是艾目十分想读的美学翻译书。正用铅笔做着眉批，一名当了美院院长的学生跑来喊他："艾老师，有人找您，请您去一下，说有东西留给您。"

　　艾目出了单位，急匆匆赶到街口。白墙边横着一张桌子，桌上铺着湿答答的布，仅剩一块柔白清润的豆腐。

　　一名老者戴着贝雷帽坐在摊前。艾目问道："您怎么在这儿卖这个？"周家鼎老师笑答："好玩的，正好与你留了一块。"

　　艾目熟悉老师那严正、似笑非笑的模样，想与之亲近闲谈。老师却被另一名老者叫走了，只余一块猪油糕似的方块留在案。艾目无可奈何离去，对面走来城贵，瘦高的个儿，对他点了点头。艾目正欲开口，城贵也笑着想招呼，一晃也不见了。再回头，老师与那人躺在树下说着话，艾目没参与，街上只陌生人来来往往。

　　空空的办公室里，烟雾缭绕，那位曾是同仁的作协主席正在高谈阔论，听者是一帮熟悉的《故事报》同仁。艾目居然一个名字也叫不出。烟雾中，议论着形势、时事，指点江山，好不热闹。他不屑地望了望，拂袖而过。

馆里全是不认识的年轻面孔，惶惶然，不由地整个世界也陌生起来。

艾目醒来，方觉是老者一梦。穿衣起床，进了厨房，前几天买的一块豆腐切成小方块，用碗扣着，已长出漂亮的白毛。不禁暗叹，霉得好！用白酒一糟，挖半勺辣酱，淋上香油，已然是下饭的美味。

天雨，孙同学坐在饭厅的餐桌前看手机，阿姨小肖在自己床边玩手机，客厅的沙发与凉台的画案是他的。原来的小画室已改为卧房，方便绿儿、紫儿回来临时住。

滴滴两声，孙同学在微信里道：家里只剩四十万，够给你出本画册的，出不出？艾目挺奇怪，孙同学从不关心他绘画，怎么想起这事了？估计是看世鸿一本本画册寄来，抑或觉得自己对她好，或许她这辈子真的很爱他，总之说不清。这让艾目知道家里还有四十万元钱，不至于底朝天。

他进京办展那次，主办方曾给他出过画册。怎奈主要作品却在这十年。艾目回复：不出。后面连跟几个感叹号。确实不想出，自己出钱给别人看，吃饱了撑的，拉赞助更丑。

那就办个画展，孙同学又道。艾目哭笑不得，也曾有学生劝他。他摆手，确实不感兴趣。年轻时有此心实属正常，怎奈现在觉得似在演戏。这么多年他心里比谁都清楚，一名真正的绘者需要什么。孤独、忧伤、安静，必不可少的元素。急着混圈子、游走沙龙的人，不用想，不可能是真正的画家。艺术家不是活动家。也最不喜欢别人说"往来无白丁"这样的话，好像自己很了不起似的。

平时熟人办展前来邀请，没法拒绝只得去。但也只是一晃而过，饭也不吃。让讲话就随便讲两句，从不为此费脑筋。能推就推，大多个展也没意思。作秀，不动脑、不构思、不设计，没一丁点自我情感，更别谈思想了。绘画成了炫耀，或单纯炫技。

拿钱装饰自己的画、请客吃饭，操作一番，目的无非抬高身价，卖个好价钱。有的连这都不能够，只图虚热闹。

在他看来，只有消解自我疑虑，有感而发，被善感动，对美领悟，方为文艺。舞之蹈之叹之思之，笑与哭的本体，除此之外皆表演。

艾目的一生，无值钱之物。小物件，多半随手送人。除了一些旧书，晚年的一些画，几件粗布衣服，他什么都没有。

八十四

翻出年轻时的照片，看了看，傻呵呵的样，笑得真纯真憨。西北的阳光，明亮干燥，彼时的自己，生活刚刚开始，尽管举目无亲，却快乐着。恍若踏着异国情调的吉卜赛舞步，充满不可名状的期待。每至黄昏，便念着："你好，我那遥远的故乡。"

他有点恍惚，相片中的人是自己吗？这特立独行的傻小子，穿着那件蓝粗布棉大衣，踏上西行列车，终于可以帮爸养家了。继而想到，还是现在好，最起码真实，能抓得住。几天没出屋，渠里的小龟小鱼怎么样了？烟也不敢抽。如今这年龄，已近暮年，深感来日无多。

上次聚会拍照时，四个女的把他横抱着抬起，又开玩笑道："拿回去给尊夫人瞧瞧，让她来找我们。"他倒是乐得天真，羞涩没用，当年的那些美女，就是喜欢他。说他窝窝眼、高高鼻、甜甜嘴，最是和善。而当年的那些美女也早就是艺术家了。

他给城贵发消息，没人回。只他一人在对话框里说话，不免犯嘀咕。打电话过去，城贵的老伴接的，说城贵已昏迷三天，茶水未进。

艾目做了梦，明明城贵在前面走，喊他却不应。他欲哭无泪，醒来发现一辈子不发朋友圈的城贵，竟发了朋友圈。上面写着："家父已故，谨遵遗嘱，一切从简，已于昨日入土。"

艾目窝在沙发里，颓废着，恍若走的是自己。或许在年轻人眼中，八十多岁死不足惜。可他们还想活，留恋什么，吃饭吗？显然不是，尽管对死坦然，却还纠结着。死又何足道哉，向死而生，拥抱死亡。

他曾认为，死对于绝望之人是种解脱，于无爱的人生也是桩幸事。甚至认为，死伟大到超越艺术与宗教。自己平生喜独处、喜自由，但也只是生的一部分状态。

2019年初冬，艾目曾转到城贵那儿。光秃秃的几栋房，还是20世纪那样，连个小卖部、水果摊都没有。老式楼房，三十多平方米的室内，与艾目结婚时借的筒子楼差不多。城贵与儿子同住。他夫人备了饭，急着出去打小牌，怕冷，用碗扣着。城贵有哮喘病，那时已画不动，一动便拉风箱似的喘。人虚弱，脸瘦瘦的，头上戳着一撮白毛。他话语少，艾目话亦少，可以慢慢聊。艾目总觉得两三人在一起才是交流，超出三人便是应酬。他一生不喜应酬，应酬严格点说算贬义词，本身就没多少真心，除了浪费时间还是浪费时间。他谁也不想认识，大亨、大官、大艺术家，礼貌待之，能躲便躲。

饭后，城贵带着艾目爬到楼顶他搭的小阁楼，也是他的画室。说历年积下的画，打包一万元被收走了。艾目道："太便宜了。"城贵道："好歹弄两个钱，没人继承便是垃圾。"城贵从企业退休，走时退休金才三千多元。

墙上有张照片，两人背着画夹在神农架照的。半个世纪前的照片中两人真青葱，还都是帅小伙。艾目不禁回头看了一眼呼哧带喘的城贵，不免心中难过。

三十年前，城贵曾提着一幅油画给他看。艾目很是震撼。自画像，城贵头上包着白纱布，渗着血，头微侧，两眼无奈地望着。用笔一改往昔细腻，潇洒有余。艾目问："是否用白纱布做道具，使画面生动？"他说："哪里？被人打的。"路遇两人打架，见小偷被打得哭爹喊娘，便上前阻拦。对方嗔其多事，不由分说一砖头拍下。老实巴交的城贵头上挨了一家伙，包扎后心绪难平，用画笔对镜画了自画像。这画让艾目想起梵·高割耳后缠着白纱布的自画像，连赞："唯情感方出好作品。"

这些年，艾目一直可惜城贵空有一身好武艺却无法施展。

熟悉的朋友也走了，扔下满屋子的玉，走之前还在收藏。教自己的那个大大咧咧的湖美女老师也走了，活到九十四岁。

八十五

他嘟囔着醒来，蜷在被子里。起床后，发现真的有力气提笔了，遂搋了墨，游走一般。想着有口气，手还在，能画画足矣。

九点多钟，他又伏案看了会儿书。一只蜜蜂不知何时飞进来，在纱窗上嗡嗡嗡窜来窜去。艾目打开纱窗，蜜蜂仍寻不到出路。一个多小时过去，弄得艾目身心不安，只好戴上胶手套把它捧了出去。看着蜜蜂飞远的背影，不免呆住。窗外的阳光似输了血。那棵被砍断的香樟，已长出蓬勃枝叶，绿得耀眼，这让他羡慕。

后院的桑树也伸出星星点点嫩绿的叶。儿时，多想摘一片，那是蚕宝宝的食物，找到发绿的会欣喜。到了泡桐花开放时，便有点燥。至清明，郊外阳光下，脱去夹衣，嘴里啃着甘蔗，背着衣服蹦蹦跳跳随爸去上坟。

每次上坟路上，他都会看劈甘蔗。劈甘蔗，楚风习俗。柴甘蔗，去梢去尾，溜直立着。人站在小凳上，拇指点着头部，立稳，眼疾手快，挥刀劈去。有本事的从头劈到尾，周遭一片叫好喝彩声，谁赢了甘蔗归谁。自己就一"焌火炭"，嘴里的甘蔗还是爸买的。

那时，太师渊的马路一侧为门面，一侧为水沟。门面卖着幡、纸钱、香烛。再过去便是郊外，祭祀的烟火一片，为亡灵祈祷。

后来城市建设，爷的坟没了。爷葬在他心里，葬在每一个春天。

兰州的春天也好，城市被如絮的白云围裹着，白色的梨花随风飘散。尽管有风沙，毕竟是春天了。他喜欢兰州的夏天，荫蔽处，清凉如水。手触梨花便是那感觉。

兰州五年，黄河桥似没走过。喜欢河边的果林，极少有人，果实下垂，用竹竿撑着，那才叫可爱。

艾目发现自己竟那么热爱兰州，真是风沙吹不走的记忆。只是自三十岁离开后再也不曾回去。

这小院也好，淡青的天，苍白的太阳，院里满是奶白色的光。无风的空气，十分温暖。艾目闭着眼，躺在后院的躺椅上，阳光透过眼皮，脑海里一片橙红。热，却空无一物。

太阳你好！他心里默念着。每一年的春天，都从这银色的阳光中起步，可惜人没来生。庆幸自己还能在这银质的阳光下打盹做梦。

正胡乱想着，听见孙东来修灯，便起身跟至客厅。孙东拖过桌子站上面。艾目仰脸望着，暗忖这几年多亏孙东照应，平日里修修补补都靠他。来了就做，做完就走。

孙东下来道："只是灯泡坏了。"又拿来新灯泡换上。弄完后，拿着工具欲走。艾目道："吃了再去。"孙东答"好"，又问艾目身体好些了吗？艾目道："深感无力。"孙东道："是瘦了些。"这倒提醒艾目在墙角找出绿儿买的电子秤称了称，一把骨头，不到一百斤。年轻时，还有过一百二十斤的纪录。一次探家，他戴着黑框眼镜，穿着苏州女织的米色毛背心，腕上戴块黑皮带手表。胳膊怎么都是粗的，抱着大妹家的孩子。爸站中间，苍白的脸，衣服脏兮兮。只是头发异常茂密，一根根竖着。那年爸四十八岁，几人在相馆照的。两年后爸就走了。

那件毛背心邮到兰州，在一个风沙天他取回。每年都穿，一直至今，竟完好无损。

午睡时，他梦见年轻时的大妹坐在白妈老屋的木板房中，夕照涌进来，碎了一地，恍若五彩的戏衫来回晃动。她手中的几支竹针亦来回摆动，似乎用旧绒线织着手套。他近前问："给谁织的？"大妹仰脸笑问："你说呢？"他摸了摸她的头。

艾目在梦里说，大妹对他最好。正说着，大妹忽要走，他哭扯着不放。大妹还是走了，年少的自己在床上一直伸手哭喊着。大妹猛一回头，竟变成了妈，一会儿又变成苏州女，总之非常杂乱。

醒来后，他鬼使神差背上包带上茶杯搭十七路公交车漫无目的坐着。至堤下，下了车，又一级一级爬上大堤。他不明白自己想干啥，快至客渡码头时，方发觉自己想过江。望了望，估算着还有三百步，可实在走不动了。想当初，一个人推着自行车，搭轮渡到江南摄影，骑了好大一圈。三十年了，相片还在，相机却没了。那暗沉飘向地平线上的云，广袤的空间，都令其向往。出太阳也好，明亮中的幽静，带着甜美，此情此景唯油画的色与光才能再现。大自然抚摸着他，是那么温柔。

前几年去江南，糯米色的天排列着整齐碎云。他还能蹦跳，如今竟气喘吁吁，大不如前。精气神哪去了？他问着自己，在大堤坐了会儿，远远望见那个流浪画家席地而坐，面对江面涂抹着。艾目不禁笑了，又回望了眼渡口，恋恋不舍往家返。

昏暗中，他回到月亮街，妈与弟、妹都不在，只一间破屋。那恍惚灯火的街上，没他认识的门面。爸去哪了？他疑惑着，只好无力地走在弯弯的小巷里。一个疯老人摸了下他的肩，念叨两句，他便躺倒在墙角。猛回首，旁边有个女人浸在糨糊似的蓝色液体里，也躺倒在那儿。他惊恐地想移开，却跑不动。

他试着走向高处，一大片阳光，面前的江面过于热闹。他感到孤单迷茫。还希望个啥？坐在那儿，天黑下来，只剩下包裹和讨米的缸。

从堤上回来，他做了此梦。

沉

烟

316

八十六

转眼至秋。早晨的阳光刚好洒满西边红墙，蓝透的天空无一丝云。炎热过后，清晨有了凉意，艾目独自坐在桂园的小亭中，也只有坐在小亭中，才有少年暑期结束的感觉。

记不得时间怎样滑过，是谁告诉他快去报名，日复一日地上课。同样的清凉与安静，竟隔了整七十年。或许能回忆，便是活着的意义，便有诗意。

如今，静坐空亭，于空亭赏大千世界。心在，一切都在。心不在，耳未闻，眼未见；心若在，万里不遥，小处便是大世界。纳山纳水纳万物，自己便是它们，它们便是自己。

秋夜也好，凉爽宜人。偶有几滴小雨与微光，尽管车如流水，却异常安静。

大妹患了阿尔茨海默症，认不得人了，是紫儿说的。艾目听后，坐在沙发上，张着嘴仰脸半天，方低下。大妹秀润，说话和软，晚年仍气质不俗，竟也如此了。最后一次见大妹，还是前年春上。大妹一头银发，瘦削的脸线条柔和，温柔笑着。那天阳光极好，她提着给他买的新衣，在小区门口又买了一把嫩绿的春韭，说看着新鲜，忽就想吃了。艾目站在画案前。突然瞧见一个美丽的老太太，举着一把韭菜笑盈盈立在小桥上。那不是大妹吗？他慌忙去开门。他曾后悔，没把大妹介绍给世鸿，这一想，倒笑了，未必自己的妹妹都嫁给自己的哥们不成？

艾目又开始作画。上午的阳光透过瓦的空当斜斜洒下，房前站着一个小女孩。童花头，整齐的刘海搭至眉心。一手拿着风筝，一手牵着小羊，眼神楚楚可怜，身后是黄土色的土坯房。那女孩是绿儿，温顺的小羊是她的玩伴。

灵感源自友人发来的一组春时去当阳拍的村落图。有座土坯房，艾目特喜欢。

艾目刚绘完《春光老屋》，后退两步欣赏着。学生来电话道："艾老师，有个企业家想请您帮忙绘套组画，他一生的奋斗史，出价二十万。"艾目擦着油画笔，想都没想便道："不画。不是老了，画不动了，而是与艺术不搭界。"学生道："这人是个好人。"艾目摆手道："哎呀，烦人！好人坏人都不画。"

没过几天，学生又来电话道："这三年憋狠了，想接您出去散淡散淡。"艾目欣然应允。翌日，学生九点驱车来接，开了四十多分钟，来到郓城旧址。远远望见一处房舍，门楣上写着"苍荫草庐"四字。进去石磨石墩，很是古朴。一条鹅卵石铺就的小路，起名玉路。两旁幽花异草，繁茂生香。石槽里养着粉红睡莲，流水叮咚，倒是一处清幽所在。

主人远远迎出，握手寒暄。艾目忽觉面善，却一时想不起。那人油润的脑门，红红的脸膛，魁梧的身体，人胖胖的，显得十分敦厚。可这相貌，满大街都是。学生只说姓王，王总。这世界姓王的多了去，这让艾目十分困惑。怎奈一转念，忽想起少年时，住月亮街，在中山公园摆气枪摊的胖儿他爹的秃顶下，便是这胖胖的酒红色的脸。那人瞅着艾目只顾笑。艾目忽拍他道："胖儿！"那人摇着头，感慨良久，叫声："目儿！"果真是胖儿。艾目犹记得儿时两人

沉

烟

318

常在一起玩耍，便说起戏脸壳子。尤其春节大人们忙着年宴，孩子只关心戏脸壳子，盼着有压岁钱好去买。

有了戏脸壳子，一转身便是戏中的角儿。那红色的关公，大眼的孙猴子，白脸的八戒，脸谱上带有长长野鸡毛的吕布，全是戏中人，故叫戏脸壳子。梦中的脸谱，打闹的游戏场面，少不了红红绿绿的色彩。关公的大刀，红色的刀柄、刀须，那凸起描金的花纹，皆鲜艳动人。

刀枪在手，便可打斗，不管街上人来人往。孩童们相互追逐，是春节必不可少的一道风景，哪顾得上年宴上的盆盆罐罐与碗碟？唯有脸谱与刀枪方是最需要的春节礼物。

怎奈戏脸壳子只留下红与绿的幻影，那是他和胖儿的童年。

胖儿陪他参观了自己的民宿，柜案上摆满了收来的坛坛罐罐、古筝古琴等老物件。墙上挂着几幅本地书法家的墨宝，艾目背着手，默默浏览一番。其实，对人类创造的这些东西，他早已不大感兴趣。

胖儿讲了他这数十年的过往。先是从车间调到销售部搞销售，走南闯北，长了不少见识，也接过不少大单，怎奈大势所趋，厂子难以为继。20 世纪 90 年代，下海干了不少营生，租电话亭、开餐馆。后来到南方一所合资印染厂工作，清一色不锈钢进口机器，全封闭无尘车间。想一想，厂里原来那些老掉牙油乎乎黑黢黢的设备，确实该淘汰了，企业想转型何其难。在南方，自己因脑子灵活、做事踏实，职位越升越高。弄了文凭，参了股。股票上市后，有了雄厚资金，回楚凤，在开发区圈了一百亩地，建了一个大型工业园。现已交给儿子打理，自己乐得无忧，办个民宿，喝茶聊天，常有一些诗人、画家出入。又被选为楚凤民宿协会会长，没事在楚凤老街群里，忆忆旧，聊聊儿时往事。

听到这儿，艾目也就明白学生何以会认识胖儿。这个老街群常举行活动。在九十埠搞行为艺术、办画展。画直接贴在青砖老墙上，

八十六

319

一些人在那儿走旗袍秀、朗诵，好不热闹。

群里不乏一些名人后裔。有人拉艾目进群，他婉谢。

九十埠便是孙同学娘屋那条街，想拆未拆，想保护又未保护，搁置在那儿。艾目喜欢过去的地名，有历史渊源，有时间的味道，像块金砖，或一部黄金古书。如今叫胜利街，居民早已清空，杂草丛生，门窗虽被堵死，还是屡有强盗光顾。前不久，还有人在那儿弹钢琴。长长的青石板，一群人，清一色黑衣，下着雨撑着伞围站着，很是庄严肃穆。主题为"废墟上的音符"。琴师是名文艺青年，在全国小有名气，这是他的巡回展。雨水顺着小伙子的脸汩汩流下，头发、衣服水淋淋。小伙子手指翻飞，行云流水，偶尔抬手有力地来那么一下，很是悲壮。

胖儿道："我给你们讲个乐子。那钢琴是前一晚运到的，放在戏曲家余上沅故居。大家说，无论刮风下雨，第二天活动照旧。但夜里得有人守，说那钢琴是孤品，订制的。我自告奋勇留那儿。群主说：'您尕这大年纪了，若有个好歹如何得了？'他们便派了一名年轻记者。那余上沅故居，房堕墙颓，一派荒凉，雕花的门窗早已不知去向。更有甚者，地板撬起，挖个大坑。幸好夏夜不冷，但蚊虫多，阴气重。后半夜，那年轻人在一把破旧的躺椅上迷糊着了，没想到真有不要命的一人，在雕花的石墩那儿刨着。我一想，这是盗文物呀，便从后面轻轻上去，一个猛子把他压在身下。那人又瘦又小，魂都吓掉了，先就'妈呀妈呀'乱喊起来。我压着就是不放，睡着的年轻人猛然惊醒，上来帮忙。两人把他捆了，报了110。"

胖儿讲得绘声绘色，大家哈哈大笑。两人又聊起月亮街，阔别五十载，自是惆怅。吃罢中饭，艾目告辞，回家午休。学生一边打方向盘，一边从后视镜窥着后座上的艾目，漫不经心道："艾老师，想请您画组画的便是这位王总。"艾目"哦"了声，并没言语。

又过几天，胖儿来电话，约艾目到"旧缘"茶室喝茶。艾目呵

沉
烟

呵笑道："喝什么茶？天天在家喝茶。这样吧，下午太阳好，中山公园见如何？"又补充道："打泥巴团子的位置。"临去前，他东找西寻，终于在一卷画稿中，找出他画的胖儿家的茅草屋，门前是条弯弯如新月的青石街。

八十七

　　艾目出院那天，所有行进的车灯都开着，街道的门面也亮着灯，霓虹闪耀。雨水把路面变成了流变的色流。雨下个不停，弄得大白天如同夏日傍晚。他撑着伞，步履艰难，一步一步从医院挪出来，在斗篷帽里看着热闹的大千世界。

　　前阵子被大弟和孙东弄到医院，诊断为贫血。艾目是带着一瓶安眠药去的，想着要是得了绝症，活得无趣，不如自我放飞。一听是贫血，稍稍释然，医生推荐他自费买了瓶两千八的进口抗病毒药，加之上激素和其他药。稍好后，便出了院。

　　没想到口服激素药，导致腿浮肿，皮撑得水汪汪，连鞋都穿不进，遂自行停了药。哪知午餐吃了一半便不想吃了，身上麻酥酥，估计又在发烧。便连忙烧了热水泡腿，流了四十分钟的汗。孙同学在微信里问：艾！你在哪儿？我要大便。艾目忙从水中爬起，撑着给她弄完，又泡了会儿，方上床换下汗湿的衣裤。没承想第二天又烧，遂有了二进宫、三进宫。医生道："不输血将休克，但输血并非长久之计，水肿可服其他药物控制。"

　　住院期间，绿儿、紫儿回来看他，又忙着去看东爸。孙东病了还拖着残腿骑着电动三轮和大弟轮流给他送饭。艾目见他脸色惨白，毫无血色，人也快，便问是不是不好。孙东道："这几日肚子绞绞地疼，还尿血。"艾目忙让大弟陪他去做检查，一查是肾结石，遂也住了院。孙东一做完手术，艾目连忙下了病床，穿过几栋楼去看他。又偷跑回家，亲自熬了排骨山药汤，另包了千元红包送去。

绿儿收拾房间，见艾目一件灰绿褂子的衣襟烂有几个小洞，便拿着想扔。艾目摆手阻拦。翌日清晨，绿儿、紫儿走后，艾目在沙发上见那褂子叠得整整齐齐。抖开一看，两个衣襟下摆用黑布拼成虎头图案。一件旧衣服俨然成了艺术品，便晓得是绿儿连夜改的，又暗赞她聪明。又想到因聋哑绿儿省了不少无效交流，更能专注于事务。上天果真关上一扇门，便开了一扇窗。

出院后，艾目谨遵医嘱，血慢慢升至正常，有了精神。阿姨小肖道："艾老师您住院前就有人请我，每月四千，是名独居的公务员，只求陪伴。我也想到外面散淡散淡，您住院我没好意思说。"艾目听罢，没作声。即便加工资，估计人也留不住。过去听小肖说过，她还没去过北京呢。他住院这十天，孙同学的大便都是小肖帮忙弄的，艾目心里感激，遂道："谢谢你。"又开玩笑道："可以放飞了。"小肖道："看您说的。"这时大弟进来，小肖便住了嘴进了厨房。艾目和大弟坐在沙发上，便把小肖要走的事说了，又说这一年多亏她。大弟听后也是一愣，艾目再说什么他浑然不觉，只是哼哈应着。坐了会儿，便踅进厨房，见小肖白白的十指正浸在盆中淘洗着碧绿的生菜。大弟站在一旁，良久道："听说你要走？"小肖抬头回望了一眼，笑了笑，又低头做事。大弟踌躇道："那人给你四千，我给你两千，你嫁给我咋样？生活费另算，医药费什么的也是我的。你看我也会做家务，也能照顾你，不用你做什么。"说着，便要帮小肖洗菜。又道："你想在家待，就在家待；不想待我就让女儿帮你找一个轻松事，这保姆的工作就别做了，我也会带你出去旅游。"小肖忽愣住，脸腾地就红了，几分钟心中已翻了几个来回。这样的人家，自

八十七

是愿意，可靠又尊重人。原来的老公是个酒疯子，酒后打人、砸东西，儿子开了家餐厅又出了事。只落得自己孤身一人，方做了保姆，艾老师是第二个主顾。家里的房已租了出去，星期天自己无处存身，只有待在这儿，艾老师又额外加了两百元钱。平时没人管自己，自由自在。即便有事请半天假回去看房子、办证什么的，艾老师也不扣工资，回来还有饭留着。朋友餐馆开业，自己向艾老师讨字送恭贺，人家也欣然挥毫。怎奈半夜要起来，孙老师又不好照顾，眼看着艾老师不断住院，自己也就越发累了。况且自己心大，总想满世界跑一跑。

艾目坐在画案前，看着大弟站在窗外的渠边打电话，并没在意。

大弟揣起手机，进了屋直奔厨房。说和女儿讲好了，女儿很开心，说欢迎肖妈妈。

艾目得知后，自是高兴，又觉得太戏剧性了。大弟媳前几年脑卒中，猝然离世。剩大弟一人过生活，没事和他学画习字倒也快活，现今已弄得有模有样。只是啥时候看上小肖的，他就不知道了。

小肖离开的前一天，大弟提来两大包衣服外带两样首饰。大弟的女儿在微信里给小肖留言：肖妈妈，明天上午九点您换了新衣自己走出来，我和爸就不进去了。我的车停在小区门口，我和爸接您回家，不够的东西咱再置。

小肖看了不免滚下热泪，第二日与新阿姨交割清楚，换了新衣从容离去，之后与大弟去了北京。

沉
烟

324

八十八

至冬日，艾目哪儿也不想去。躺在阳光下，自己便是一棵老树。

四周枯枝败叶，沟里装满了银钉样冰冷的水。光附在物上，阴影处也反着光。他最爱这静静的阳光，一片或一束，金子般孤独。

这让他想起谢洛夫曾画过普希金独自坐在长椅的情景，也是这般。只是阴霾的天，无一丝风。普希金的诗乃孤独的产物，灵感来自忧伤。艾目深知，忧伤即爱，老普活在爱里，活在自我的世界里，诗方流淌。

太阳极好，午睡后他喝了点水，去了趟菜场。穿得有点多，走起路来有点笨，慢慢踱着。买了矮子白、萝卜，黑布袋便装满了。沿途遇见卡车卖红薯，又买了十斤；遇到便宜香蕉，又买了一挂。

艾目双手提着几个袋子感到吃力，背里热烘烘。原本只想活动一下，却弄得不堪重负，遂在马路牙子坐了会儿。待起身，竟立不起来，好久才伸直腰。唉，天不从人愿，垂垂老矣！至家，换上厚棉拖，总算躺倒在沙发上，时针指向下午四点。

次日，表哥来电话道，住在华泰宾馆。他赶了去，不知表哥从哪儿弄的他的手机号。一个甲子过去，今日一见，深感大家都歪歪倒倒，像座废旧的老屋。

叙起话来，方知表哥心脏病手术刚复原，便由夫人陪同回归故里。两人触及的话题，无非是舅舅、妈这边的亲戚，沧桑门、黑水塘、月亮街这些消失之处。艾目在宾馆置了简单饭菜，与他夫人说着话，表哥竟闭目养神，瞌睡起来。艾目看了看，果真老了。熬到饭毕，有人邀他夫妇共进晚餐，艾目便起身告辞。

至大街，他回望了一眼，想着这大概是最后的会晤，再无见面的可能。

晚上，艾目整理旧物，发现爷的樟木箱里，竟有双用细麻绳捆的小圆口布鞋，密密麻麻的针线，猛想起是结婚时妈做的，那时候穿着挤脚。抱在怀中，翻来覆去看了又看，又放在地下试了试，现在穿刚刚好。依旧捆了麻绳，想着走时穿，到了那边妈也好相认。

又请的阿姨回家过年，艾目封了红包，又买了一盒矮子饼、两斤鱼糕相送。末了掏出几个硬币，说搭车用。家里余下的事得他一人操持。

腊月二十五，楚凤下了四十年未遇的冻雨，整个古城成了冰雪世界。艾目赶早打了豆浆，过滤出的豆渣，中午焙干加油，撒上葱花翻炒，微微发黄后便出了锅。半碗豆渣拌一小碗米饭，吃着香而油腻，越嚼越香。真好，就是这味，久违了的儿时的味道。那时候，五分钱能买一大坨豆渣，妈便是用葱花拌油翻炒。豆渣吃油，油少了不好吃，故妈不吝啬油。艾目喜欢这道贫民菜，越老，越念旧，越想妈。年轻时，想着天涯海角；中年时，忙着自己的；老了开始恋母，怎奈妈也没了。他想过即便见到妈，妈还认得他吗？自己的儿子，竟与自己差不多老了，该作何感想？

第二日艾目收拾了床铺，绿儿要带音子回来。灰格子绒毯，两床干干净净的棉被。他拍了照发给绿儿。绿儿在微信里道：辛苦老爸了！又问：那个海绵大方垫呢？艾目答：铺前便是。床单烘烤过的，下面有电热毯，可以去水汽取暖。

小区主任拿来红纸求对联。艾目研墨，写了几句吉祥话。字随意，凡刻意的、卖力的他都不喜欢。

怎奈形势直下，大雪绵绵无期，高速不通、高铁停运。绿儿、紫儿被隔在武汉，腊月二十六的票改至除夕。手机里，冻了的散花大绿叶子白菜，像英国画家卢西安·弗洛伊德的画，厚重，有种凝固美。孙东来送菜。他手术出院后，一直不太好，还跛着脚帮艾目买这买那。孙同学单位发的购物卡放他手里，隔三岔五他便来送东西，问还缺啥？

艾目见他脸色不好，劝他别再来了。他道："这段时间，不知怎么搞的胃口一直不好，吃东西木得很。痛风又不能吃好的，勉强吃点稀饭、面条。"又自嘲，他的酒肉朋友都走得差不多了，活一天算一天。

腊月二十八出了太阳，雪化得滴滴答答。中午孙东端来煲好的鸡汤和烧甲鱼。鸡汤用砂罐煨的，一整只，放的红枣、枸杞，黄黄的汤，看着就养眼；甲鱼也烧得红亮。孙同学的饭照例端至床边，艾目与孙东吃毕，孙东收了碗方去。

可算混到除夕。艾目很累，盼着绿儿、紫儿回来帮他，又不得不准备年夜饭。孙同学要给音子、津儿包压岁钱。一沓钱让艾目拿给她，数了又数，装入塑料袋用橡皮筋扎好再放入包中。又让艾目把她推到柜前，放入柜中又锁上柜。折腾了一上午。

八十九

　　这之后的一日，艾目独自坐在桂园的长凳上。太阳下有点热，阴影里又有点凉。金秋依旧是最好的季节，所有的草木享受着温润。不生也不长，格外地静。橘红色的阳光涂在每片叶子上，耀眼通透，感觉不到光影移动。他这辈子最怕吃药，也最厌吃药，怎奈如今吃药与吃饭一样，这让他郁闷。但这秋天晴日的悠闲，却似乎可以冲抵一切。

　　他才画完《青春的记忆》《黄昏，那遥远的地平线》《午夜的祭坛》三幅画。此为一组，历时月余，他很满意。《青春的记忆》像曲金色的弹奏曲，很是明朗，明亮的金色调寓意希望。艾目采用了自己在西北笑得傻呵呵的那张照片，身后是密集的黄土褶皱。头顶开一天窗，天窗里有道江，卧佛一样的女人招着手，那是母亲江。江上方，一只孤雁飞过。思乡，也是理想。画中有西北，也有江汉平原的家乡，彼此映照。天窗中绘的是精神，是实化的思维。而那密集寸草不生的黄土地是现实。也正因有憧憬，才有了蓬勃的心境。这幅画不仅色调鲜明且构思巧妙，物质、精神双重呈现，有种拓展感。艾目是个精神主义者，现实乃背景；或者说精神是背景，现实是流动的场景。

余下两幅画以陶罐为主。家里拾来的陶罐，七八样，时间让罐体发沉发暗。艾目视为知己，尤爱那朴拙与粗糙。他喜粗糙，越糙越静，越糙越幽。过分巧致，便没了趣味。也早有意把它们搬上画布。怎么画，画什么？仍是思考的首要。他先画了一幅，觉得色太灰，既没民间味，又无主观情绪，遂被否定。意牵强，俗不透，雅不起，是致命的。

《黄昏，那遥远的地平线》，以黑土地为背景，温暖的天幕，一道夕阳渐变。一枚土罐立于画正中，色调温润沉静，深厚苍远。人生最后窑变成一枚孤器。那陶罐便是自己，泥土的形式，来自泥土，却有了人的气质。夕阳终会殆尽，任那遥远的地平线有再美的风景，都不再向往，自己已是最美最朴素的存在。

其后，他绘了《午夜的祭坛》。午夜是神秘的，天光从地平线射来。正侧光，压抑而辉煌，充满仪式感。

无须被对象束缚，把愿望表达出来，来它个凸现，几分庄重，几分夺目，暗而明亮。人世间，需要供奉的依旧是泥土，把它置于天地间。泥土是原始的，也是最初的文明。蝙蝠，天地间的精灵，在夜间活动，倒挂在洞壁或树枝上，于黑夜显得尤为神秘恐惧。形象可加强氛围营造。

下坠的半月寓意轮回。半明半暗中，笼罩着混沌的午夜。纯主观产物，对宇宙，对时空，对万事万物了然，却又充满执着的深情。放下又放不下的恋生情结，跃然画布。这种升华是那么明显，以往竟没意识到，《午夜的祭坛》却做到了。

艾目想了想，自己终归摆脱不了中国古文化熏陶。但无妨。蝠，福字谐音。倒挂，中国人喻为福到。死，也是福到。

艾目是带着这种心情画的。朦胧的半月即将沉入地平线，蝙蝠倒挂天空,归之宿,宿之命。一个长期关注内心感受的自由灵魂的试祭,也是自祭。

三幅画遥相呼应,一幅青春,一幅暮年,一幅自祭,人之一生。

2024 年 3 月 20 日于绿云居

沉
烟

后 记

这一年

一

离开江边时，回眸的一瞬，已是满江金汤。夕阳是纯红的，因它柔情的抚慰，才得以让事物蒙恩。是的，只要天空没被乌云遮蔽，它一定会到达，会普照。不光人世，还有万物。天空是另外一个世界，有自己的变幻与较量。

当然，江水还是江水，那层柔黄的金波，只是错觉。它告诉你事物的多变性，以及光需要媒介来完成自身，本身并没样貌。随时到来，随时抽离。万物蒙恩的样子，便是它的样子。

我常痴迷这种光的错位，处于不真实的虚幻中。大自然便是如此坦荡，故我视频号的签名为：吾爱艺术和真理，吾爱大自然和普通人，吾爱吾心，吾爱所有爱人之人。

二

这一年，似乎什么都没干，又似乎很累。从 2022 年 11 月 18 日，至今一年多，除了外出，几乎泡在《沉烟》这本小说中。每天更一至两千字，至 2023 年四月中旬基本更完。故 4 月 21 日，去了洛阳。当时是 16.5 万字，修改时，删了一万多字，主要是偏重理论性的，怕读者难以下咽。余下 15.5 万字，此乃第一稿。小说靠形象说话，然而我并非小说家，亦不想单纯地讲一个故事，那样违背初衷。只想通过时间、空间，人物命运，历史变化，展现一个人的基本人格与艺术人格的双重确立，以及真伪艺术的区分。我想写一本靠谱的小说，艺术生命必然要有艺术理念作为支撑，说专业都轻了，而是认知。性格决定命运，他们的人生逻辑，关联着其艺术走向和艺术生命的成长，以及灵感存亡。决定一个人进步的不仅是人格，还有审美。对美的敏锐，以及自身审美所居层次，才是作品的高度。没灵感，不可能是艺术人。

就像真正的写者，不写到喉管变成岩石，只怕情有不甘。而非挤牙膏，连起码的冲动都没有。当你没啥好说的，不管是主动的，还是被动的，都宣布艺术生命的终结。

初稿出来后，听了几位友人的意见。从他们的回馈中，能感知其所站角度与自身关注的不同。两位友人说，有些地方太省了。故我在细节上，做了重新处理——丰富与展开。修改所用时间，远胜于写。直至二十二万字，方收笔。十七万多字时，便觉得可以收手了，但似乎永远无法完结。每次想定稿，仍觉可以深入。语言也顺了多遍，依旧不放心。不时对自己说，这是最后一遍，却似乎永无最后一遍。所以这个长篇是我修改最多的文。

也曾装订几本，匆忙送人，但很后悔，确实每次修改都有提升与进步。满足，是没站在更高的一级台阶。现在它是贯通的，照应的，灵动的，浑然一体的。尤其语感不错，是我最好的语言，便当准确，一口气到底。像首乐曲，不论轻重缓急，都在一个调调里。

有友人说，他是黑迷，黑格尔的《美学》，读了多遍。这本小说，若全篇截取，便是一本画论。读来是受用有收获的，但一般读者会不会觉得枯燥？这也是我担心的，也因此问过其他友人，有朋友说，用对话的形式与心理描写展开，不觉得晦涩难懂，或影响情节。这对我是个小小的安慰，尽管起笔时，便知道它是小众的。原标题为《目送归鸿》，暗喻四剑客，艾目、周送、魏归、世鸿四同窗。另外还有"手挥五玄"等人。那个时代的知识分子，是值得一写的，他们经历过太多的动荡——时代浪潮的席卷与人性考验，选择上的无奈等，很难率性、任性。朋友说，以四人作书名，寓意深刻，却稍嫌呆板，不如叫《沉烟》，其中的一幅画，不仅合乎主人公性格，亦符合文本气质，小说也就有了根。于油画，烟能表达光影；于国画，烟又是灵动的线条。沉不下，化不净，飞不开，既能反映艺术家对内心自由的不屈，也有遵循生命轨迹的无奈。

朋友真的很理解这本小说，又说艺术的顶端是天真，这本小说，有特质，会极有生命力，让我不要菲薄自己。又道，这些年，写技艺的小说不少，但以艺术为骨架，魂、魄、身、行为一体的，几乎没有。以艺术作为驱动力、引擎的更少。他是位作家朋友，我权作鼓励。

也深知，烟是一种透视，一种光学反应，或风吹草动。画中的沉烟，昭示了作者的生活状态与生命选择，也是价值理念的投射，我采纳了此建议。其实我更想叫《焌火炭》，于时间来讲，大部分人都是焌火炭。焌火炭，荆楚方言，没用，水一浇，便熄了。艺术于精神有用，于俗世并没多大用处。燃烧时，能量已最大化，泼熄后，没了热情，自身成就自身，也是一部分思想者的追求。人命本为草，花乃草的延续，高深的艺术，其实也是平庸的生活。艺术家自由的灵魂，披着凡人躯壳，尽管内心丰富，一饭一炊，还是草民革命。

但转念一想，还是《沉烟》含量大，意义特别。国画以墨为主，墨即烟，用松烟制成。

朋友还说，他比较喜欢内里的叙述节奏，读着会想起卢梭的《一个孤独漫步者的遐想》，推崇感情、赞扬自我、热爱大自然。文中艺术功力、艺术风格的形成和发展，与小说的推进紧密相连，这点非常好。里程是量的积累，历程是命的延续。波澜不惊的大院子出来的人，本身涵养古风，是其艺术品质与品位形成的土壤。品小说，他有把握。

　　朋友说得极好，但于古典文化，我喜欢物胜于思。物中凝结太多已故者的智慧与创造，以及当时的心态及精神走向。我写的是文明，是活力，这样才能靠近审美。于古人的智慧和艺术，可以赞叹学习，但任何艺术的创作都是再一次创造。

　　这本小说从写至全部完工，历时一年半的时间。材料收集思考用了四五年，细节全部为虚构。包括昙华林的前三十几回。我想反映一个时代，一种艺术理念，一条艺术脉络。

<h2 style="text-align:center">三</h2>

　　有友人说，我全篇勾勒的武汉、楚凤，是他的第一故乡和第二故乡，读来亲切。尤其是青少年时代就读昙华林小学、省实验中学时，经常途经小说中的粮道街、昙华林、司门口、民主路旧书店，以及后半生烟火其间的九十埠、月亮街、软脚坡、恒春茂等。

　　他透露了一个信息，知道我写的那个路口是司门口，知道那家书店在民主路。而我却不知道，有踏破铁鞋无觅处，得来全不费工夫的感觉。表达谢意后，朋友又说，民主路是与解放路在司门口垂直相交的一条武昌老街，与蛇山平行。专门卖旧书的书店，在民主路的武昌区医院附近，斜对面是中华老字号曹祥泰点心铺。这个信息很珍贵，我可以糅进小说，安排在情节里。一代人的珍贵记忆，以后不会有。

沉
烟

334

另一位友人边看边留言："看到艾目第一次放寒假回家，不禁热泪满襟。年轻的目儿恰是当年的自己。一九六四年，贫困寒穷的我，也报考过中国音乐学院，考点就在湖艺。

其后又留言："看到表哥深陷悲情，小说悄然入了佳境。"

这位友人很有眼光，是个很好的阅读者。前面皆铺垫，到表哥那儿，人物的命运走向才得以展开，象牙塔的安静与平衡才被打破。小说共计八十九节，前面只是缓慢生长，中间部分是动荡的风雨期，后面归属艺术的选择坚守，以及对生死考量的平静豁达期。

友人又说："你对普通的物事，看得通透，想得深邃。情节穿插跳跃，又衔接融洽。这都是功力和修为。"

友人全部看完后，又留言："虽非一气读完，但对于一部二十多万字的长篇，就我现状而言，应是极有效率的。当然，故事很有吸引力，也是快读的原因。这部小说剑走偏锋，冷僻深刻，很有特点，待消化几天，好好琢磨，写上几句贴切的话。"

一位与我年纪相仿的女性友人感慨，写的就是她！那么艾目这个形象不是孤立的，是可以穿越时代，跨越性别，有共情性的。"有我性"与"忘我性"，是一篇文必不可少的元素。

一位搞评论的友人说，读来是享受的，他对文本有新的发现。有朋友提醒小狗汉斯出现的突兀。我猛醒后，做了一些透露，以及一些人物的交融互汇。这样越发浑然一体，有了脉络气息。

十九万字时，我发给过蓉儿。她说非常喜欢，尤其对艺术理论部分，也一直留心、阅读这方面的书籍。她说既没理论的枯燥，又与生活结合得大衣无缝，且能达到如此高度的几乎没有。她是长江大学的哲学博士后，我相信朋友的赤诚，无论如何，对我是种安慰。

非常感谢朋友们，他们是敏锐的。其实，溢美之词我不想听，更想听到不同人的不同意见。那种感觉很珍贵。唯一的目的，便是有助于修改。

四

人若没思想，也只是一堆行走的肉，抑或坚硬顽固到一堆行走的铁。

写文绘画，固然带有一种形式美学，更多的是内在的赤诚。

活着，活，舌头有水。精神要活着，也得有水源。精神的水源便是思考。"文以载道"，一本书，开卷有益，掩卷沉思，便是好的。靠情节，靠快感，是我要规避的。在这个多渠道接触信息的社会，能看完，已然不简单。所以感谢阅读过的友人，感谢他们的珍贵情意。

于江边枯坐，我常看江中碎银闪耀。一名小男孩捡起一块石头，对他爸爸说："这是玉呀。"他爸爸说："是啊。"小男孩把石头扑通一声抛进水中，说道："还没玉化好呢。"八九岁的小男孩，都知道"玉化"二字，而玉化需要时间来完成。

空间、时间、艺术理念，《沉烟》里的三大元素。消失的空间，不会再来；破碎的时间，难以缝补。一个人的成长，并非在故事中成长，而是在思想的深渊里。若只在社会里成长是单薄的，是世故的，而艺术恰恰需要通过避世，再重新入世，实现自我。而艺术理念，推动着艺术生命的成长。

人都说百年孤独，又有谁不孤独。往前追溯一个家庭，又有几个家庭不是拼尽全力存活于世。好的作品，便似这夕照的光。

艺术是活着的，让众生不死。

沉
烟